河岳英灵

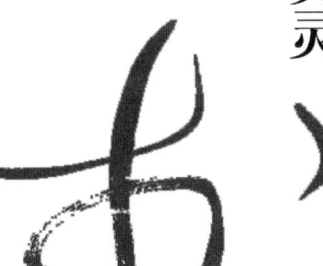

伊沙 著

青海人民出版社

图书在版编目（CIP）数据

李白 / 伊沙著 . -- 西宁 : 青海人民出版社，2022.8
ISBN 978-7-225-06359-1

Ⅰ.①李… Ⅱ.①伊… Ⅲ.①长篇历史小说—中国—当代 Ⅳ.① I247.5

中国版本图书馆 CIP 数据核字（2022）第 101589 号

李　白

伊　沙　著

出 版 人	樊原成
出版发行	青海人民出版社有限责任公司
	西宁市五四西路 71 号　邮政编码：810023　电话：（0971）6143426（总编室）
发行热线	（0971）6143516 / 6137730
网　　址	http://www.qhrmcbs.com
印　　刷	青海雅丰彩色印刷有限责任公司
经　　销	新华书店
开　　本	890 mm × 1240 mm　1/32
印　　张	12.5
字　　数	300 千
版　　次	2022 年 8 月第 1 版　2022 年 8 月第 1 次印刷
书　　号	ISBN 978-7-225-06359-1
定　　价	68.00 元

版权所有　侵权必究

名扬宇宙

而枯槁当年

——李白

千秋万岁名

寂寞身后事

——杜甫

这是一个

伟大的失败者的故事

他把人生的失败

写成伟大的诗篇

也满足了精彩的小说家言

——伊沙

第三卷 躞

第十一章　日照香炉生紫烟	一四九
第十二章　西入秦海观国风	一六三
第十三章　与尔同销万古愁	一九〇
第十四章　一朝百镒黄金空	二〇二
第十五章　仰天大笑出门去	二一五

第四卷 跎

第十六章　壮志吞咸京	二三三
第十七章　春风无限恨	二五〇
第十八章　能言终见弃	二六二
第十九章　李侯怀英雄	二七五
第二十章　双眸先照人	二八七

第五卷 乱

第二十一章　五十安能知天命	三〇三
第二十二章　燕山雪花大如席	三一二
第二十三章　天子呼来不上船	三二三
第二十四章　天子遥分龙虎旗	三四三
第二十五章　仲尼亡兮谁为出涕	三五九

目次

第一卷　蜀

第一章　李花怒放一树白　三
第二章　桂华满兮明月辉　一三
第三章　何缘交颈为鸳鸯　二六
第四章　丈夫未可轻年少　三九
第五章　已将书剑许明时　五四

第二卷　江

第六章　无为在歧路　七五
第七章　色即是空　九〇
第八章　高山可仰　九八
第九章　金陵红楼　一一三
第十章　扬州一梦　一三一

第一卷

蜀

第一章 李花怒放一树白

1

不敢高声语,

恐惊天上神。

一胎婴儿呱呱坠地,洗尽血污,裹入襁褓,未及哺乳,他就冲你小口一张,来上这么两句,你不直接吓死才怪!

当然,这是传说,只是传说。

真实的情景是:唐武周大足元年(公元701年)阳春三月一个凌晨,在蜀西北剑南道昌明县清廉乡陇西院内——这座落成未到两年,在当地人眼中颇有些神秘的深宅大院的主人李客先生的次子出生了，嘤嘤啼哭声从卧室中传了出来，大不过偶尔响起的几声犬吠，和后院池塘中的一片蛙鸣……春江水暖蛙先知，婴儿的啼哭带来了春天的希望，对于这个三年前才从西域举家迁来的新移民家族来说，现实中任何一点儿小改变带来的尽是希望……

盖因如此，对李客和他的粟特人妻子哈蜜雅来说，次子出生所带来的喜悦丝毫不亚于他们在遥远的西域——安西都护府碎叶城长子李紫出生的时候。

在床头，美丽的粟特人少妇怀抱她的心头肉，心满意足地尽情欣赏着，用胡汉兼杂的语言呼唤着她的丈夫："阿齐尔，快来看！他的毛毛是卷的呢！黄黄的，卷卷的……"

"阿齐尔"是李客原先的名字，在西域从出生起用了将近三十年，三年前举家迁到这里，入籍时方才望李树而恢复祖姓，既然本地人称其为"客"，他就索性给自己取汉名为"李客"。此时，他处于举家迁回内地后又得一子的狂喜之中，胡妻之言令他不以为然："这是胎毛，满月后刮了它，再长就直了，大尕子的头发不是又黑又直……"很显然，对于自己的混血儿子，这位父亲希望他们长得偏于自己的汉相，而不是妻子的胡相。

"娃他爸，给娃起个名字吧。"

"着啥急呢，先起个小名叫着，就叫二尕子吧。大名我得好好想想。"

李客先生煞有介事地想了一个月，遍翻四书五经，等到喝满月酒入籍时，次子的大名想出来了——正如长子的小名叫大尕子，次子的小名叫二尕子，长子的大名叫李紫，次子的大名叫李白，他的思维似乎被胡化了——不会拐弯：尕子是西域汉话对孩子的通行叫法，长子之所以取名李紫，是因为大唐官袍的颜色以紫为贵，此名中寄寓着父亲对长子的希望——那便是长大后入朝为官。那次子为什么叫李白呢？白色是粟特商人爱穿的颜色，他的粟特人妻子最爱的颜色，他们所居的陇西院的房屋院墙都是以白色为主……取白为名既是随妻之意，也寄寓了对次子的希望：像其父亲那样，像其远在西域的外祖父那样，继承家业，成为商业巨子。

传说又来了——说的是这孩子出生前夕其母长庚入梦遂取名李白字太白之事，也只能是传说——这个孩子的一生注定将滋生传说，与传说相伴，他的生在西域长在西域的粟特大商人之女的母亲，汉话倒是会说，汉字不识几个，哪里懂这些劳什子！那么，他的"字太白"又是从何而来呢？那还得等到一年以后……

二尕子嘤嘤又哭，哈蜜雅说："该喂奶了。"

2

一年过去了。

又见阳春三月天。

李客先生为其次子李白一周岁大办筵席遍邀宾客，因为他有太多的人需要感谢。

四年前，他举家从西域迁居此地——之所以不迁回原籍陇西成纪而要迁到此前八竿子打不着的此地，是因为他的一个姑父已经到蜀为官，可以对他们提供庇护……果不其然，仗着在地方上层的这个关系，当地官员便对他多行方便，让这位丝绸之路上经国际商贸练就的精明商人很快便开展起了长江水系的航运，成为该县经济的一大支柱……

所以，为次子庆生之意不在于庆生，而在于感谢；不在次子，而在本州县官员,以及地方士绅名流。

这是悄悄迁来谨小慎微埋头做事一直低调的他首次向这个地方宣示李氏家族的存在感——这一天,他无视了贱商阶层只能穿黑的规定,像粟特商人那般穿了一身白,在满堂宾客面前,朗声背诵其早就起草好的发言稿:"客乃陇西成纪人,汉李广将军第二十四代孙,凉武昭王李暠八世孙。隋末多难,一房被窜于碎叶,流离散落,异姓埋名。故国朝以来,漏于属籍。神功之年,潜还广汉,因侨为郡人,复指李树而生伯阳……"

此言既出,满座啧啧惊叹,窃窃私语……这个有些神秘的外来大户首次公开亮明其身世,果然不同凡响:这不是与当朝皇室同宗吗?而女皇姓武,此时攀此高枝,与己并无益处,甚至还会招惹麻烦,那就必然是真的了!

主人讲话激起的余波未平,下一个节目已经开始:将小寿星抱出来,与祝寿者见面——这一天,美丽的女主人哈蜜雅身穿色彩艳丽的胡服闪亮登场,手牵大尕子李紫,怀抱二尕子李白,她那标准的胡姬长相又溅起了一片涟漪……

开始抓周,小李白被母亲置于地上的一块波斯地毯上,那完全是个一头黄毛、皮肤白皙的洋娃娃,在母亲的召唤下奋力向前爬去,迅捷的爬行反映出身体发育的良好,到达地毯尽头时,面对眼前的毛笔、小剑、算盘、元宝等物件,他似乎不感兴趣,转而爬向侧面,直奔几案旁边的酒壶而去,并一把抓住了它……

满堂皆笑。

有一丝明显的失望掠过李客的眼瞳……

昌明县尉贺东昌开腔道:"这个娃儿好耍,啥子都不要,只要美酒!"

开宴了，陇西院大厨以西域烤全羊与葡萄酒款待八方来客，李客不断向人敬酒，也不断被人敬酒，饮了无数盏，喝了无数杯，好在他天生酒量大，即便如此，到宴会后半程，他也有些醉了，记不住与他对饮的人。

但有一个人他却没有忘记——或者说是此人一出现、一说话，他便酒醒了："李先生，我乃梓州学子赵蕤，出身农民，家境贫寒，承蒙先生慷慨解囊资助我进京赶考，我想在此借花献佛，用先生的酒敬先生一杯！不成敬意！"

李客想起来了，是匡山大明寺有一项资助本州贫困学子进京赶考的计划，化缘化到他门上，他便慷慨解囊了，至于具体资助了哪些人，他并不清楚，嘴里只说着："……年轻人……有机会……进京赶考……机会难得……应当珍惜……来！干一杯！祝你马到成功，金榜题名！"

两人一饮而尽。

赵蕤话似未尽，又道："李先生，实不相瞒，我已经不年轻了，去年已过不惑，跟李先生约略年纪相仿，实在是不争气，考到这把年纪还没个结果。我已经想好了，此次进京赶考，是我的最后一战，再无结果，我便归隐山林了……"

李客道："哦，赵先生的长相实在年轻，根本看不出已过不惑，说起来，我该称先生为兄，我今年三十有三，看起来已似小老头了，西域不似蜀中，天寒地冻不养人……"

赵蕤拱手道："李先生与我素昧平生，却对我恩重如山，我有一句忠言，不知当讲不当讲……"

"请讲！"李客以西域人的豪爽道，"讲出来痛快！"

赵蕤字斟句酌道："李先生家世显赫，但无须常提，我观令郎一脸贵相一身贵气，日后必超越其先祖，光宗耀祖于万世，此子乃太白金星下凡……其有字乎？"

"还……还没有……"

"容我斗胆赠其一字：太白。"

这下子李客的酒彻底醒了，他想再向面前这位书生讨教一番时，那个连面目都未看清的身影已经飘忽不见……

也是在这一天，在这个酒宴上，母亲哈蜜雅用一根筷子在酒杯里蘸了蘸，然后伸到一岁李白的小口中让他舔舔，他舔过之后脸上的表情亮了——笑容像鲜花盛开，马上伸嘴要舔第二滴……

3

李客接受了赵蕤赠李白的字：太白。

但他怎么也不敢相信这位贫寒书生神乎其神的预言，生意一忙，也就将这茬儿忘了。

当他重新想起这番话时，是在四年以后。

这一年里，女皇帝武则天驾崩，享年八十有三，归葬乾陵，在天地之间，留下一座无字碑……改天换地，周改回唐，天下又是李家的天下。

这一年里，李客有了三子，取名李蓝——他用各种颜色给自己的儿子取名，但就是不取黑字——他真是恨死这种定给他们贱商阶层的专有色了！

这一年里，八岁的长子李紫到了学龄，他将本县以私塾教育闻名的老秀才周明礼先生用高薪请到家里，为李紫上课，五岁的次子李白陪读。

开学一个月过后,周秀才哭笑不得地向李客反映了一个事实:李白识字比李紫快得多,学习的积极性也高得多。其实,这不能怪李紫太笨,只能怪李白太灵。

一个学期过后,周秀才向李客做了详尽的汇报,告诉他说:"我教了一辈子私塾,教过的娃儿不计其数,也算桃李满天下了,其中日后做大官者也为数不少,可是就没教过你家老二这么聪明的娃儿!李先生,我求求你,一定让我把他教下去,给我一个教出大才的机会!大官易得,大才难出!"

"何谓'大才'?请周先生明示!"李客急切问道。

周秀才一字一顿,掷地有声地回答:"司马相如、扬雄。"

这个时候,闻听此言,李客一下子想起四年前赵蕤的预言来了,顿时心花怒放……

然后,他们重新调整了教学规划:以教李白为主,以教李紫为辅;李白是全面地教,李紫侧重于算学——这说明,在两个儿子的培养方向上,李客做出了重大调整:让长子李紫从商,继承家业;让次子李白求仕,改换门庭。

这或许是对超前教育理论最为有力的佐证:李白早于学龄三年入私塾,却比适龄的哥哥李紫学得快、学得好。对他来说,一切学起来都似乎太容易了,于是便有点不够专注,于是他的启蒙恩师周明礼先生在课堂上给他讲了一则寓言,说的是溪水边的巨石上有个老妪用根铁杵在磨针,一童子见状不解,说铁杵如何能够磨成针呢?老妪告知:只要功夫深,铁杵也能磨成绣花针。

这则寓言故事,是周秀才听来的、看来的,还是原创的,已经不可考了。多年以后,这则寓言中的童子被置换成了李白,变成了李白的千古传说之一,家喻户晓,代代相传。回头看,这个传说颇有些含金量：说明天才如李白者，也是需要艰苦的学习与超人的意志，天才并非一生下来就十全十美。

这个传说表现出华夏民族对于天才现象的认知智慧。

4

又是五年过去。

又见阳春三月天。

白色围墙的陇西院内鲜花盛开、书声琅琅。这一日上午，李客有闲，来到私塾督课，利用课间，带周秀才与二子到院中休息、赏花。在一棵李子树下，商人李客忽然诗兴大发，随口吟出："春风送暖百花开，迎春绽金它先来……"

"好诗！妙句！"周秀才赞叹道，"这个'绽金'尤其用得好！若非李先生生意兴隆、日进万金，断然用不出也！"——由此点评即可见出：这个老秀才是真正懂诗的。

"下面如何写，想不出来，望先生赐教！"这李客显然也是故作谦虚——长年在生意场上养成的作风。

周秀才捻着自己长长的白须，四下一望，想了一想，吟出一句："火烧杏林红霞落……"

"大好！高妙！"李客高声称赞道，"李树四周有杏树，此为实景，杏林又暗通杏坛，喻指先生从教生涯的红火、辉煌……"

"知我者，先生也！啥都不说了，最后一句，有请李先生自己压尾。"周秀才道。

不知有意还是无意，李客朝向四周，东看看西望望，半天没有想出来……

"阿爸！"跟在二人身后的十岁的李白忽然叫道（竟然还是西域叫法），"我想了一句……可以说吗？"

李客惊喜交加："可以！当然可以！快说！快说！"

小李白笔直而立，望天而诵："李花怒放一树白。"

"你……你你……是在说自己呢吧？"李客惊愕地盯着自己的儿子，"啥时候学会作诗的？"

"先生刚教我们《诗》。"李白回答。

李客转而问周秀才："先生已教他们四书五经了？"

"刚开始，不光四书五经，我会让他们遍观百家。"周秀才回答，继而转向二子，"今天上午的课就上到这儿吧，你们可以去耍了，我想跟你们的父亲说说话。"

两个孩子同声欢呼，一转身便消失在树林间……

老师与家长相携来到陇西院制高点——假山上一座亭子里，周秀才将适才三人的集体创作连缀在一起，构成这首《连句》，反复吟诵、品味：

> 春风送暖百花开，
> 迎春绽金它先来。
> 火烧杏林红霞落，
> 李花怒放一树白。

"李先生的诗学功底、汉学功底也是了得，不知是哪位老师教的？"周问。

"家父所教。西域地偏人稀，条件有限，哪里请得到老师啊！我们这五代，就是一代教一代，代代相传，坚守汉学，是为家训，原本也须坚守华夏人血统的纯正,只是到我这一代,事出有因,未能守住,有辱祖宗,这也让我意识到:必须回来了!"李答。

"身处蛮荒之地,五代人的坚守,殊为不易,感天动地,仅凭这一点,也该开花结果了!"

"先生指的是……?"

"你家老二天赋异禀,必成大器!"

"适才他口出此句,着实令我吃了一惊,不过这才刚开始学《诗》,路还长着呢!"

"李先生的话对,也不对。诗人可不是学出来的。对有些孩子来说:学,不过是走走过场罢了。你家老二正是这样的孩子,他一生下来就是他该是的那个人了……"

三月春风,将此一对老师与家长的交流之言——金玉良言吹送到好远的地方……

这一年,八月十五,中秋佳节,李家第四个孩子诞生——这个阳气过重的家庭,终于生出了他们盼望中的女娃娃!

在举家狂喜之中,李客做出了一个不合伦理的决定,让李白为其新生的胞妹取名,由此可见这个二儿子在他父亲心目中的地位和分量。李白也不懂更多规矩而加以谢绝,遂为其妹取名曰:李月圆。

总算脱离了兄弟三人名字组成的色谱。

第二章　桂华满兮明月辉

5

开元三年（公元715年）。

皇帝遣使定西域，大食等八国请降。

蝗虫飞掠山东诸州……

蜀中却是一派丰收景象……

开国以来一直倡导的尊诗重道尚武之风，在明皇时代刮得愈加强劲，全国各地办诗会成风。绵州做出积极响应，欲创办一年一度的全民赛诗会。

预赛在乡，周明礼、李客、李白组成"陇西院三人组"出战清廉赛场，悉数过关，十五岁的少年李白拿出的参赛诗是：

初　月

玉蟾离海上，白露湿花时。
云畔风生爪，沙头水浸眉。
乐哉弦管客，愁杀战征儿。
因绝西园赏，临风一咏诗。

复赛在县，周明礼、李客、李白出战江油赛场，李客被刷，周明礼、李白过关，李白拿出的参赛诗是：

雨后望月

四郊阴霭散，开户半蟾生。
万里舒霜合，一条江练横。
出时山眼白，高后海心明。
为惜如团扇，长吟到五更。

决赛在州，与预、复赛交篇稿子不同，要集中在现场作同题诗，师徒二人相携而来，李客督战兼管后勤。

这一日，进入决赛的五十名选手相聚在绵州一座隋朝年间所建的高楼上，绵州刺史当场发布所作诗题：《上楼诗》——此情此景，形同科考。

很显然，出场顺序是评委根据预、复赛上交诗作质量由低到高排序，所以越靠后的出场者实力越强，师徒二人分列在倒数第三、四名的位置上。

李白先出场,翩翩美少年,走到台前来,出语便惊人:

上楼诗

危楼高百尺,手可摘星辰。

不敢高声语,恐惊天上神。

赢得满堂喝彩。

接下来该师傅登场了。年逾花甲的周明礼走上讲台,只是将李白诗重读了一遍,然后说:"长江后浪推前浪,一代更比一代强,后生犹可畏,老朽无所诗。"说罢,便下去了。

台下一片窃窃私语,有人议论道:这是老师在给自己的学生当托儿……

最后出场的两位选手,实力相当可观,一位是匡山大明寺官学教师黄四平,一位是剑南道著名隐士赵蕤。

当主持人最后一个报出赵蕤的名字时,坐在观众席中的李客眼前一亮,忽然想起什么来了……

最后,由绵州刺史宣布首届赛诗会结果,三甲名次如下:

冠军——李白;

亚军——黄四平;

季军——赵蕤。

李白一诗全州知。

当晚,李客做东,在绵州最豪华的酒楼宴请诸位获奖者,与赵蕤一聊才知他这十四年来的艰辛历程:进京赶考果然未中,干谒之路也走得颇不顺利,有点心灰意冷,如今已经归隐田园,埋头著书立说……回首往事,赵蕤问李客:"李先生,还记得我在令郎周岁宴上的预言吗?"

"记得,记得。"李客道。

"李先生请一定要记好了,"赵蕤说,"这会一步一步变为现实。"

在此宴会上,有一个人话虽不多,不过却是真高兴,那便是周明礼老先生。作为李白的启蒙恩师,他感到无比的骄傲和满足。

这天晚上,他吃了太多的敬,喝了太多的酒……

翌日,在驿馆的房间里,他再也没有醒来……

对李白来说,此次出征赛诗会真是刻骨铭心的体验:一诗动全州,却在此出征中折了自己的师傅……

6

李客出重金厚葬周明礼先生于陇西院中两人登临过无数次的假山脚下,墓碑上的题字及碑文都出自先生的得意门生李白的手笔。下葬那天,陇西院里涌进来上千人,县宰、县尉们都来了,直到这时大家才知道:周先生孤寡一生,未曾婚娶,没有子嗣,他最后所带的四名弟子李紫、李白、李蓝、吴指南像儿子一样为他抬棺、入殓、下葬……

昌明县尉贺东昌致悼词,盛赞周明礼先生终其一生为本县教育事业所做的重大贡献,他的学生真如桃李满天下。

李白当众朗读了由他亲笔起草的祭文,读之动容,听者为之感动……

等他读毕,回到原先所站之位,身边的好友吴指南悄悄说:"写得太好了!等我死的时候,也请你写祭文。"

李白没有觉得这属于不详之语，只觉得他们哥们儿之间平时就这么说话来着——这是吴指南在向他表达情谊：在李白心目中，他可是比其胞兄李紫、胞弟李蓝还要亲的"异姓兄弟"。他是陇西院管家老吴的独生子，老吴本来就是李客的生死兄弟，跟随李客在西域创立基业，十八年前又随李氏家族迁到此地，迁来第二年娶一羌人女子为妻，第二年便生下一子——正是吴指南，比李白大两岁。这孩子生下后一直寄养在邻州外公外婆家，在羌人山寨中长大，四年前回到父母身边，来到陇西院，与李白意气相投一见如故，整天厮混在一起，李白与他拜西域大侠出身的老吴习武学剑，他追着李白来到周先生的私塾课堂，能听懂多少听懂多少，最起码给自己扫了盲，避免做个睁眼瞎。

幸亏有好哥们儿吴指南的陪伴，让李白从丧师之痛中尽快走了出来。周先生是在春天离去的，这二人在习武练剑、四处游荡、寻衅滋事、打打杀杀中度过了整个夏天，一个长得白又喜穿白，一个长得黑又喜穿黑，竟然也在地方江湖上混出了个"黑白双煞"的诨名。

他们自由自在的好日子是在秋天到来前结束的，李客在自己的书房召开家庭扩大会议，除去他一家人，还有吴氏父子俩——由此可见，他完全将吴氏父子视若家人，将吴指南当作自己的亲儿子——下面所要发生的很能够说明这一点。

家长训话开始。

先说李白："周先生走了，你的学业不能荒废，我跟匡山大明寺住持说好了，你明天去那儿上公学，还记得和你一起获奖的那个黄四平吗？他就是公学的老师，可以继续教你……你的任务，没有别的，就是一心一意专心读书，学成之后求取功名仕途，让咱们李氏家族改换门庭。"

李白喏了一声。

再说李紫："你就不要再上学了，身为长子，要替父分忧，早日挑起家业的大梁。你去收拾收拾，准备早日启程，去接管咱们在渝州的业务。"

李紫喏了一声。

后说吴指南："我和你阿爸，是从丝绸之路的白骨堆里爬出来的过命兄弟，我视你如己出，跟亲儿子从无两样。你也去收拾收拾，和李紫一块启程，一直向东，去接管咱们在江州的业务。家大业大，整个长江航运有一半姓李，我的兄长们、侄儿们已经分管了长江沿线的其他业务，现在我的儿子们都长大了，该出山了。"

李客是李氏家族他这一辈中最小的男孩，却是家族基业的创建者，家族在经济上的复兴者，现在他希望自己的次子、家族下一辈中第十二个男孩李白成为李氏家族在政治上的翻身者——这便是他此番谋划的全部心迹，还有些不能道予任何人（包括自己亲人）的秘密藏在心头，留待后话。

"哥！"老吴向他拱手道，"重了！太重了！"

李客当然知道说的啥，一摆手："先让娃们家历练历练。"

7

李白最先启程，临行前父亲将悬挂在其书房墙上的一把宝剑取了下来交于他："它叫龙泉剑，李家的传家宝，据说是从咱们祖上李广将军的佩剑经过多次重铸来的，供你做日常健身和防身之用，在需要时，剑可出鞘。"——西域汉子豪气冲天，浸染给了他的儿子。多年以后，李白诗中最大的胎记——豪放，显然是来自父亲的遗传与男儿教育，以及在他心目中既很神秘又令他十分向往的祖居地——西域！他的骨血里是带有那片风土人情的！

他走的时候，他的粟特人母亲哭了——二十年间，生育了四个孩子之后，她已不再年轻，却依旧美丽。哭得最凶的是他五岁的妹妹小月圆，在三个哥哥之中，她最喜欢最依恋活泼好玩聪慧过人的二哥……

老吴要送他去，父亲坚决不让，坚持让他独自一人上路——父亲心里清楚：他今后的路不知道要走多长行多远，任重而道远，全都得靠他一个人去走、去闯……

没有人陪得了他！

亲友们不知一个十五岁少年的心思：仅离家这一项，已经足以令其兴奋不已。他出生在陇西院，长大在陇西院，读书在陇西院，已经太长太久了，他需要到外面的世界去，哪怕是没有多远的匡山中的一座庙……这个时候，他已去过了昌明和绵州，知道外面的世界很精彩，一个小小的陇西院，一个不大的清廉乡，已经关不住他了。

此时的唐朝全国总人口已经超过四千万，在世界各国中遥遥领先，其中有八十万孩子可以享受到官办的公学，这公学往往设于全国各地的道观、寺庙、讲堂，此刻李白一步踏入这五十分之一的幸运儿的行列之中……按政策，他是没有这个机会的：一个逻辑如此形成——他是商人之子，没有科考资格，既然没有科考资格，也就不必读公学了，于是他又失去了读公学的资格。本来是准备跟着周先生一直学到底，学到学成为止，有那么好的一个私塾老师，压根儿不用考虑这个劳什子"官学"。可是周先生突然走了，一时找不到像他那么好的一个老师可以聘到家里去，于是父亲便考虑让他去读官办"公学"。没有资格，创造资格，由于平时李客给这大明寺添过不少香油钱，大明寺于他则几乎是有求必应，所以这个机会，他们得给，于是李白便混进来了。

以李白15岁的年纪和私塾打下的知识基础，该上甲等班（相当于今日之高中），学制三年，学成后达到可以参加科考的水平。全班五十多个学生，断无一名女生，全都是清一色男生。虽说经历过武周时代后，女性地位大大提高，但是上公学与参加科考还是没机会。所有学生都住在寺院的僧舍中，由寺院免费提供一日两餐（过午不食），与僧侣们一同起居。

头一天上课，便出了状况——这也预示着今后三年，他会麻烦不断。

下午两节是书法课，大家坐在教室里各自的座位上临帖，李白临的他最爱的"书圣"王羲之的帖子，临到一半时有后排同学开始发笑。起先他并不觉得这与自己有关，等到全班第一个临完帖起身到老师（果然是黄四平）的课桌前交卷时，所有同学，笑成一片，除了笑他，不可能是别人了。他意识到问题出在自己背后，便当众脱下他珍爱的母亲为他新做的白袍，一探究竟，只见后背正中用黑墨写了两个丑陋的大字：贱商！

他的第一反应是一个箭步跨了回去，一把攥住后座同学的脖领子，大声质问道："龟儿子，是你写的吗？！"

李白眼中毕露的杀气让这孩子立马怂了："不……不是！你……你……脑子笨啊？谁坐你后面……就就就是谁写的？！"

此语一出，说服了李白：是啊，不一定就是后座干的？那是谁呢？他一下子犹豫起来……

这当儿,黄老师过来了,他说:"李白同学,你先坐下,老师帮你来查。谁在李白同学后背写了这两个丑字,下课后到我僧舍来认错,若不主动承认错误,后果自负。"

8

对这些志在科考的娃儿们来说,最重要的科目便是写作课,包括诗赋文的写作,由绵州著名诗人黄四平先生讲授。

黄老师的首堂写作课是从一连串提问开始的——

"同学们,学过《诗》——也就是《诗三百》的同学请举手!"

——满座之中,人人皆举。

"好,手放下。学过《古诗十九首》的同学请举手!"

——满座之中,一半举手。

"好,手放下。学过《文选》,也就是《昭明文选》的请举手!"

——满座之中,十数人举手。

"好,手放下。读过楚辞的请举手!"

——满座之中,人人皆举。

"好,手放下。读过汉赋的请举手!"

——满座之中,一半举手。

"好,手放下。读过魏晋诗人的请举手!"

——满座之中,十数人举手。

"好,手放下。读过南北朝诗人的请举手!"

——满座之中,一人举手,便是李白。

"好,手放下。最后一个问题:读过本朝诗人——譬如'王杨卢骆'、陈子昂等,请举手!"

——满座之中,再无一人举手。

"好,我今天的提问到此为止,咱们现在开始讲课,就从大家一无所知的本朝诗人讲起,从咱们的蜀中老乡——本师的朋友陈子昂讲起,他是咱们邻州——梓州射洪县人,文明年间举进士,曾任右拾遗,已经去世十三年了……我们先看他一首诗。"

登幽州台歌

前不见古人,后不见来者。
念天地之悠悠,独怆然而涕下。

黄老师的吟诵之声刚落下,只听座中一声高呼:"妙哉!杰作!"——喊出者正是李白。

这一举动引来老师批评:"李白同学,你这是私塾积习未改,公学上课,要想发言必先举手。"

引来同学的几声讪笑……

黄老师说得一点没错:在陇西院,周老师的私塾课堂上,他是可以随意发言的,还颇得老师的鼓励,现如今环境已然不同……

"大家看看这首诗,到底写了些什么?谁来告诉我?"

这下可以发言了,李白独自一人举手。

"李白同学,请讲。"

李白起立回答道:"老师,我觉得诗人写的是大孤独与大寂寞,屈子'路漫漫其修远兮,吾将上下而求索'式的孤独寂寞。"

黄老师听罢很兴奋,搓着手说:"几乎完美的答案!看来我不敢小瞧咱们这个甲等班,因有李白同学在。同学们有所不知,今年春上,绵州赛诗会决赛,本师使尽全身解数,还是被人压了一头,只得了第二名,得第一名者,便是李白同学。在我看来,大家是一群羊,我是牧羊人,对我来说,你们中出了一只头羊,实在是好事,以后我就好放羊了……"

座中响起一片无邪的笑声,亦有几张妒恨交加的小脸闪烁其间。

下课后,黄老师让李白随他去了他独居的僧舍,交给他一册薄薄的《陈子昂集》,嘱其拿走详读。

在聊了一阵儿诗之后,对他说:"在你后背上写字的,我已经知道是谁了——你现在还想知道吗?"

李白如实作答:"不想了。"

"好样的!"黄老师说,"头羊只管带头朝前奔,不要被后面的羊儿分心,至于如何让后面的羊儿不掉队,是牧羊人和牧羊犬的事。"

9

李白在大明寺公学甲等班三载求学时光(可以称之为"李白的高中时光")浓缩在以下的一组蒙太奇中——

大明寺山门前,李白舞剑,舞着他的龙泉宝剑,风景变换:春夏秋冬、风花雪月……

在蜀中那全天下最美的竹林里迎风诵读:司马相如的赋、陈子昂的诗——蜀中子弟的两大偶像……

与大明寺武僧比武……

与甲等班同学打架……

与黄四平老师散步……

在教室里举手发言,高谈阔论,侃侃而谈……

在寺中佛堂佛像前打坐、念经，自取名号："青莲居士"——多年以后，其乡因其号改名为：青莲。

夜半三更，睡了一排娃儿的僧舍里，鼾声响成一片，他仍伏案，在昏暗的油灯下，奋笔疾书……

严师出高徒，交上一篇文章，被黄老师投入火中；再交上一篇文章，又被黄老师投入火中，烈火熊熊，烧毁了电影胶片……

"这篇可以啦！"黄四平的声音入画，"虽说仿的是江淹《恨赋》，但大有超过之势，可以此赋做你的毕业论文。"

这便是李白同学的"高中毕业论文"——《拟恨赋》。

　　晨登太山，一望蒿里。松楸骨寒，宿草坟毁。浮生可嗟，大运同此。于是仆本壮夫，慷慨不歇，仰思前贤，饮恨而殁。

　　昔如汉祖龙跃，群雄竞奔，提剑叱咤，指挥中原，东驰渤澥，西漂昆仑。断蛇奋旅，扫清国步，握瑶图而倏升，登紫坛而雄顾。一朝长辞，天下缟素。

　　若乃项王虎斗，白日争辉。拔山力尽，盖世心违。闻楚歌之四合，知汉卒之重围。帐中剑舞，泣挫雄威。骓兮不逝，喑恶何归？

　　至如荆卿入秦，直度易水。长虹贯日，寒风飒起。远仇始皇，拟报太子。奇谋不成，愤惋而死。

　　若夫陈后失宠，长门掩扉。日冷金殿，霜凄锦衣。春草罢绿，秋萤乱飞。恨桃李之委绝，思君王之有违。

　　昔者屈原既放，迁于湘流。心死旧楚，魂飞长楸。听江风之裛裛，闻岭狖之啾啾。永埋骨于渌水，怨怀王之不收。

　　及夫李斯受戮，神气黯然。左右垂泣，精魂动天。执爱子以长别，叹黄犬之无缘。

或有从军永诀，去国长违，天涯迁客，海外思归。此人忽见愁云蔽日，目断心飞，莫不攒眉痛骨，挝血沾衣。

若乃错绣毂，填金门，烟尘晓沓，歌钟昼喧。亦复星沉电灭，闭影潜魂。

已矣哉，桂华满兮明月辉，扶桑晓兮白日飞。玉颜灭兮蝼蚁聚，碧台空兮歌舞稀。与天道兮共尽，莫不委骨而同归。

第三章　何缘交颈为鸳鸯

10

毕业前夕，李白收到昌明县尉贺东昌大人的一封信，嘱他下山后务必到县城他府上去一趟，有要事相商。

于是在盛夏的一日——这一届甲等班毕业的这一天，他辞别了以黄四平为首的所有授业恩师，辞别了与父亲交厚的大明寺住持，辞别了大明寺正殿每日一拜的佛，与毕业班同学说说笑笑、打打闹闹相携下山，步行来到昌明县城……

小时候，他跟随父亲不止一次来过贺府，这次来也算是轻车熟路，叩门，报上姓名，门卫一听"李白"二字，便让其自行进去，说是"老爷交代过"……

明眸皓齿、英气逼人的少年走过庭院、小桥、流水，进入客厅，嗅到一缕焚香的味道……在大明寺与僧侣们同住三年，他对焚香是敏感的，诗便来了，随口而出：

岚光深院里，傍砌水泠泠。
野燕巢官舍，溪云入古厅。
日斜孤吏过，帘卷乱峰青。
五色神仙尉，焚香读道经。

"好诗！"身后有温婉而又爽朗的女声道，"何人所作？"

李白转身，循声望去，只见一位小姐玉立堂中，年约二八，眉目娇美，正在道祖像前焚香，便如实答道："本人即兴而作。"

小姐温文尔雅道："敢问先生尊姓大名？"

李白回答："不才李白，贺县尉写书信约我到府上，说有事相商。"

"你就是李白啊！"小姐大惊，失态道，"我把你想得好老啊！还以为你是个小老头呢。"

"啥子小老头！贺红你又乱说话！人家就比你大两岁！"一个浑厚的男中音响起，贺东昌县尉从屏风后现身，"那年，我去清廉乡陇西院出席他的周岁盛宴时，你还没有出生呢。说起来真是伤自尊啊，鄙人大概是自国朝以来升迁最慢的官员吧，十七年前我就是个县尉，到今年总算是要动一动了，马上升为县宰。李白贤侄，我写信请你来，是给你留了个县衙文书的职位，你愿意来吗？"

"贺……伯伯，您知道的：我的事情，都得家父定夺。"李白道。

"我当然知道了，你在李家虽为次子，家族中的十二郎，却是家族寄予众望的娃儿……前一阵子，令尊来县城办理业务，到我府上来过，我征询过他的意见了，他同意你从县衙文书的职位干起。倒不是这个职位有啥前途，而是让你增加一些历练，加上环境也好，能够接触到州一级的官员，对你注定要走的干谒之路大有好处，说不定就被哪个中高级官员看上了，一飞冲天也未可知……"

贺东昌说话的当儿，李白感到一双水汪汪的杏眼一直在看着自己，充满好感，若有所期——或者说，他们一直相互对视着，旁若无人……

"好的，我愿意！"李白说，"只是……我想……先回家一趟，有半年没回去了，家母惦念得紧。"

"那是自然，人之常情，你赶紧回去看看，在家里住上三五日再回来履职。"贺东昌说。

李白并非想家思母到了这般程度，而是他感到自己要是再在这里站下去的话，他非被贺红那双灼热如太阳般的目光晒化了不可——这是一个赤子遭遇初恋的慌乱、迷茫与恐惧！

11

"一见钟情"的正解当为：男女双方（或许还可再扩大）在初次见面时同时爱上对方。所以，不是所有人在其一生中都会幸遇这样的好事，你爱归你爱，对方未必会同时爱上你，如果"一见钟情"又是双方的初恋，那就更加难得尤为珍贵了。

开元六年（公元718年）的这个夏天，在蜀中，昌明县宰的小女儿和清廉乡富商的二公子之间，一个年方二八的"玉女"和年方二九的"金童"之间，贺红的"女貌"（未必没有才）与李白的"郎才"（貌亦很突出）之间，就发生了这样的事，这是人性自然生长瓜熟蒂落的结果，从当时男女的生理成熟期与社会化的婚龄来说，非但不算早，甚至有点晚。好饭不怕晚，妙人终相见，这一对不论在当时还是未来看都堪称"才子佳人"的男女，应当有美好的结果——结出甜蜜的婚姻果实吧？

且看比双方生辰八字复杂得多的命运交错！

一夕之间坠入情网的男女都在同时做着同样一件事：回到清廉乡陇西院家中的李白不断向父母咨询：从小到大，我见过贺红几次？都是在哪些场合见到的？留在昌明县城贺府中的贺红也在向父母提出同样的问题：李白来过家里几次？我如何不记得小时候的他了？除了打听这些问题，便是独自躲在各自的房间里发愣：试图把对方从记忆的角落中搜寻出来，愿意找到打小便认识的蛛丝马迹——这个时候，火速陷于热恋的男方——大唐帝国未来的大诗人，还没为汉语发明出"青梅竹马""两小无猜"这两大成语，他只是主观盼望着他们是事实上的这种关系，以增大他们相遇并且应当在一起的必然性。

贺县宰给李白的探亲假是三五日，李白取了最低值——第三天便在抹去母亲的眼泪后回到昌明县衙报到上班。这个时候的贺东昌，对其宝贝女儿的情绪变化还缺乏洞察与警惕，声称县衙宿舍简陋，坚决要求李白住在贺府客房，每日随他一起上下班。热恋中的人儿，岂能不疯狂？当贺红向其父提出：想让李白做她的私塾老师时，对宝贝女儿百依百顺的父亲竟也答应了。

李白当然乐得如此，于是便在每天下班之后，干起了一份兼职——傍晚时分到小姐闺房中为其授课。

到底是武后时代的新女性，第一堂课，贺红便要求李白给她讲解司马相如的《凤求凰》：

有美人兮，见之不忘。

一日不见兮，思之如狂。

凤飞翱翔兮，四海求凰。

无奈佳人兮，不在东墙。

将琴代语兮，聊写衷肠。

何日见许兮，慰我彷徨。

愿言配德兮，携手相将。

不得于飞兮，使我沦亡。

凤兮凤兮归故乡，遨游四海求其皇。

时未遇兮无所将，何悟今兮升斯堂！

有艳淑女在闺房，室迩人遐毒我肠。

何缘交颈为鸳鸯，胡颉颃兮共翱翔！

皇兮皇兮从我栖，得托孳尾永为妃。

交情通意心和谐，中夜相从知者谁？

双兴俱起翻高飞，无感我心使余悲！

这天晚上，除了这首诗，还是这首诗，只有这首诗，有了这首诗，什么都有了，他们反反复复共诵着这首诗，直到月上东山、蛙鸣星稀……

12

李白平生第一份职业——为期一年半的县衙文书生涯乏善可

陈,作为巨商公子,他缺乏欲望而加以认真对待,再说了,谁能要求一个忽然坠入情网、深陷热恋之中的大龄青年醉心于工作呢?他肯定是没有收入的第二职业——贺府私塾教师干得更好些,而在本单位的同事口中只是留下了一些写作故事……

身为天生的诗人,他是不想做好也能做好的。

有一次,他跟随贺县宰下到基层农村考察,目睹农民烧山的壮丽景象,贺县令一下来了灵感——在这个正在走向鼎盛的诗歌王国里,哪个识字的读书人不是诗人?所有官吏自不必说,他摇头晃脑吟出两句:"野火烧山后,人归火不归。"

李白真心称赞道:"妙哉!次句甚好。"

贺县宰听罢,深受鼓舞,便想马上续下去,可想了半天,想不出来,老脸憋得通红,对应着山火……

李白说:"有话则长,无话则短,有此二句,便可以了,如不才拙作《题窦圌山》,只有二句:樵夫与耕者,出入画屏中。"

贺县宰说:"你这二句如画,颇有意境。我这二句,明明是起兴,还是得有下句压住才好,你来续之……"

既然领导有令,李白也就不客气了,再说了,对李白来说,他可不只是领导,他只有好好表现,于是便脱口而出:"焰随红日远,烟逐暮云飞。"

"有才!有才!"贺县令将四句连缀起来念道:

野火烧山后,人归火不归。

焰随红日远,烟逐暮云飞。

"妙哉!妙哉!可以题为《山火连句》,咱们爷俩合作……"

李白听罢，心中高兴。

李白情商不低，不但会讨好"未来的老丈人"，还会讨好"未来的丈母娘"——

有一天，贺府中，下人赶着一头牛从堂下经过，县宰夫人大为光火，怒而斥之……

李白见状，张嘴就来：

> 素面倚栏钩，娇声出外头。
> 若非是织女，何得问牵牛。

此诗一出，县宰夫人转怒为喜，县宰大人哈哈大笑，县宰千金则在暗中朝李白直竖大拇指……真乃一诗讨好了一家人！

后世研究者总将李白戏作类的诗列为"伪作"——这是其超前之后证，头一个将诙谐、幽默带入汉诗的华夏人一定是李白，孔子曰"诗，可以兴，可以观，可以群，可以怨"——也可以乐，可以戏，可以笑。他这么做很自然（李白的一切都显得很自然）：原本就是个好玩人，又置身于爱开玩笑爱扯经的蜀文化之中，头脑中又没有太多不苟言笑一本正经苦大仇深的条条框框束缚，随便一步跨出去，便领先同行逾千年……

13

如果人生可以规划，该恋爱时定要恋爱，可以放下一切来恋爱，因为这不是随时随地可遇可求之事，绝大部分时光将无爱可恋……过去的一年半，对于李白（也对于贺红）来说，正是如此。

由于初恋，由于真爱，太过珍惜，太想要一个完美的世俗结果，这一对燃烧般的恋人倒是头脑冷静、行为谨慎、注意隐藏、充满规划……

开元八年（公元720年）——当这一个庚申年的春节到来时，便是他们规划中的行动日。过完这个年，李白就满二十岁了，贺红也要满十八，都是标准的大唐大龄未婚青年，早就应该谈婚论嫁了！

对清廉乡陇西院中的一门之主李客来说，据守长江沿线生意的兄长们、儿子们、侄子们全都回来了，李氏家族欢聚一堂好不热闹，欢庆家族生意兴旺财源滚滚。大年初二是华夏人传统中走亲访友的日子，李客一大早就起来了，用过早餐之后，便在管家老吴、长子李紫以及几个家丁的陪同之下，押送着三马车重礼，朝昌明县城去了……

一行人到达贺府时已近正午，贺东昌一见三车重礼的阵势，感到非比寻常——入蜀二十三年来，李客可没少给这位升也升不了贬也贬不走的老县尉"上贡"，可一次给这么多，却还是头一遭，那一定是有事相求，贺东昌想到的是全县利税第一大户在本县生意上的事……

未曾料到，刚进堂屋，李客便开门见山，拱手亮明来意："贺兄，我是来求亲的！"

贺东昌听得分明，便有些慌神，故作不解道："李兄指的是……"

"今儿个不是走亲访友的好日子嘛，"李客朗声道，"我来替犬子李白向贵府千金贺红求婚！"

贺东昌彻底明白了，有一点被两个孩子蒙在鼓里的恼怒感，客人面前却不便流露，嘴上一边抵挡着："小女贺红何德何能，承蒙前途无量的贵公子垂青！"

李客执着道："据我了解，两个孩子是一见钟情，情投意合，也很慎重。李白是除夕夜吃团圆饭时才当着家族众亲的面说出此事的，对我提出了这个请求，我感到两个孩子郎才女貌、年龄合适、十分般配……能够成就一桩好姻缘。不知贺兄意下如何？"

贺东昌回话道："不急，不急，刚好到了午饭时间，咱们开饭，边吃边谈。孩子的婚姻，父母的大事，我把夫人也请出来……"说完便走了……

这一去，去了很长时间。

等到午饭开始，饭桌上未见贺红，李客隐约感到：这桩婚事，没那么简单……

虽说道理是成立的，贺东昌解释说："既然是商议她的婚姻大事，她还是暂且回避一下为好。"

午宴开席，贺东昌、贺夫人陪李客坐于屏风后面的首桌，坐定之后，寒暄一番，酒过三巡，贺夫人发言道："老爷适才跟我讲明了李兄的来意，对我们夫妻来说，这事儿来得有些突然……当然，这是一桩好事，很可能如李兄所说，或许能够成就一桩好姻缘，可儿女婚姻，皆出父母之命、媒妁之言，做父母的理当为孩儿的前途做些考虑——我便直说了吧：贵公子目前在县衙做文书，尚无一官半职，很难保障小女婚后的生活……"

"这方面还请贺兄与夫人放心，"李客恭敬道，"我会给他们一笔不菲的安家费，足够小两口过上衣食无忧，不愁柴米油盐的生活。"

"我说的不是这个意思，李兄虽家财万贯，不也只是布衣之身？贵公子须改变一下身份。"——这个女人好厉害！

这下李客听明白了，适才贺东昌消失了不短的时间，便是安排好了这一切，这个女人说的话，句句都是他的意思，他们有二十年以上的交情，他不好意思开口说的话，便都交给她说了。

而他自己呢，只是敲敲边鼓，做做补充，尽量把夫人的话圆得好听些："李兄不是不知，贺红是我最小的女儿，最疼爱的孩儿，我们两口子真是舍不得把她早早嫁出去。我们愿意陪着她等李白早日干谒成功，求个一官半职，待他功成名就之日，便是他俩婚事大办之时！"

李客全明白了，午饭桌上，酒量极大的他早早装作不胜酒力，借此告退。他的三车厚礼，贺东昌也是坚决不收，只好再押运回来……

在返回清廉乡的路上，李客对自己无话不谈的把兄弟老吴一五一十回复盘了午饭时首桌上的情况，让他帮忙做个判断。见多识广的老吴一语中的，道："一个七品芝麻官，觉得咱李家高攀不起他们家呗！"

李客叹了口气："是这意思。"

老吴做出一副深不可测的表情："李家真要亮明身份，不得把这老龟儿子吓死！"

14

李客经的事儿多了，经历的挫折、失败也多了，不差为子求婚不成这一件。有些话，他只能对自己说——他对自己的婚姻并不满意：李家在西域繁衍了五代，指望他以微薄的汉学功底去打政治上的翻身仗是不现实的，他也就没有娶官员之女的必要，最终娶了个胡商之女，为家族打经济上的翻身仗带来了诸多好处，却给自己名义上带来了耻辱——没有为家族守住华夏血统的纯洁性，有违祖训。于是，对儿女的婚姻，他设置了一条红线，那便是嫁娶对象一定得是汉人，迁回内地多年了，这似乎不成问题。只是，李白既是李客为家族选定去打政治翻身仗的那一个，他的婚姻便不得不有更高的要求，争取找个官员之女，让岳丈做其未来的靠山，至少可以将他带入那个圈子，而七品芝麻官的一个县宰显然是太小了。

所以，不成就不成吧。

由于求婚不成，从而开启李白的干谒之路，让他借此迈开步伐走出去——这也是个不错的契机，所以，李客在书房里对李白的交代，更像是一番动员令！

白也自尊，原本就是骄傲的人，立马便中招了，打了鸡血般，急于出征！

为示隆重，李客命吴指南过完年暂时不回江州，先陪李白出征干谒……

早春二月的一日，哥儿俩各骑一匹快马出征，先去李白单位——昌明县衙告假，也许就是辞职。贺县令还算客气，听说李白此去干谒十分现实：不出巴蜀，只去益州和渝州两大城，便笑吟吟地提供了两条线索："文才盖世的国朝大文人苏颋先生刚刚就任益州大都督府长史，按察节度剑南诸州。到益州后，必先拜他——他可是与燕国公张说齐名，被称作'燕许大手笔'，我感觉他或许对你的文采诗才会有赏识。渝州刺史李邕先生乃国朝一等一的大书家，爱才如命，喜欢举荐人才，到渝州后，必先拜他，好在你字写得不坏——不过，此人太过看重才，爱才归爱才，自己也是恃才傲物，被他看上不容易。拜过这两人，巴蜀之地便无人可以再拜，定要把握好时机。总之，出门在外，好自为之，事事处处，谨慎为宜，一切全看你的造化了。我和贺红在家等着你的好消息！"

这番话让李白心中一喜（像是未来的岳丈说的），从县衙出来便上马直奔贺府，想与贺红来个告别，门卫却不让他进去，说是"老爷特意叮嘱过"，李白将一页诗笺交给他，请其代为转交，还是不受："老爷说了，东西也不收。"——吃此闭门羹，李白大为光火，觉得贺东昌在跟他玩阴一套阳一套的老狐狸策略，冲动之下，从吴指南背上取下弓箭，将诗笺卷在箭上，张弓搭箭，一箭射入贺府院中，那诗笺是他头天晚上用蝇头小楷抄录的卓文君写给司马相如的信：

　　一别之后两地相悬只说是三四月

　　又谁知五六年七弦琴无心弹

　　八行书无可传九连环从中折断

　　十里长亭望眼欲穿

　　百相思千系念万般无奈把郎怨

　　万语千言说不完百无聊赖十依栏

　　重九登高看孤雁八月仲秋月圆人不圆

　　七月半烧香秉烛问苍天

　　六月伏天人人摇扇我心寒

　　五月石榴如火偏遇阵阵冷雨浇花端

　　四月枇杷未黄我欲对镜心意乱

　　忽匆匆三月桃花随水转

　　飘零零二月风筝线儿断

噫郎啊郎巴不得下一世你为女来我为男

　　随箭矢射落到庭院中的诗笺，被下人拾走后交给了贺小姐。贺红反复读罢，哭得跟泪人儿似的……对于自己的爱情与婚姻，她完全没有把握，只盼望李白犹似其偶像司马相如一般的好运，为此她在家中，日日"焚香读道经"……

第四章　丈夫未可轻年少

15

一白一黑，两位少年，一白一黑，两匹骏马，在蜀中剑南道的地界，朝着西南方向，飞奔而去……

他们挎剑背弓的侠客装扮，在崇尚武功阳气正盛的大唐帝国，在偏安一隅古风尚存的巴蜀之地，并不显得丝毫违和，反倒是大唐时尚少年标准的装扮……

这一路上，变成了两人的骑术竞赛，他俩虽然都生于蜀中，但都身带祖辈的西域基因，天生好舞剑、善骑射、喜远游。他们交替领骑，日行百里，也未耽误一路上山清水秀的大好风光……

这是李白有生以来第一次出蜀（二十岁才走出去），一切尽如他的想象：外面的世界很精彩！从此以后，他远游的步履便再也停不下来了，直达一生……而对吴指南来说，这一行程同样新鲜，过去三年，他据守李家在江州的生意，由于工作需要，沿着长江上下来回，到过沿岸多座大城，却还没有机会在生长于斯的巴蜀之地漫游……

而前方的第一个目的地——益州，对于蜀中子弟来说堪称梦中之城，是他们心目中原蜀国的首都！

当山形越变越圆，一座葱茏幽深、繁花似锦的大城出现在眼前——益州到了！

三年在外历练，吴指南已经变成社会人儿，一进城他便打听益州长史行馆所在地，在闹市中心找到之后便在其附近再找他们下榻的驿站，待到安顿下来，已是黄昏时分，便决定明日再去拜访苏颋大人。

二少年在驿站洗漱一番，换上干净衣服，步行前往闹市，专挑热闹的大酒肆。他们发现：酒和菜的味道虽未大变，但却比他们来自的绵州要精美许多，还有女人，显然更加时髦漂亮……听人称之为"小长安"，李白便想象着他这一生注定要去的国都长安的样子。

烧春酒喝掉一壶，吴指南同学春心大动，问李白曰："你和县宰家的那个女娃儿——叫……叫啥子？"

"贺红。"

"哦，你跟贺……贺红，发展到哪一步喽？"

"啥子发展到哪一步喽？你不是不晓得：大年初二我老汉儿上门去求亲，人家都没得答应。你说能发展到哪一步？"

"锤子！她老汉儿答不答应，跟你两个发不发展有个球关系！

剑南道的娃儿谁不晓得'暗度陈仓'？"

"咋个'暗度陈仓'？"

"二尕子，你都多大喽？你是真傻还是假傻？你就老实交代吧：你们两个睡过觉没得？"

"没……没得。"

"那好，吃完饭，你跟哥走，哥带你去开开荤、吃点肉……"

"这桌上不是有肉吃嘛，还去哪里？"

"瓜娃子，你跟哥走就对喽！"

于是，一壶酒喝完，满桌的菜尚未消灭光，李白便被吴指南拉起走了，出得酒肆只朝那浪笑四起、灯红酒绿处寻去，刚到一处热闹地儿，便被一群拉客的妖艳女子团团围住……

没吃过猪肉，还没见过猪跑吗？李白心想：这便是所谓的"青楼"吧？

等李白极力摆脱掉两个妖女的拖拽，回头再寻那吴指南，看见吴指南已被众女拥进大门去了……

他循着原路找回下榻的驿站，连日赶路，人困马乏，躺下便着，鼾声顿起……刚才那一幕，对于这个不到二十岁的处子来说，不是没有诱惑力，只是他觉得：他美好的第一次，应该留给洞房花烛夜，留给他初恋深爱的贺红——男人也有贞节……

翌日天刚亮，他便醒了，瞅见吴指南的榻上仍空空如也，看来这小子是醉入花丛一夜未归啊，他在心里骂道：这个畜生，身体真好！

他起床、沐浴、洗漱、更衣，到驿站对门的小饭馆里，要了一碗肥肠面，一边慢慢吃着，一边观察着周围的顾客、路上的行人。益州的一切都让他感到新鲜、兴奋……

用过早餐，回到驿站，他取出在家时便已认真抄录好的自己的一个小诗文集，早早出发，步行来到距此不远的益州长史行馆……

尚未到上班时间，他便急不可耐地向门卫报上姓名、说明来意，门卫十分客气："苏大人不在，下到剑南各州巡查去了。"

李白焦急问道："啥时候回来？"

门卫回答："小的不知。"

既然不在，那只好改天再来拜访，李白心想：我还是先把益州畅游一番吧。

城如棋盘、树木葱茏、店铺林立、人民安闲——益州之美，在李白眼中渐次打开……

未过多久，他已来到城南一处地标性景点——散花楼，系前朝蜀王杨秀所建，十分雄伟壮观，是益州的制高点，在这尚无游人的早上，他独自一人登上楼去，望着朝阳下的城市，诗便来了，随口吟出：

登锦城散花楼

日照锦城头，朝光散花楼。
金窗夹绣户，珠箔悬银钩。
飞梯绿云中，极目散我忧。
暮雨向三峡，春江绕双流。
今来一登望，如上九天游。

16

他们在益州等了整整一个月。

从早春二月等到阳春三月,等到李白跨过自己二十周岁的生日,那一天他俩在酒肆中喝到酩酊大醉……等到益州各大官私妓院多了一个老嫖客吴指南,等到益州各大名胜古迹多了一个老游客李白,等到益州各大酒肆饭馆多了两个小酒鬼、小吃货,等到益州黑社会组织开始打听:绵州来的"黑白双煞"是何来历、有何背景,等到益州文人圈子开始初传少年天才李白的诗名,等到李白对贺红的思念与日俱增无以复加,出手写成下面这首诗:

白头吟

锦水东北流,波荡双鸳鸯。

雄巢汉宫树,雌弄秦草芳。

宁同万死碎绮翼,不忍云间两分张。

此时阿娇正娇妒,独坐长门愁日暮。

但愿君恩顾妾深,岂惜黄金买词赋。

相如作赋得黄金,丈夫好新多异心。

一朝将聘茂陵女,文君因赠《白头吟》。

东流不作西归水,落花辞条羞故林。

兔丝固无情,随风任倾倒。

谁使女萝枝,而来强萦抱?

两草犹一心,人心不如草。

莫卷龙须席,从他生网丝。

且留琥珀枕，或有梦来时。

覆水再收岂满杯，弃妾已去难重回。

古来得意不相负，只今惟见青陵台。

他以诗代书，给贺红寄去……

为确保她能亲手收到，他特意不寄县衙由其父转交，而是直接落址贺府注明"贺红亲启"……

盼星星，盼月亮，终于盼回了苏大人！

只是他们的首度见面，与李白设想中的极为不同——人间万事大抵也是如此吧。

这一日中午，吴、李二人正在益州最繁华的城中心一家酒楼的二楼上吃午饭，酒酣之际，忽然听到街上传来一阵喧嚷嘈杂，有人拖着长腔喊道："长史大人回府，暂请回避！"夹杂着围观群众的议论声："苏大人回来了！苏大人回来了！"

吴、李不约而同一个箭步跨至窗前，凭窗一望，但见窗下街头，一顶官轿和几匹高头大马正在徐徐通过，围观者将他们堵得很慢，吴望了李一眼说："你等的人来了！别让他跑球喽！"

一语将李说笑了："不得让他跑！"

接下来，两人又想到一块去了，同时跃上窗台，同时一跃而下，刚好落在轿前……

两个背弓挎剑英气逼人的少年从天而降，虎视眈眈地立在长史大人的轿前——这是怎样的一幕情景？

难怪高头大马上的士卒发出一声怪叫："有刺客！保护苏大人！"

说时迟那时快，一把长戟已经伸到二少年面前，几名士卒已经横挡在轿前……

持戟士卒厉声质问："龟儿子……想做啥子？！"

吴浑然不惧，回答道："不想做啥子。"

"不想做啥子，为何挡官道？不知道挡官道是大罪吗？"

李沉着笑曰："误会了，我是来投刺的，不是来行刺的。"说罢，从怀中取出一册自己的手抄诗文集："敬献苏大人！昌明布衣学子李白已在益州等候您月余了！"

士卒迟疑着，不知该接不该接。

"接下来呈给我。"轿中传出一个沧桑的男中音。

士卒接了过去，递了进去。

从一过完年便下到各州巡查月余便可看出：这是一个好官。从回府路上群众的反应也可看出：这是一个好官。现在，他的表现依旧像个好官，宁可先停下来，不着急回府，也要将一位路上投刺的乡镇少年的诗文看个大概……这或许是当朝大文人的本色使然吧。

这个时段，不知过去了多久，整个街道，仿佛电影中的定格镜头。

最终，结束于一句平淡无奇的台词——轿子里的男中音："李白，这册诗文我拿回去今晚细品，你明天上午来长史行馆见我。"

周围响起了一片掌声，来自现场围观观众……

这天晚上，吴指南没有再去妓院寻花问柳，也未喝得烂醉如泥，他知道办正事的时刻到了，两人早早睡去，第二天天亮即起，吃过肥肠面便直奔长史行馆。李白进去面见苏大人时，吴指南就在大门口守着，真像是他的贴身侍卫……

下人按照盼咐将李白直接带入苏颋雅致的书房，勤勉为官的苏长史已经在等候他了……

"苏大人早！"李白拱手道。

正在伏案精研李白手抄诗文集的苏颋抬起头来——这才是两人所见的真正的第一面……

苏颋五十出头，标准的国字脸，身体已经发福，是唐人眼中的好样子。对少年李白来说，这是他平生拜见过的第一个大官，便建立起了他心目中标准的官相，尤其是当他开口说话时，身为京兆长安人的一口字正腔圆的标准官话，让李白肃然起敬……

更何况他对李白说的第一句话就将这位乡镇少年捧上了天："天哪！这不是司马相如在朝我走来吗？司马相如在世时一定就是这个样子！一定！"

然后，苏颋便毫无架子与李白交谈起来——说的全是他连夜阅读李白手抄诗文集的体会。李白从中了解到：苏颋更看好他的几大赋：《拟恨赋》《拟别赋》《明堂赋》《大猎赋》，认为他的水平已经超越扬雄、江淹，直逼司马相如！最后当着他的面在其诗文集封面上用蝇头小楷写下如此评语："此子天才英丽，下笔不休，虽风力未成，且见专车之骨。若广之以学，可以相如比肩也。"他准备将此上报朝廷，这一年他向朝廷大力举荐的本地人才将是："赵蕤术数，李白文章。"

李白听着耳熟，好奇问道："哪个赵蕤？"

苏颋回答："梓州赵蕤，现在匡山隐居。"

"我的手下败将。"李白傲气侧漏。

"此话怎讲？"苏颋好奇问道。

"五年前绵州赛诗会上，我获冠军，他获季军，是我在诗上的手下败将。"

"这是显而易见的,他在诗赋方面,才不及你,无法与你相提并论。"

"听家父讲,他曾来过我的周岁生日宴会,预言我乃太白金星下凡,并赐我字:太白。"

"此人之语,可以当真。更何况,此时的他,已非五年前的他,更非你一岁时的他。最近五年,他不求于世,隐居匡山,潜心修道,著成一部天下奇书《长短经》,共九卷六十四篇,集儒家、道家、法家、兵家、杂家和阴阳家思想之大成,以谋略为经,历史为纬,记述国家兴亡、权变谋略、举荐贤能、人间善恶四大内容,又以权谋政治和知人善任两个重点为核心;此书高妙完美,天人合一,振聋发聩,警世惩恶,是难得的谋略全书。"

……

"刚才等你时我在想,如果你与赵蕤合为一体,是一个人,那该多好啊,那样的话,咱们蜀中就要为大唐为华夏再贡献一个宰相了!"——君子坦荡荡,苏颋心中想着他人,一语之中却预言了身后的自己……

整整一个上午,两人相谈甚欢。最后,爱才如命的苏颋对李白发出了语重心长的忠告:"你天赋异禀,文才过人,难免恃才傲物,傲语伤人,虽无法避免,但不可太过,天下大得很,山外有山,人外有人,人各有所长,万不可以己之长笑人之短……你只有收敛傲气、从善如流、博采众长,方能成为一代大家,老朽之言,还望记之。我会速速将你和赵蕤的情况上报朝廷,你回家耐心等候便是。出来一个月,爹娘都惦记了吧?"

苏颋留饭,李白考虑到吴指南还在门外等候,今日之见已是如此完美,再要留下来吃人家的饭,便是贪心不足了,连忙告辞。

苏颋一直将李白送到长史行馆大门口,眼里头满满的全是欣赏与关爱……

17

初战顺利,思人心切,对于李白来说,是否按计划下渝州,也曾有过一顿饭的犹豫。最终,少年的雄心与玩心占了上风,哥儿们的鼓动起了作用:"不管结果如何,权当好耍!"于是翌日一早,两人便收拾停当牵出马来,准备出发……

在驿站前台结账时,李白对着已经混熟的驿站老板感叹了一声:"益州太大了,渝州没这么大吧?"走过南闯过北的老板不以为然:"益州还叫大?也就相当于长安城的十分之一吧。"

闻听此言,李白更想去看看大唐之大了,那就从渝州开始吧。

窝在益州城里的这一个月,甚少用马,两匹骏马已经休养得膘肥体壮、跃跃欲试、跑意无穷,以日行百里的速度,朝着东南方向进发……

对外人来说,巴蜀是一家,但对蜀人来说,巴是别国,两位蜀中少年,心怀出蜀的新鲜与兴奋,朝着渝州猛赶,六天以后,终于到达……

这是一座依山临江而建的城市,这一特色令两位平原丘陵地带长大的少年兴奋不已。这一次,吴指南无须考虑渝州刺史府在哪儿了,直奔李氏长江航运渝州分舵所在地,李白长兄李紫正据守着这里的业务,"亲兄弟+把兄弟"见面,好不热闹,把酒言欢到深夜……

长江是李家的长江,长江沿岸的各大城市都有李家子弟据守,难怪李白在诗中呼之为"故乡水"。

在饭桌上，从李紫口中了解到：由于李家在本地规模不小的的生意，他跟这渝州刺史李邕常打交道，此人绝对是个清官，从不受礼，公事公办，与之见面，倒无压力可言，行就行，不行也没辙，一切全看造化和缘分了。

翌日上午，吴指南在住处睡大觉，李紫领着李白便去了，熟门熟路，顺利地见到了李刺史。

乍一见面，李白便感觉不佳，李刺史——一个四十来岁的精瘦男人，临案泼墨书法，连抬眼看他们都不看一眼。

李白见他学的是王羲之，符合自个儿的书法审美，出于真心喊了一声："好！"

那人仍然不抬头看他，直至书完，似乎很不满意，随手撕掉了，书童端来水盆，洗手，擦手，落座，这才朝客人的方向看了一眼……

"还是生意上的事吗？"他不无怪罪之意地问李紫道，"我跟你说过多次了，有公事到州衙去找我，别来家里……"

"刺史大人，敬请见谅，"李紫说，"今天不是公事，但也不是私事，唉唉，公事私事有点分不清……"

"你就直说吧，究竟什么事？"

"我弟李白素慕先生高名大德，专门从家乡赶来投刺，请先生赐教。"

李刺史这才将目光投向李白，打量了一番，嘴里念叨着："形象还不错……不过，举荐人才不能只看外表形象，你有什么拿给我看的吗？"

李白口中称有，赶紧从怀中取出一册自己手抄的诗文集，上前几步呈上。

李刺史接过去，翻了两下便问："是你自己抄录的吗？"

李白回答："是。"

"你这字儿可写得不怎么样啊！"李刺史道。

"字是小器。"李白竟脱口而出。

李白也是不会说话——此话显然刺激到了这位当朝大书家，他立马反问道："字为小，何为大？"

李白掷地有声道："诗为大。子曰：'不学诗，无以言。'"

诗名不小并且早已写出"织女桥边乌鹊起，仙人楼上凤凰飞"（《奉和初春幸太平公主南庄应制》）的诗人李邕翻看着他的小册子："理儿是这个理儿，可你这诗也未熟啊！"

李白无话可说。

李邕继续批其曰："你这赋嘛，只能叫习作，不过是对司马相如、扬雄、江淹诸君的描红练习……"

李白忍无可忍。

"且回家去好好修炼，三年后再出来闯。"李邕傲慢道。

李白拱手曰："谨记先生教诲，这就退下回家，临别口占一诗，赠予先生可否？"不等对方应答，李白已经喷出：

上李邕

大鹏一日同风起，抟摇直上九万里。
假令风歇时下来，犹能簸却沧溟水。
时人见我恒殊调，见余大言皆冷笑。
宣父犹能畏后生，丈夫未可轻年少。

喷毕转身，旁若无人，一甩袖子，大步流星，出门而去……

对于长辈、级别不低的地方官员、当朝著名书家、诗人直呼其名，置于诗题，岂止是轻慢，简直是宣战！而从诗之内容来说，就算李白小册子上的诗全都一钱不值，但是此诗一出，足可以灭掉李邕迄今所有的诗歌成就，这便是常人遇见了天才的必然结果。或许因为诗好，李邕才真正感受到了羞辱，顿时恼羞成怒，将手中的小册子投掷于地，嘴里嚷嚷着："龟儿子，把你的破诗拿走！"

李紫从地上捡拾起诗册，追了出去……

18

从此以后，似乎每一次外力的打击，都能够刺激李白出佳作——此诗一出，不胫而走，迅速传遍巴蜀文坛，除了诗好，还有这层因素：这位大名鼎鼎的渝州刺史，以善于举荐人才闻名，也以居功自傲目中无人闻名，有人公然写诗讥刺，大快了许多人心——这不，有人因此诗找上门来了——与李紫相识的渝州县尉宇文少府登门拜访李白，与他一见如故、相谈甚欢，带他到各处游玩……

在渝州，宇文少府带他去高级妓馆听艺妓唱诗——这是他平生第一次欣赏到这种大唐时兴的高雅艺术，他打心眼儿里喜欢，听着一位艺妓演唱著名诗人、当朝宰相张九龄先生的《感遇》：

> 兰叶春葳蕤，桂华秋皎洁。
> 欣欣此生意，自尔为佳节。
> 谁知林栖者，闻风坐相悦。
> 草木有本心，何求美人折！

他心想：什么时候，我的诗也能够被她们传唱呢？

在渝州，宇文少府带他吃遍了巴国美食，他最喜欢的竟然是江边码头上纤夫们发明的一种食物：在汤锅里涮杂碎……就像巴国的民歌一样，最好的东西往往来自民间……

在渝州，朝朝有酒夜夜醉，此次巴蜀游，亦是酒之旅……

半月之后，李白与吴指南离渝赴峨眉山之际，宇文少府为之设宴饯行，赠其一只装书卷的桃竹书筒，李白即席赋诗一首作为回赠：

酬宇文少府见赠桃竹书筒

桃竹书筒绮绣文，良工巧妙称绝群。
灵心圆映三江月，彩质叠成五色云。
中藏宝诀峨眉去，千里提携长忆君。

峨眉山就在李、吴二人返程途中，宇文提醒他们：切莫错过这座名山！

于是，两位精力过剩的蜀中少年随即展开了一场赛马加登山的"铁人双项赛"，赛马未分出高下，两马同时抵达峨眉山脚下，最终的决战全在登山。结果却出乎预料，在羌人山寨中外公外婆家长大的野小子吴指南竟然被清廉乡陇西院中长大的财主公子李白甩在了身后，完败于后者。

站在峨眉山巅——万佛金顶之下，望着气喘吁吁爬上来的吴指南，李白打趣道："龟儿子，你晓得你为啥子败给老子吗？"

吴指南无奈地摇摇头："不……不晓得。"

李白说："从益州到渝州，这一路上，你是夜夜狂欢太辛苦！

身体透支了！"说完，哈哈大笑。

吴指南哭笑不得："你这只童子鸡是有劲哈……"

对于李白来说，峨眉山是其榜样（是榜样而不是偶像，他的偶像是谢朓）陈子昂写过的，他到此地，就必须有诗——这是必答题。李白面对群山，沉吟半晌，脱口而出：

登峨眉山

蜀国多仙山，峨眉邈难匹。
周流试登览，绝怪安可悉？
青冥倚天开，彩错疑画出。
泠然紫霞赏，果得锦囊术。
云间吟琼箫，石上弄宝瑟。
平生有微尚，欢笑自此毕。
烟容如在颜，尘累忽相失。
倘逢骑羊子，携手凌白日。

吴指南听了，没有反应，诗中用的典，把他搞晕了，他没有听懂……

下山途中，遇上几个山贼，要他们留下买路钱，二人此行最大的遗憾得以弥补——手中宝剑终于弹出，二人仗剑手刃数人……

此行圆满，但前程未卜。

第五章　已将书剑许明时

19

峨眉归来，匡山小了。

益州、渝州归来，绵州、昌明小了。

李白骑着快马归来，上不去绵州，下不返清廉，而只去昌明——因为他的贺红在昌明！

这个黄昏，他人马抵达昌明贺府门前时，感觉颇为不妙：府中张灯结彩，地上爆竹残屑，空气中还残留着一丝火药的味道，仿佛这里举行过一场盛大的欢庆仪式……

像是在大办喜事！

他急不可待地叩响朱门上的铁环，一个不熟悉的门卫开门问他找谁，他回答说："找小姐。"

对方又问："哪个小姐？"

"贺红小姐。"

"你不晓得吗？贺红小姐今儿晌午出嫁走了。"

"你说什么？出嫁了？！"

"对呀！"

"嫁……嫁……嫁给谁？！"

"绵州刺史的公子呀。"

"……老……老爷……在家吗？"

"在。"

"请通报一下，就说……县衙文书李白求见。"

门卫去了一阵儿，回来放他进去："老爷在书房见你。"

李白感觉自己如同一具行尸走肉似的走进贺府，穿过前院，来到书房……

"回来啦？"贺东昌简直如沐春风，仿佛一夜之间年轻了十岁，看来嫁走女儿令其活力大增，"有收获吗？"

"有……有……"平素伶牙俐齿口吐莲花的李白从未感到过说话竟是如此之难，"苏……苏颋大人……还比较……欣赏……我的赋，已经将我上报给朝廷，让我回来等……"

"好啊！这就是收获！跟我预感差不多，他自己是文章家，所以能够欣赏你的赋……李邕大人呢？"

"不欣赏……他对我的一切……都瞧不上……"

"哈哈哈！也在我预料之中，此人就是以狂傲著称的，被他看上的人很少……安全回来就好，你还是回县衙继续当差吧，等等看有没有好结果。没有就过上两三年再去。"

"李大人也说让我修炼三年再去……不了，就算等不来好结果，我也不回县衙当差了，这次出门干谒，我确实感觉自己不足之处很多，还需要好生学习，我想去拜个名师，苦修三年再出去……"

"这个想法好啊，有出息！出去见见世面，还就是有好处……我支持你！"

"谢谢贺大人！"

"不谢，不谢，都是我应该做的……还有……别的事吗？"

"我听说……贺……贺红……出嫁了？"

"对，今儿晌午办的喜事——今儿一整天，昌明和绵州都在传这一件事。"

"怎么……这么……急呀？"

"这件事，是有点……突然。上个月，绵州刺史大人突然上门求亲，我和她妈都觉着这是一门好亲，就答应了。对方心急，择一吉日，就把亲事办了。"

"贺红……也同意？"

"当然同意，她不同意，这事儿也办不成不是？"

"她同意就好……她同意就好……我希望她幸福……过上好日子……"

"娃儿，我知道你对贺红一片痴心，你从益州寄给她的诗被我扣下了，她没有看到……我懂你的心，也请你能懂我们做父母的心，我这一辈子，在仕途上没啥指望了，攀上刺史家的高枝，也决然不是为自己，只是为了小女能嫁个好人家，往后的日子会过得更好一点……"

"你会后悔的！"李白突然说，"我会让你后悔的！"

说罢，转身离去，袖子一甩，大步流星，旁若无人……

留下贺东昌，嘟囔了一声："我会后悔的？——但愿吧！"

20

李白丧魂落魄地如行尸走肉般被他的马、被吴指南带回了清廉乡陇西院家中，其表现就像任何一个在二十岁经历了初恋失败的少年一般：先是不吃任何东西，完全处于绝食状态，不光不吃，而且不睡，睁着他那双老虎般的圆眼睛，呆望着前方，跟个傻子似的……后来，吴指南给李客支了一招：给他酒喝，酒能解愁，也能补充热量，让他不至于饿死，喝了还能睡觉。李客采纳了，每天两坛子剑南老春送进去，睡是睡着了，可老睡不醒……

一晃半个月过去，一天晚上，夜深人静，李客终于忍无可忍，命吴指南用凉水将其激醒，送进自己书房……

李命吴退下，在门口守卫，任何人不得入内。

待吴出去之后，李客启动机关，将书架后面的密室之门打开，提着一只李字灯笼，命李白随之一起进入……

李白瞬间酒醒，他从来不知道，家中修有密室，就在父亲书房！

跟随父亲进入这黑暗的密室，发现是一条长长的暗道，他深一脚浅一脚地跟随父亲朝前走去，心里数着：一里地，二里地……大概走了二里地，终于走了出去，出去一看，已在陇西院墙之外挺远的地方，靠近涪江码头蛮婆渡……

关于蛮婆渡名字的来历，当地有两种传说：一种是这一带羌人多，羌人被称作"南蛮"，羌人妇女老在江边浣衣，所以取名"蛮婆渡"；另一种说法直指李家——码头航运的生意属于李家，女主人——李白母亲常在码头上现身，她那胡妇的样子被人称作"蛮婆"……

时令已经入夏，蜀地已经相当燥热，但秘道之内显得格外阴凉，让李白彻底清醒过来……

在院外洞口未做久留，李客又将李白领回秘道之中，退回到其最深处停了下来。一只李字灯笼置于父子二人之间的地面上，将两人的身影投射到秘道的墙壁上，变形、夸张、阴森、恐怖，像一个不可告人的巨大的秘密！

"这个秘道是二十三年前盖陇西院时修的，"李客开始训话，"那年你还没有出生，修秘道的工人都是外乡人，这个秘道在咱们家族内部也没几个人知道，在你这一辈中你是第一个知道的。修的时候我就在暗自祈祷：希望它永不启用！用不上更好，但不可以不修，由于我们这个家族的特殊背景和命运！这世上能有我能有你能有李家这一大家子人，就是因为一条秘道的缘故！所以，我们家不论住在何处，都不会忘记修秘道！我下面要说的话，毫不夸张地说，传出去可是要掉脑袋的，全家族人人都得掉脑袋！所以我把你带到这里来说，我也只会说一次，你听清了就听清了，听不清我也不会说第二次……"

李白狠狠地点了点头，以示自己完全清醒。

"玄武门之变你知道吧？"李客问道。

"儿时听周先生讲过，后来在大明寺公学听同窗议论过。"李白回答。

"那个被李世民一箭射死的皇太子李建成就是我们的祖上……"——此时此刻，在李白耳中，父亲说出的每一个字都如同一声惊雷，在这封闭的秘道中炸响。

"莫怪我到今天才告诉你（还不能告诉你的哥哥弟弟妹妹堂兄

弟表姊妹们），我族不是蓬蒿人，不是他娘的贱商，我们是比当朝皇帝血统还要纯正的皇族，如果没有那场下流的政变，咱们祖上李建成就是名正言顺的大唐皇帝，我们都是皇子皇孙。当年，那个恐怖的夜晚，我族之所以未被杀尽，就因为李建成的一个嫡孙被人通过家中的一条暗道抱了出去，抱到陇西养大，后来辗转到碎叶城……祖上定下一条规矩：这个家族的核心机密只传给每代人中那个最有出息的孩子，我有幸被你祖父选中，因为生意打理得好，让家族在经济上打了一个翻身仗——你是不知道，咱们祖上最惨之时，连饭都要过，还饿死过人，近百年来，过得太不容易……现在我选中你，是因你天资聪慧、天赋异禀，又受了完整的汉学教育，有能力有条件求官晋爵，为家族打一场政治上的翻身仗。我们是从国都长安从皇宫里逃出来的，我们就要回到那里去，并且是通过合法的不冒险的手段……"

李白听得足下瘫软，竟一屁股坐在地上了……

"幸有武周朝！"李客继续训话道，"这个骚老娘们儿一心为己，并不在意李家谁为正宗，反倒让我这一族有了安全感，得到了喘息之机，借此实现了经济上的翻身。如果不是在武周朝，如果不是你的一个姑爹入蜀为官，我哪里敢将这一大家子迁回内地迁居到此？如今情况有变，这江山又回到了姓李的手里，还是通过下流的政变（下流是可以遗传的），可还是在李世民的子孙手里，我族的危机并未解除，虽不像当年那般重，但已不像武周朝那么轻……咱们一定要随时保持头脑清醒，以认清处境，最好的办法当然是自强不息，光在经济上强大恐怕不行，一定要在政治上打一场翻身仗，力争在你这一代改换门庭，打回到士大夫阶层去，打回到帝王将相中去！士农工商，连升三级！你想想看，不翻身怎么行？一个七品芝麻官——小小县令的女儿竟敢瞧不起你这个李唐皇室的正脉嫡孙！你为她不吃滥喝，伤心颓废，值得吗？有种靠自己本事去得个进士，得个状元；做个刺史，做个拾遗，做个宰相，封妻荫子，光宗耀祖，一人得道，鸡犬升天，不比什么都强！所以，你给我站起来，李家需要你站起来！"

说到激动处，李客抡起一脚将二人面前的灯笼踢飞，那灯笼一下自燃起来，变成一个大火球，照亮这阴暗的密室……

21

李白活过来了。

现代精神病院中对于患者采取的电击疗法的有效原理大概就是如此吧。

当新的一天开始的时候，他忽然感觉到饿，他冲母亲喊饿，想吃烤全羊，想吃手抓饭，想吃馕……李家内迁到蜀已经二十余载，家里的味道却还是西域的味道、碎叶城的味道……

就像普天之下所有母亲一样，李母哈蜜雅面对儿子的要求，像是得了帝王的将令，随即下令厨房做出一桌地道的西域饭……

然后看着儿子吃，心满意足地欣赏。

吃饭时，李白已有心情和弟弟妹妹说笑了：这一年，李蓝年满十五，不喜读书，已经跟随父亲开始学做生意；月圆刚满十岁，长相随其母，比三个哥哥生得更胡化些，像一个美丽的洋娃娃……

吴氏父子也被哈蜜雅请来一起用餐。席间，李白与吴指南免不了要喝上几杯，但都表现得比较节制，因有父辈在场之故吧。

一餐饭吃完，李白便当着全家人的面宣告了自己的决定：不闲待在家干等朝廷消息了,也不去昌明县衙上班了,明日启程再进匡山拜蜀中名士赵蕤为师苦修三年,修成之后再次出征行干谒之事。

哈蜜雅望着她最有文化最有才华也最为雄俊的儿子,满眼尽是欣赏与自豪……

李客听在耳里,暗自轻舒了一口气,他知道昨夜的密室大交底——他的"电击疗法"奏效了,他对这个儿子没有看错……

很明显,李白接受了苏颋的建议——之所以接受他,是因为他觉得此人对自己客观公正,他既能记住他写的:"此子天才英丽,下笔不休,虽风力未成,且见专车之骨。若广之以学,可与相如比肩也。"还能记住他说的:"如果你与赵蕤合为一体,是一个人,那该多好啊,那样的话,咱们蜀中就要为大唐为华夏再贡献一个宰相了!"他甚至已经心悦诚服地接受了他的忠告:"你只有收敛傲气、从善如流、博采众长,方能成为一代大家……"

翌日清晨,吴指南骑马将李白送至匡山脚下,李白骑着自己的白马上山,先到大明寺拜见了自己的授业恩师黄四平,再从黄老师口中打探到赵蕤在匡山深处的隐居之所。师生重逢分外亲,有说不完的话,相聚却是短暂的,在大明寺吃过午饭,李白便骑上白马继续赶路……

下午时分,太阳西斜,他打马行于山路,远远望见山洼中孤零零的一户人家冒起了炊烟……想必就是这家吧?他心里想着,快马加鞭,加速来到这家门前……

"有人吗?"他冲着其中一间竹屋高喊。

门帘一掀,出来一位眉清目秀神清气爽的中年妇人,不说话,只是望着他,细细打量着……

"大姐,请问这是赵先生家吗?"他问道。

"哪个赵先生?"对方反问道。

"大名鼎鼎的赵蕤先生。"

"是嚓,是他的家,不过,他回梓州老家办丧事去了,这两天才回转来。"

这下子尴尬了,李白不知道如何是好。

"兄弟,你是哪个?"幸好对方问道,"找他有啥子事吗?"

"我是昌明清廉乡布衣学子李白,素慕先生才学,来拜先生为师!"李白认真作答。

"你就是……李白呀!"妇人惊喜叫道,"剑南道都晓得的神童,这些年来,我家老赵可没少念叨你,他说你早晚会来找他耍的。"

一看对方是个心直口快之人,李白也不怕冒失了,马上问道:"您是赵夫人月娘吧?"

"是嚓!你咦个晓得我呢?"

"江湖上谁不晓得你们这一对神仙道侣啊!"

话一说开便好办了,月娘安排李白在另外一间竹屋住下。没过多久,晚饭便端上桌来,让李白高兴和放松的是:他将自己效仿孔子之门的学费——一大捆自家做的腊肉刚刚交给月娘,便有一块被蒸熟切细后上了晚饭的餐桌,真不把他当外人啊!

赵家私酿的米酒、自己种的新鲜蔬菜、匡山深处采的山珍,加上他带来的腊肉,再配上香喷喷的白米饭,这顿晚餐的好吃程度丝毫不亚于昨日家中的西域大餐,这让李白对今后三年的生活充满向往和想象……吃过晚餐,李白便早早睡下了,赶了一天山路,人困马乏,在入睡前的那段时光里,在黑暗中听着竹屋外的万籁俱静,心里想着黄四平老师给他讲的赵蕤夫妇的传奇人生——

是啊，在这个包罗万象的人世间，还有很多人以他暂时不了解的方式生活着，依然过得很精彩……

也许是赵、李二人命中有缘心有灵犀，也许是这赵蕤精通周易能掐会算，第二天黄昏时分，赵蕤便到家了，他归来的盛大场景让李白深感震撼：此时该当归林的群鸟百禽，全都聚集于他的身边，有的还落在他的身上，像迎接山大王归来……弄得刚刚办完父亲丧事披麻戴孝的赵蕤落了一身鸟屎……

李白觉得：这个形象太牛逼了！这就是他要拜的师傅啊！他要拜的师傅非得是个神仙！

以至于，寒暄过后，上得餐桌，酒过三巡，当赵蕤开门见山单刀直入："五年前在绵州，你就在诗上把我打败了，如今又写出了《上李邕》这样名动巴蜀的杰作……我还有啥子可以教你的？"

李白的回答竟然是："像刚才那种禽鸟来朝就可以教我！"

赵蕤有点失望："这个可以教你，月娘就可以教会你，而且不需要三年，半年就可以了。"

幸好接下来的话李白说对了："不光学这个，我要学《长短经》。苏颋先生说这是一部天下奇书，他说：'如果你与赵蕤合为一体，是一个人，那该多好啊，那样的话，咱们蜀中就要为大唐为华夏再贡献一个宰相了！'"

此话一听，赵蕤泪目，自干一杯，一时语塞："这个……这个……我教你……精研《长短经》，三年肯定不够，不过以你的天资悟性，也许够了……"

世上没有无缘无故的投入，以亲生父亲李客为证，其目的是为家族翻身；世上没有无缘无故的施教，以萍水相逢的赵蕤为证，其目的是要打造一个能人一张利嘴去替他满天下宣讲《长短经》。

这一年，赵蕤已经六十有二了，虽然外表看上去，只有四十来岁的样子，但作为一个有智慧的人，他知道自己这辈子大体也就如此了，而他用毕生心血浇灌出来的《长短经》却将名扬天下，载入青史，通向不朽！经过多年物色，李白是他认为最合适的那个人，他在其满月宴上便算过他的生辰八字，他知道此子必成大人物，至于在诗还是在仕，精通"观人术"的他一时还看不太清……

22

三年果然不够，被延长为四年。

这是李白的大学时光，更像在读研究生、博士生，唯一的导师是赵蕤教授，导师的助教是师母月娘。

四年之中，只有一门必修课，那便是《长短经》，有大段大段的背诵要求，好在李白有过目成诵之童子功；有立论驳论的教学实践，师生二人互为"对方辩友"；有对当前时政以及国内外大事的交流研讨，让李白学会以治国能臣乃至一国宰相的角度"处理问题"……赵蕤虽为纵横家，但却天生嘴慢口拙，自认为此生在这方面吃了大亏，无数次干谒失败在他的面红耳赤结结巴巴。现在他要利用李白天生的好口才，进而将之打造成一位春秋战国时代的舌辩名嘴转世，为此他连官话都要教，虽然自己的官话并不十分标准，带有无法克服的蜀国乡音……

除此之外，其他皆为选修课，李白愿意学，赵蕤可以教，那就教一下，属于综合素养的部分，从他一见倾心的唤鸟术开始……

赵蕤平素以游医为业，采草药为生，是剑南道的名医。李白从而习之，增长了不少医药学知识。月娘虽比赵蕤小了将近三十岁，却是比赵蕤资历还要深的女道士，帮李白进一步了解正在重振的国教，教他辟谷之术，教他种菜、酿酒、做饭……

他被李邕看不起的书法，在赵蕤这里得到了补强……

每天与群山为伴，翻山越岭便成为家常便饭，为其此生的又一重身份——行者，打下了坚实的身体基础，做好了充分的专业准备……

他可以反过来教老师和师母的东西也不少：写诗作赋的诀窍——在这方面他是灵感多多火花乱闪的鬼脑子，剑术、骑术、射术——在此山中，他将射术扩展为狩猎，让他们常能吃到各种野味儿……

赵蕤教李白抚琴，月娘教李白吹笛，李白教他们吹笙、跳青海舞……

所以，日后被称作"蜀中双杰"的李白与赵蕤的关系，只在竹屋里的课堂上，在《长短经》的教学上，像师生，在此之外，更像是一对忘年交的朋友、学友、诗友、剑友、山友、酒友……而月娘呢，对李白来说，师母如母，给他无尽的母爱，有时又像姐姐，可以在一起无拘无束地玩。这四年这三人真的就像一家人，用蜀国乡音说："好耍的一家人。"

四年之中，李白只回过三次家，全都在过年时。

四年之中，李白未写一首诗，是其生命中十分稀有的一段时光，他将全部的时间和精力都用在学习上了——学自己不懂的，最强项暂且搁置一边……

四年以前，苏颋对赵李二人的那次大力举荐，后来终无下文。四年之中，也不是一点机会没有。绵州刺史听说二人隐居匡山，善养禽鸟，亲自跑来探看，一看大喜，欲将二人接到绵州去专门养鸟，再伺机举荐给朝廷……换作常人，先去了再说，不管怎么说，也混上了一口官饭吃，而此二人者，是何许人也？那一天，当着绵州刺史的面儿，赵蕤悄声问李白："你愿意因为鸟养得好而被招进宫里去专门养鸟吗？"李白想都没想，脱口而出："锤——子！"

四年之后的李白，仅从外形看，已经变成了一个十足的男子汉——日后被友人称作的"雄俊士"：俗话说：男的二十三，还会蹿一蹿，已过二十四周岁的他，没有长过七尺，在大唐男子中属于中等偏下的个子，有点对不起父母的身高——尤其是他那身材颀长的胡母，极有可能是习武过早过度之故，更有可能是全都长成脑子了。虽然身材不高，但却十分匀称、结实、灵活，由于心向道教，时常辟谷，从不贪吃，此生他将与本朝崇尚之丰伟无缘。作为一名胡汉混血儿，他将两种血统集于一身并结合得恰到好处，在汉人眼里，并非胡人，只是一个剑眉大眼高鼻梁的俊小伙，在胡人眼里，亦非胡人，只是一个文气十足又不乏英武的大唐青年……

一个外形上的标准男人，实际上还是一个男孩——伟大的民间教育家赵蕤先生意识到了这种落差、错位与不足，于是对其博士生毕业前的最后一门课做了富有针对性的精心安排，然后让自己消失——回梓州老家去了……

由于全面停课，李白一早起来便去爬山——他也知道快要走出这群山了，抓紧时间过足山瘾。待到下午归来时，师傅赵蕤已经颇为神秘地消失无踪，晚饭桌上，师母月娘不进饭菜，只是一个劲儿地喝酒，还不断地劝他酒，喝到微醺之时，方才开口说话："老赵……布置我……给你上……最后一门课……上完这门课……你就毕业了……他让我代他送你下山……"

正在举杯饮酒的李白呛了一口酒，这老头也太他妈酷了！他心想——其实这时候他还不知道他有多酷！只是一腔离愁别绪在一瞬间里袭上心头……为了掩饰，他随口问道："最后一课……教我啥子？"

月娘莞尔一笑——那笑中竟有一丝平素罕见的妩媚："我把水都烧好了……吃完饭……你先去柴房沐浴、更衣……"

李白想：八成是道学的某一科——所以，由月娘来教，四年课程，由一门道学告终，也像是师傅的精心安排……

吃完饭，带着一身干净衣服来到柴房，大木桶中已经蓄满了温度适宜的热水，掩上房门，脱去衣服，下到桶中，全身浸泡在热水之中，李白已经热泪盈眶了，说实话，他舍不得这个家——他住了四年的家，一辈子就这么过，有什么不好？他骨子里不缺少随遇而安的东西，只是在命运之路上在其身后总有一条鞭子在不断地抽打着他……

他舒服、安逸、惬意得睡着了……

朦朦胧胧中他感觉到有一双温柔的手搓洗过他的全身，他闭着眼不想醒来，以免终结这温柔乡中的美梦！只是那闭着的眼睛也是漏光的，那一道灿烂的白光，来自一个成熟妇人丰腴的胴体，与他面对面相拥在这桶热水之中……这四年之中，他曾在大山深处的瀑布之下，在三人裸泳时见识过这具充满诱惑力的胴体，对他这个赤子而言，这便是"女人"二字的最好诠释……待到此时此地，他才恍然大悟，一瞬间里全都明白了：这最后一课，要学啥子！因为四年之中，这对老夫少妻不止一次地提及过"房事""房中术"之类的话题，只不过是在养生的话题下或开玩笑的语气中……当他想到：今晚这一切的发生，只是出于师傅对他的爱，对他关怀到如此具体的程度,他的身体便像触电一般挣脱了对方的搂抱,他跳出桶去,也顾不上擦干身体,抱起自己的干净衣服,便朝门而去,嘴里嘟囔着:"这门课……我不选……不能选……"——师傅、师母主动要教,他拒绝学习的课,确实还没有,这是头一门!

"男欢女爱,天之道也,这没有什么,你自己别想多了……"月娘说。

"我不能干一件让自己痛快一夜却后悔一生的事……"李白嘟囔着。

"唉,看来你是假道真儒呀,不过,你们的孔老夫子不是也在说'食色,性也'吗?"——月娘一语成谶,一言击穿李白的一生。

李白愣住了。

"我知道,以你习惯于逃避的脾性,这就是……永诀了!"月娘以泪洗面,"李白,你且记住,你终此一生一定要追求到世俗上的成功——如果不是这样,你会活得很痛苦——这就是姐的临别赠言!"

进退不得的李白,还是退了。

当晚,他牵着他的白马,像游魂一样,深一脚浅一脚地行走在匡山深处,星空之下、月光之中,向自己青春岁月中最为美好最有收获的阶段告别……

23

赶了一夜山路,天蒙蒙亮时,李白即将走出匡山,沉睡四年的诗情也苏醒了,犹如东方朝阳喷薄而出——

别匡山

晓峰如画碧参差,藤影风摇拂槛垂。
野径来多将犬伴,人间归晚带樵随。
看云客倚啼猿树,洗钵僧临失鹤池。
莫怪无心恋清境,已将书剑许明时。

他到底是太白金星下凡——天生的诗人,与诗最亲,待此诗脱口喷出,他整个身心都感受到一种释放的愉悦,昨夜的纠结似乎也释怀了。他有点纳闷儿:过去四载他为何莫名其妙地戒诗了呢?这让他明显少了一大乐子……好在,他还是那个目击诗存出口成章的李白!好在,从今往后直至生命的最后一刻,他再也不会这样了……

走出匡山之后,他扬鞭纵马来到绵州。从走出匡山开始,他盛大的告别便开始了,向生他养他教他的大地、山川、江河、城郭告别,他不知道自己酝酿多时的离蜀何时回归,只是朦朦胧胧地感到:那会需要很久,久到望不见……

昨夜离开时,他把自己所剩不少的银子大部分留给了他山中的家,只带了一点做回家的盘缠。他打马进入早晨空空如也的城市,在城中心找到一家普通的客栈住下。赶了一夜路,人困马乏,他倒头便睡……

午后,他在饥肠辘辘中醒来,来到客栈一楼喊了一碗肥肠面,狼吞虎咽便去逛街……四年以前,从巴蜀最大的两座城市益州、渝州干谒归来之后,他感觉这绵州城变小了,四载前不着村后不着店的山中隐居生活又让他重新感受到城市的繁华——是的,这繁华还是令他喜欢、兴奋,说明他还不是一名真正的隐者、纯粹的道士——月娘说他"假道真儒",没准儿真的说对了——二十四岁的他,更渴望出世!

　　望着午后大街上安然闲逛的城市居民,他想起绵州刺史那次驾临山中,如果那一次应了举,他已经生活在这座城市里了——但对他来说,那是不可能的,别的不说,尊严上也不能接受。他忘不了,他的初恋情人贺红就是被这刺史的儿子娶走的,他最初的爱情就是被葬送在这座城中!

　　他来到这里,难道是来凭吊的吗?

　　不知不觉间,他的脚步来到本城地标性建筑——也是制高点——那座隋末建的高楼前,他写出过冠军诗篇的地方……

　　他登上楼去,惊喜地发现那一年的三甲诗篇与此后历年赛诗会的获奖作品一道,被本地书法家写成书法挂满在顶楼展室的四壁上……

　　他和他一前一后的两位老师挂在一起——证明九年来他走在一条正确的路上!

　　他将此处所挂的每一首诗全都细细读了一遍,感觉自己的那一首还是没有被人超越,心中不免有些小得意……

　　正是午后游人如织的光景,聚集在顶楼的游客全都在仰头读诗——在这个举国上下全民崇诗的帝国里,如此这般的景象并不稀奇,有人一边阅读一边议论:

　　"《上楼诗》:危楼高百尺,手可摘星辰。不敢高声语,恐惊天上神。"一个女声的朗读引得李白侧耳谛听:这声音怎么如此耳熟?像是从遥远的梦中传来……"写这首诗的时候,李白才十五岁,那时候他跟着他父亲来过我家……"——这难道是在做梦?在梦中得遇梦中人?可这声音又如此真实,他的后脑都能感觉得到她散发的气息……

他猛然回过头去，不禁脱口而呼："贺……贺红！"

绵州刺史的儿媳、风姿绰约的少妇贺红和一个丫鬟正双双立在他的身后，惊讶地冲他杏眼圆睁……

世界上竟有这样巧的事！无巧不世界。世界上竟有这样无解的事，他也不知道自己为何非要来绵州……

"李白！"贺红也脱口而呼，"是你吗？真是你吗？！"

两人四目相对，泪如泉涌，都在对方的盈盈泪光中，看到了自己的影像……这一眼，什么都有了！什么都还在！

李白走上前去，一把拉起贺红就朝楼下跑，两人一直跑到楼外，招手叫了一辆"马的"，跳上马车，扬长而去……

两人消失在李白下榻客栈的门前，便再不见其影……

对李白来说，命运之神如此安排：情欲一旦浮出水面，就必须得到解决，一个男孩将留在故乡，一个男人将走向世界……当心之所爱有缘无分，却能够成为鱼水之欢的第一次，已经是命运的慷慨恩赐了！

他们为自己争得了一天一夜，当刺史的儿子从跑回家去的丫鬟提供的线索中理出头绪，率一众家丁挨家挨户遍查客栈，终于堵在他们房间的门前，他们正在商量私奔出逃的详细计划……

"他来了！听声音，就是他！"贺红说，"李白，你先走，从窗子走！"

"好！"李白说，"我会回来接你的！你全推到我身上！"说着，他已穿好衣袍，持剑来到窗前，望望窗外四周，纵身一跃而下……

守在大门口的两个家丁发现了他，一边叫人一边冲上前来，被其两剑刺翻，抢下一匹马来，夺路而逃，冲出城去……

他快马加鞭，一路狂奔到家……

李客一听情况，知道动用暗道的这一天终于没有躲过去，并且来得这么快，为儿子收拾好所有路上所需之钱物，令其叩别生母、弟妹……由老吴从暗道护送他到蛮婆渡码头，乘自家的快船离开……

李白酝酿多年的离蜀，说来便来了，恰似命运松中有紧的节奏。

江

第二卷

第六章　无为在歧路

24

　　李白乘坐李氏航运的专用快船，顺涪江而下，数日之后，抵达渝州。

　　此子心理素质实在了得，明明是在闯下大祸之后的逃亡路上，竟然还吹笙吹笛，竟然还有诗的灵感——还有心情向蜀山蜀水行以宏大的告别礼——

峨眉山月歌

峨眉山月半轮秋，影入平羌江水流。
夜发清溪向三峡，思君不见下渝州。

诗中之峨眉山，并非眼前实景，而是他心中的蜀山的总代表，那么这个"思君"中的"君"字到底是抽象的——所有故人的代称？还是具象的——特指某个具体的人？只有作者本人知道，而从眼下的情势判断：此"君"极可能是贺红！李白是在向自己的初恋情人告别！逃回家中，他并不想走，想去家乡某处先躲躲，等到情势有所缓和，再将贺红接出来，完成他们计划中的私奔……可是，他刚将自己的心迹告诉父亲，便遭到一顿劈头盖脸的呵斥："二尕子！你不要命了！到这会儿了，还在想这个鸟女人，你不是跟赵师傅学过'观人术'吗？你还没有看出来吗？连老子都看出来了：她是你的扫把星，没有她，你何至于招惹如此大祸？龟儿子，赶紧逃命去吧！混不出来，不要回来，回来就是个死！这就是你的下场！听清楚了没有？！"——这一路上，父亲的诀别之声在他心中反复回荡着，令他心如刀割……

与生父李客相比，胞兄李紫则冷静得多，一听弟弟李白闯了大祸，便将他藏了起来，还不断变换藏身地点，之所以不急于让他逃得更远，是怕官府的通缉令一下达，他在举目无亲投靠无门的路上或异地更容易被抓，李紫常年在长江上跑生意，没少接到这样的通缉令，也没少看见过逃犯在这条大江上被抓。为了掌握官府的信息，李紫这些日子经常去找渝州县尉宇文少府打探，为了不给对方带来可能的麻烦，一直没有主动说出李白的事情。

奇怪的是：官府的通缉令一直没有下达。

那便只有一种可能：李白并未杀死谁。

转眼到了年底，李紫打算以回家过年为名，跑回清廉乡打探情况……

开元十三年（公元 725 年）在爆竹声中到来，又是丰年，国泰民安，东都洛阳米斗十五钱，此地渝州米斗区区五钱……大隐于市的李白，深居简出，心情却不受影响：该吃吃，该喝喝，该诗诗，该剑剑，该吹吹，该拉拉，该弹弹，该唱唱，一直等到李紫从家乡归来……

李紫带回的消息有好有坏——

坏的是：李白果然杀了人！当时守在客栈门口的两位家丁中的一个，被他一剑刺死。好消息是：另一个还活着，只是被刺伤。好在这二人只是家丁而非官兵，刺史大人便不想声张，不想让家丑外扬，便接受了李客对这两家的抚恤，双方私了。

他该自己上路了！

胞兄传达的父亲的叮嘱听起来是那么冷酷：不要回家！不要写信！不要在诗中提及家人姓名！奔自己的锦绣前程去吧，李家从此不需要你了！

他本是父亲手中分量最重的一枚棋子，现在成了弃子。

25

除了让弟弟一次带上足够的盘缠，李紫还让他带上了一件新生事物——一张在当时仅在商人中使用尚未在百姓中普及开来的银票，票面价值三十万钱，可以在大唐帝国境内任何一家合法钱庄提取到现钱。

于是，李白即将成为大唐乃至华夏历史上第一批银行支票使用者之一。

"用完了,你就近去找李氏航运分舵,任何一个叔伯和堂兄弟都会再开给你。"李紫说,"别不好意思,这是年三十吃团圆饭时父亲专门交代过的——这也是你作为李家子弟应该分到的红利。"

"怎么好意思!"李白说,"这些年我在山中舒舒服服地读书,你们却是风里来浪里去在长江上打拼……"

"不要这么说,人各有命,命该如此,谁叫我读书读不过你呢!"李紫说,"只要你干谒成功,一朝为官,一飞冲天,咱们家就有救了!不要怪罪、记恨父亲,在李家,没有谁比他更看重你,在咱们四个兄弟姊妹中,母亲最爱的也是你……你可一定要争气啊!"

李白使劲点头,泪如雨下。

兄弟二人紧紧相拥,在码头上。

这一次出发,他不再坐专船了,坐的是李氏航运的普通商船,这一次出发,他无须担心:前有堵截,后有追兵……

又见阳春三月天,胞兄李紫、朋友宇文少府为他过了二十五岁生日,在这大好的春光中,船出三峡、经巫山、过荆门、到江陵,他诗如泉涌——

渡荆门送别

渡远荆门外,来从楚国游。
山随平野尽,江入大荒流。
月下飞天镜,云生结海楼。
仍怜故乡水,万里送行舟。

浩劫之后,幸存之时,似乎是李白这一生佳作的一大喷发点,并且还写得让读者看不出缘由,从而看轻了他的一些外表狂欢之作……

对于蜀国子弟来说，只有彻底离开蜀山巴水，才是真正地"出蜀"……天可怜见，他将浩瀚长江称作"故乡水"，这又是何等气派的大手笔！哦，或许他就该如此称颂长江，从某个角度上说，这是李家的长江——他们李氏家族的一亩三分地，他们的财富之源……

在当时以及后来漫长的岁月中，此人都被视为"天才"的代表——如果你理解成"天才"便是无师自通无须学习那就大错特错了——很有可能，"天才"意味着更善于学习才对——此人真像是一块海绵，走到哪儿学到哪儿，在渝州时，他跟当地人学会吹巴国民歌，写出了《巴女词》；船入古代楚地，便随同船旅人学吹楚国民歌，写出《荆州歌》……

天下之大，似乎任何大事小情能唤起他的兴趣，从渝州出发时，便上来一群道士，他便主动上前搭讪、接触、交流，了解到他们是来自自己故乡青城山的道士，此行的目的地是江陵荆门山，名闻遐迩的司马承祯大师将南游衡越，途经此地专设道场，他们将亲赴现场一睹其风采……这位大师李白自然是知道的，从师母月娘口中知其在国教中的国师地位。闻听此讯，他便决定将此次长江行的第一个登岸逗留之地定在江陵，跟着这帮道士走……

26

武周时代，重佛不轻道，司马承祯曾被女皇帝武则天召入京师亲降手敕便是明证。恢复李唐后，重道不轻佛，司马承祯又被唐睿宗李旦召入宫中询问阴阳术数与理国之事，他答之以阴阳术数为"异端"，理国当以"无为"为本，颇合帝意，被赐以宝琴及霞纹帔。开元九年（公元721年），当朝皇帝李隆基派遣使者将其迎入宫中，亲受法箓，成为"道士皇帝"。当此之时，道教被钦定为国教，这位晋宣帝司马懿之弟司马馗之后、道教上清派茅山宗第十二代宗师俨然成为钦定的"国师"，正走在自己人生的巅峰。此番南游衡越途中经过江陵，成为当地轰动一时的大事件。

为不耽误国师行程，官方未将道场设于深山名观，就设在江陵县衙，国师讲道之日，此地好不热闹……

时年七十六岁高龄的司马承祯大师，看起来顶多花甲之年的样子，精神矍铄，意气风发，在其弟子胡紫阳、徒孙元丹丘一左一右的陪护下，隆重登场……

全场一片惊叹，观者为之倾倒。

道场内所有席位都是事先预定的，并且只面对闻讯赶来的各方道士。本地及周边来的道士占据了前几排的好座位，远方来的道士只能占据后几排，李白是跟着青城山道士混进来的，看见席位紧张便不好意思与道士们争抢，主动站在一旁——这一站，却站出戏来……

"李白！"有人在道士丛中回头，叫了他一声。

他定睛一看，是一位女道士，竟有几分面熟，再看个仔细，不禁脱口而出："师母！"

确乎是师母月娘！

她怎么会在这里？

她怎么不会在这里？

他头一回听说国师的名字和事迹，便是从她口中……严格说来，在道教上，她不是他的"师母"，而是他的"老师"——"启蒙老师"！

去年夏天，他是为了逃避她要亲身传授的"房中术"而出逃匡山的，如今却在这里相逢——逃避七情六欲的人儿，又在信仰的道场中相逢……

他下意识地在其四周搜寻赵蕤的身影，遍寻所有人也未能找到……他知道师傅本是纵横家兼及杂家，对于道教并不狂热，再加上岁数大了，没来也正常……

月娘的突然出现，让他脑子乱了，又有人喊他时，他竟没有听见……

"后边那位后生，怎么不坐下呢？没有座位了吗？"司马承祯冲李白招呼道。

李白毫无反应。

全场都转头看他。

"反正是站着，那索性站到前面来吧！来！"司马向李挥挥手——这是一位真大师，待人亲切如风。

全场一片啧啧羡慕声。

李白这才反应过来，也不谦让推辞，抬脚阔步上前，径直走向讲坛，就立在并排就坐神仙一般的师徒三人旁边，相形之下，毫不逊色……

在主持人一番隆重的介绍与赞美之后，大师开讲。

高僧才说家常话，大道士也一样，侃侃而谈，眉飞色舞，形象生动，通俗易懂……

李白很快便听进去了，一听进去便止住了刚才的意乱情迷。

宣讲环节占了一个时辰，结束之后是听众提问，有一道士问大师曰："何谓'仙风道骨'？"

此问提到在场者心坎里去了，现场发出一片共鸣声。

大师环视四周一圈之后，手一指现场唯一一位未穿道袍站立一端的李白斩钉截铁回答道："这就是仙风道骨！此子有可与神游八极之表！"

全场皆惊，一片哗然。

年轻道士元丹丘起身，让出自己的席位给李白就座，李白也不推辞，安然就座，面不改色，旁若无人。

提问继续，机会难得，满堂道士，问题多多。

司马承祯果然有宗师风范，耐心解答，绝不敷衍，不觉已至正午时分。

主持人就此结束问答环节。

这时候，并未参与提问的李白忽然开腔："这一上午，听大师教诲，如饮甘露，豁然开朗，文思泉涌，即兴成赋，可否在此献予大师？"

主持人觉得此可助兴，加之又是大师欣赏之人，便慨然应允："可也！"

于是，李白重又站起，面朝大师，深鞠一躬，出口成诵：

大鹏遇希有鸟赋

南华老仙发天机于漆园，吐峥嵘之高论，开浩荡之奇言，征至怪于齐谐，谈北溟之有鱼，吾不知其几千里，其名曰鲲。化成大鹏，质凝胚浑。脱鬐鬣于海岛，张羽毛于天门。刷渤澥之春流，晞扶桑之朝暾。煇赫乎宇宙，凭陵乎昆仑。一鼓一舞，烟朦沙昏。五岳为之震荡，百川为之崩奔。

尔乃蹶厚地，揭太清，亘层霄，突重溟。激三千以崛起，向九万而迅征。背業太山之崔嵬，翼举长云之纵横。左回右旋，倏阴忽明。历汗漫以夭矫，跚阊阖之峥嵘。簸鸿蒙，扇雷霆，斗转而天动，山摇而海倾。怒无所搏，雄无所争。固可想象其势，仿佛其形。

若乃足萦虹蜺，目耀日月，连轩沓拖，挥霍翕忽。喷气则六合生云，洒毛则千里飞雪。邈彼北荒，将穷南图。运逸翰以傍击，鼓奔飙而长驱。烛龙衔光以照物，列缺施鞭而启途。块视三山，杯观五湖。其动也神应，其行也道俱。任公见之而罢钓，有穷不敢以弯弧。莫不投竿失镞，仰之长吁。

尔其雄姿壮观，块轧河汉，上摩苍苍，下覆漫漫。盘古开天而直视，羲和倚日以旁叹。缤纷乎八荒之间，掩映乎四海之半。当胸臆之掩昼，若混茫之未判。忽腾覆以回转，则霞廓而雾散。

然后六月一息，至于海湄。欻翳景以横翥，逆高天而下垂。憩乎泱漭之野，入乎汪湟之池。猛势所射，馀风所吹。溟涨沸渭，岩峦纷披。天吴为之怵栗，海若为之躨跜。巨鳌冠山而却走，长鲸腾海而下驰。缩壳挫鬣，莫之敢窥。吾亦不测其神怪之若此，盖乃造化之所为。

岂比夫蓬莱之黄鹄，夸金衣与菊裳。耻苍梧之玄凤，耀彩质与锦章。既服御于灵仙，久驯扰于池隍。精卫殷勤于衔木，鹪鹩悲愁乎荐觞。天鸡警晓于蟠桃，踆乌晞耀于太阳。不旷荡而纵适，何拘挛而守常。未若兹鹏之逍遥，无厌类乎比方。不矜大而暴猛，每顺时而行藏。参玄根以比寿，饮元气以充肠。戏旸谷而徘徊，冯炎洲而抑扬。

俄而希有鸟见谓之曰：伟哉鹏乎，此之乐也。吾右翼掩乎西极，左翼蔽乎东荒。跨蹑地络，周旋天纲。以恍惚为巢，以虚无为场。我呼尔游,尔同我翔。于是乎大鹏许之,欣然相随。

此二禽已登于寥廓,而斥鷃之辈,空见笑于藩篱。

这是何等的气魄、高度、神思与文采!朗诵过程之中,现场便是啧啧称赞,不时响起,待到全篇诵完,已是掌声一片……

"后生,你到底是谁?"司马承祯手捋自己的白须微笑问道。

"蜀中剑南道赵蕤子弟李白是也。"李白答道——这是告慰在场师母月娘的说辞。

"我知赵蕤,亦知李白。朝野有传:蜀中二杰,赵蕤术数,李白文章。今日得见其一,果然不同凡响!"国师娓娓道来,继而智慧发问:"稀有鸟,你是跟着大鹏飞呢?还是去追真龙?"

李白从容作答:"白愿先追真龙,建功立业,待到功成身退,再追大鹏,神游八极。"

"嗯,确乎是赵蕤弟子,只怕到那时,大鹏已经飞不动喽。"国师笑问,"稀有鸟,你需要大鹏向真龙举荐你吗?"

"需要!求之不得!"

"甚好!但切莫操之过急,待我明年进京面见圣上。"

"感谢大师!已过正午,午饭李白来请,也请另外两位师傅一起赏光。"

李白此一言,说得司马承祯笑了起来,其弟子胡紫阳也笑起了来……李白不解,反问其道:"二位大师,是……过午不食吗?"

"那是佛教的讲究。"元丹丘解释道,"我道教上清派追求更高,师爷、师傅已经辟谷二十日了,还差一日到期……你想破坏他们的修行吗?"

"这样吧,丹丘,"胡紫阳说,"你师爷讲了一上午,累了,我陪他老人家回驿馆休息,你呢,代表咱们师徒三人,去吃李白的饭,不能失礼。"

"遵师傅命!"元丹丘道。

四人在台上面对面交流之际,现场听众已经悉数退场,只有几个狂热信徒在周边近距离观看,有个女道士走上前来交给李白一页纸,展开一看上题一句诗:

无为在歧路

这娟秀的笔迹,看着眼熟,李白便知:此诗为谁所题。再去四下寻人,已经杳无踪影……

饱读诗书的他当然知晓,此句源自何处,便在心中默念着王勃原诗——

送杜少府之任蜀川

城阙辅三秦,风烟望五津。
与君离别意,同是宦游人。
海内存知己,天涯若比邻。
无为在歧路,儿女共沾巾。

在"初唐四杰"中(陈子昂不在其列),李白最喜王勃,师母月娘也最喜王勃,他们交流过,在匡山深处的竹林中一起共诵过王勃的佳作,并为其早夭感到深深地痛惜……今天,她这个虔诚的道教徒,为一睹国师尊容、聆听大师教诲而来,与他在此邂逅,又在他与三位高人同在一起的这个高光时刻,默默退下,悄悄离去,只留下这句诗语、这个偈子……

李白手执诗笺,站在原地,呆若木鸡……

27

"李侯!"元丹丘称李白道——这是平生第一次有人这么尊称他,那么这个人注定将成为他一生的知音与挚友,"咱们吃饭去吧。"

县衙门口有专用马车,将两位大师送回驿馆休息。目送他们离去,两位初次相逢便觉气味相投的年轻人大步流星朝市中心的闹市区走去,哪家酒肆最热闹便进哪家,闹中取静:进门上到二楼,择一临窗的僻静处坐下……

"李侯有心事,"元丹丘道,"为情所困乎?"

李白小吃一惊:"兄弟!你是神仙吗?"——这一声也真是叫对了,叫得元丹丘心里热乎乎的,这位打小在道观里长大的孤儿缺的就是这份温暖……为了掩饰自己的感动,他继续追问道:"你说,我说得对不对?"

李白也是快人快语:"不知是情否,不知是何情,一言难尽矣!"

元丹丘道:"这红尘俗世就是麻烦,愿君早脱这苦海。"然后,便朝店小二高声喊道:"小二!快将菜单拿来,贫道肚子饥了!"

店小二一路小跑着过来了:"二位客官,吃点啥子?"

元丹丘看着菜单点到:"清蒸鱼、莲藕排骨、白米饭,再上一坛清酒。"

李白一听酒字便笑了,冲小二道:"我和他一样。"

小二反问道:"也要一坛清酒?"

李白回答:"是噻。"

待饭菜上来,元丹丘先不管酒,只顾饭菜,埋头猛吃,狼吞虎咽,风卷残云……

"兄弟!"李白叫元丹丘道,"你几天没吃饭喽?"

"七天!"元丹丘说,"我平日住嵩山,自打与师傅、师爷汇合南下的那天起。"说完,继续扫荡。

没过多会儿,他面前的饭菜已经扫荡一光,冲店小二又喊起来:"小二,再来点菜!"

"兄弟!"李白道,"若不嫌弃,你把我这份儿也吃了,我今天只想喝酒。"

"嫌弃?嫌弃啥?你别嫌弃我能吃就好!"元丹丘自己将李白面前的一尾清蒸鱼、一盅莲藕排骨、一钵白米饭一一接了过去,比先前放慢节奏吃起来……

李白自斟自饮道:"兄弟!在蜀中,道士我没少见,你是我见过的最能吃的道士!"

元丹丘一边啃排骨一边反问道:"你的意思是我不像个道士?"

"应该说不像我过去印象中的道士。"

"李侯,我倒觉得你像个道士——不对,像个神仙!"

有道是:一见如故——此语太抽象了。李白与元丹丘的一见如故正体现在:元丹丘这个不像道士的道士,又有点高深莫测的感觉,对于李白的吸引;李白天然的神仙感,才比天大的感觉,对于元丹丘的吸引……在楚天之下,在江陵城这个春日的午后,两人或多或少都意识到了,他们都很幸运,有幸交到彼此,这个朋友将会陪伴自己走向未来广阔的人生……

开始狂饮之后,微醺之际,李白不失时机地求教于元丹丘:"何谓道教?"

元丹丘斩钉截铁地回答:"道法自然,道教乃自然、自在、自由之大道,如你所见,没得吃,我七日不食;有得吃,我一餐双份。"

李白频频点头。

待到大醉之后,元丹丘醉眼蒙眬地望着李白问道:"李……侯,你是我……今生的……兄弟吗?"

李白大着舌头回答:"……是……我愿是……"

这一天,他俩从中午喝到下午,从下午喝到晚上,店小二数了数,两人总共喝掉了十坛清酒。

李白酒醒之时,已经是翌日下午,醒来发现自己睡在酒肆三楼的隔间里。下楼一问店小二,小二说那道士也就比他早醒过来一个时辰,结了酒饭钱便走了,临走,还留给他一张便条,上书:

李神仙:

勿忘嵩山元丹丘,随时来饮,后会有期。

反复读着这张便条,他有一种怅然若失的感觉,昨日经历的一切像是做了一场美梦,诗的灵感破空而来,叫小二笔墨纸砚伺候,蘸墨挥毫而就:

古风其三十三
北溟有巨鱼,身长数千里。
仰喷三山雪,横吞百川水。
凭陵随海运,煊赫因风起。
吾观摩天飞,九万方未已。

甫一出蜀，即见国师，即见高士，让李白对接下来的行程充满向往，他决定先到李氏航运江陵分舵安顿下来，开始在本城及周边地区的游历……

第七章　色即是空

28

由于打小随启蒙恩师周明礼先生学习楚辞的缘故，由于天神级的华夏诗祖屈原的巨大存在，李白有很深的楚国情结，他在其诗中将离开蜀山巴水后看到的第一片天空称为"楚天"，他将此次长江行的第一个登岸地点选在了"七省通衢"的楚国故都江陵，他在对它及其周边地区的游历中，度过了这个春天。

现在，他准备回到船上，沿着长江，继续航行。

出发前夕，他打马回到自己下榻的李氏航运江陵分舵，看见东道主——分管此地业务的三伯正安闲地坐在初夏的庭院里，与一个头戴斗笠、斜挎佩剑、侠客装扮的客人对弈。那人的背影让他感到是那么熟悉，但一时又想不起来是谁……

下人将马牵走，他缓缓移至那人的正面……很快地，他为自己竟对此人半天无法确认而感到有些痛心，因为两年未见的此人变化实在太大了！

"这谁呀？混出头了吧？假装不认识我了？"他是在模仿过去与之打招呼的方式和口气，"你是跟三伯把这盘残棋下完呢，还是挺剑跟我大战三百回合？速做决定吧！"

那人毫不迟疑，端直投子认负，抬起头来，笑对李白："现如今的我，棋盘上下不过三伯，斗剑更是斗不过你二尕子——不过现如今，斗剑能斗过李白的恐怕不多吧？你是一剑出手名震剑南道啊，如今李家人走在清廉的街道上，旁人都吓得退避三舍。"

听此人言，李白感到有些羞愧——但是，此时此地，有一种更强烈的感受与感情压倒了这种面对自身的羞愧，面前的这个人——一个一脸病容全身上下完全被虚弱化的吴指南，像是经历了一场可怕的大病的折磨，让他无比心痛！

李白三步并作两步地走上前去，吴指南勉力为之站了起来，两人紧紧相拥，李白问道："兄弟，你这是……怎么了？酒……还喝得吗？"

"只剩下喝酒了。"吴指南回答。

"快去通知厨房速速备桌酒席，把所有的好酒好菜全都拿出来，今晚我要跟两位侄儿一醉方休！"三伯冲下人吩咐道。

长江边，初夏夜，江风习习，庭院盛宴：清酒、葡萄酒、老春酒齐上，西域菜、蜀中菜、楚国菜具有。

一杯落肚，吴指南开腔问道："二尕子，我不会记错：你今年二十五了吧？"

"对呀,春三月过的生日,那时候我还在大匡山赵师傅那里。"李白回答。

"李蓝小你五岁。今年也满二十了。"

"没错。"

"他给我当了三年副手,生意上手很快,我已经把江州那边的业务移交给他了……然后一身轻松地跑出来找你,陪你游长江、下江南、奔长安……"

"这是你的主意,还是老头子的主意?"

"主意是我的主意,不过老头子欣然接受。"

"江州的业务,李蓝扛得住吗?他还是太年轻了吧?"

"没问题,你放心,在生意上,他只会比我聪明不会比我笨,你们李家人天生都是生意人!"

这话当然是赞美,但是听起来有些不好听,李三伯显然感觉到了,并且他一定知道更多的什么,即刻举起杯来:"喝酒!喝酒!"

吴指南补充道:"这话也不全对,二尕子你,还有……月圆妹妹,就不是生意人,你们是天生的神仙!"

李白感到有事发生——可到底发生了什么事呢?

三酒相混,杀伤力强,头一个顶不住的是年过半百的三伯,连滚带爬去睡觉了。

三伯一走,兄弟俩方才无话不谈。

"到底出了啥子事?我闯的祸不是已经摆平了吗?"李白追问道。

"跟你无关,你那事儿就算平息了,老头子只是反复让我叮嘱你:不要回家,不要写信,只管自己!"吴指南回答道。

"那到底出了啥子事?快说嘛!"

"二尕子，如果我说错了话，你啷个罚我？"

"啥叫说错了话？从小到大，你在我面前，还有啥子不敢说的？我所有的糙话、丑话、脏话，哪一个不是跟你学的……说！说错了罚你干一坛清酒。"

"那我还是先干了吧！"吴指南抱起一坛启封的清酒，咕嘟咕嘟一饮而尽。

"这下可以说了吧？我洗耳恭听！"李白道。

"今年过年时候，你没得回来——说老实话，这是我头一次不希望你回来……"

"为啥子？"

"我求……我们家……老爷子，替我向人求婚。"

"龟儿子，这是好事儿啊，你看上谁家的女娃儿了？竟然还一直瞒着我！"

"我看上……看上……月圆了，她小时候……我就……喜欢她，我一直在等她长大……"

"这是大喜事啊！我们李家的大喜事！月圆有福喽！"李白说着，竟然已热泪盈眶，自己抱起一坛清酒，启了封，咕嘟咕嘟一饮而尽，然后道："父母双全俱在，轮不到我这个老二替妹妹的婚事操心，但你知道，三个兄弟姐妹中，我最爱月圆，月圆也最爱我，她的名字都是我起的呢。女大当嫁，我不是没想过她该嫁给谁，我想过一百次也只想到过一个人，那就是兄弟你——吴指南！"

"你不是因为咱俩关系好才这么认为的吧？"

"开啥子玩笑，我妹妹得嫁一个顶天立地的男子汉！我朦朦胧胧感觉到：月圆也喜欢你，不是对哥哥的那种喜欢——她对我就是那种喜欢，我分得清楚。"

"她就是喜欢我!她跟我说了!这都是她出的主意,让我家老爷子替我求亲,就在大年初一……"

"结果……如何?"

"你家老头子听罢无言,面如止水。过完年,他就让我家老爷子从干了三十年的李家总管之位上退休了,给是给了一大箱金锭,却让他搬出陇西院……"

"这也太狠了!他俩可是出生入死三十年,在死人堆里一起爬出来的过命兄弟呀!"

"还有更狠的:过完年,他就把月圆许配给了梓州县宰的儿子——想当年,你娶不上昌明县宰的女儿,这一回他眼看着要把女儿嫁给另一个县宰的儿子,心里头总算找到了平衡……可是,月圆却没有让他如愿,拒不出嫁,一直在家……"

"我的妹妹到底是至情至性的女娃儿!"

"老头子只好把气撒在我身上,命我滚回江州,死守江州。没有他的命令,不许回去……这个时候,你出事儿了,这件事暂时搁到一边……回到江州后,我一直在打探你的下落,听说你逃出来了,沿江而下,趁机撂了挑子来找你……"

"在这件事上,我阿妈啥子态度?"

"你应该猜得到:她是支持我们的——没有她,月圆现在在家里,日子就没法儿过了。"

"难怪我逃回家时,老爷子找借口不让我见月圆,他是怕我从月圆口中知道这件事……"

"不过,老头子再恶,对你是爱的,依然看重你,心还没有死。现在的局面是,在经济上,李氏全家供你一人,需要花多少银子都给你,一心只想让你求个大官,让这个家族彻底翻身……"

两位情窦初开却因阶级划分而被捣烂了最初爱情的大唐青年，在初夏午夜凉风习习的庭院中，相互诉说着心事，面对爱情无限茫然……

29

翌日清晨天刚亮，李三伯便将宿醉的李白、吴指南叫醒，将二人送上奔赴岳州的大船。

在船上的两日，李白发现吴指南的身体比印象中的还要虚弱，逗他玩什么都不想玩，只想待在船舱里昏昏大睡……而且，他的身上还散发出一股子强烈的恶臭，不知道得了什么病……

两日之后，船到岳州，停靠码头。随乘客一起下船时，吴指南双腿一软，一头栽倒在木板上，差点滚落到长江里去。李白与等在码头上的李氏航运岳阳分舵主管堂兄李五，赶紧将其送去看医——去看岳阳城里最好的郎中……

仔细看过之后，郎中眉头紧缩。

"先生，他得的啥子病啊？"李白紧张问道。

"花柳病晚期。"郎中判决道："准备后事吧。"

"准备……啥子后事？"李白一听急了，"他那个方面是不检点，但也不至于丢了性命吧？先生，求求你，救救他，用最好的药，花再多的钱，都没问题，这个龟儿子身体底子好，一定能扛得住！"

"你们咋个现在才送来？晚了，早上两个月恐怕还有救……"郎中说。

在这位郎中的紧急救治下，吴指南醒过来了，双眼却看不见了——这是花柳病晚期最明显的一个症状，追随赵蕤粗通医理的李白心中明白,一切已不可逆转,真的该准备后事了……

最初的清秀如楚女的岳州城在李白眼中是悲伤之城。

醒来之后眼前一片漆黑的吴指南开始抓狂,开始绝望,开始自暴自弃,最强悍的身体往往最脆弱……恶化的情绪迅速加剧了他的病情。当他日益衰弱时,反倒平静下来了,他心中明白:自己大限将至,将无法逃过生命的第27年……

在其一生的最后两个月里,李白一直不离不弃地陪伴在自己兄弟般的朋友左右,满足他的一切要求,包容他的所有崩溃,身心受到巨大的折磨。以至于到后来,李白不得不让自己的心肠变硬起来,换个角度认识此人:仅凭他贪色无度,纵欲无休,染上脏病而不去治,年纪轻轻却将不久于人世,他也不配娶自己天仙一样美丽的妹妹——这个果,都是他自己种下的!他的死,是他自己作出来的!

如此想来,李白方才能够平静地接受他的死亡。

大限之日就在眼前——八月的一日,赤日炎炎,吴指南在回光返照中要求李白将他送到洞庭湖上,"过去为了跑业务,我来过五次岳阳城,却一次未去看过洞庭湖。这一次,你就……遂了我的愿吧!"吴说。

于是,李五赶紧备好马车,亲驾马车送李白、吴指南去洞庭湖。

古称"云梦"的洞庭湖,大唐帝国版图上的第二大淡水湖,像大海一样浩瀚,在李白最初的印象中,却是这人间最大的一滴眼泪,是老天爷掉落的一颗泪珠!泛舟于大湖之上,濒死、失明的朋友躺在他的怀中,听他用嘴来描绘这秀美而又壮丽的湖景……

"如果我今天不死,你就将我水葬于此。"吴指南在说出遗言,"如有机会见到……月圆,请你不要告诉她,我是得脏病死的……

只告诉她：我这一辈子，真心爱过的女人，只有她一个……"

黄昏时分，他的生命随这一天的夕阳一起落下……

李白没有水葬自己的朋友，而是与李五一起将他浅埋于洞庭湖畔，准备三年以后，将其遗骸重新挖出，归葬于蜀——倘若那时，他能够归去的话……

这是吴指南母系——羌人的风俗，他是山寨长大的孩子，理当从此习俗，灵魂方能超度……

对于海绵一般好学的李白来说，这是他平生所上的第一堂死亡课——只有至亲的人故去了，才能够上到这一课。

死亡来自放纵性欲所带来的毁灭——个中教训会对他此后的人生产生深远的影响。

在他原本的游历计划中，他下一站将赴汨罗江凭吊华夏诗祖屈原……而现在，他只想赶快逃离，远离这死亡的大湖和悲伤的城市……

第八章　高山可仰

30

第二天一早,李白便乘上了开赴鄂州的航船。

大恸无诗,空有余愿:他想为亡友吴指南写首悼诗,但却一个字也写不出来。在诗思上,他也难得被卡住一回……

然而,这是大唐的浩瀚长江、大唐的千里行船,大唐的两岸旖旎风光,你作不出诗,不等于没有诗的存在——他毫不费力地听到了隔壁船舱中两位岳州书生所带来的诗的讯息:鄂州黄鹤楼征诗大会将在中秋佳节举行,特邀大唐著名诗人、襄州籍的孟浩然先生亲临出席并担任主评委,这二位书生便是闻讯前往迎战的……

他当然知道孟浩然。

他的前后两位老师黄四平、赵蕤都讲到过其人其诗,其中有几首,他甚是喜欢,尤其是那一首《岁暮归南山》,尤其是那一句:"不才明主弃。"

在初唐已尽、盛唐将临的过渡时期的大唐诗坛上,孟夫子是最亮的一颗星,现在忽然有了一睹其尊容的机会!

这条诗讯让李白在丧友之痛中振作起来,准备迎战这场诗坛盛会……

船至鄂州——鱼米之乡、百湖之城。

距中秋佳节尚有三日,李白便在李氏航运鄂州分舵里大睡三天,为亡友送行已经令他心力交瘁,他的堂兄李八是此处的主管。

中秋节一大早,李八就将李十二喊起来,沐浴、更衣,吃了月饼、莲藕排骨汤、珍珠小丸子、鄂州鱼、热干面、甜酒酿,然后派马车将其送往位于长江之畔、蛇山之巅的黄鹤楼。该楼始建于三国吴黄武二年(公元223年),历经多次重修,但却毫无名气,实在有负其五百载的历史。鄂州州府新近想到一个办法:面向海内外公开征诗,在该年中秋佳节这天于黄鹤楼下办一场赛诗会,重金奖励优胜者,并将优秀诗作镌刻于黄鹤楼上……借好诗扬其名——这是一个很对的思路,在崇诗的大唐,属于典型的唐人思维,后来的岁月证明了这实在是一个太过成功的策划案。

李八、李十二到达之后,先报上名,再去登楼。在李白眼中,此楼很有特点:其主楼为四边套八边形体,木质结构,飞檐五层,攒尖楼顶,顶覆金色琉璃瓦……楼外有铸铜黄鹤造型、胜像宝塔、牌坊、轩廊、亭阁等建筑环绕,整座楼形如一只黄鹤,展翅欲飞……

"此楼甚好,怎落得无人知晓?"李十二问李八。

"谁知道呢！因为我弟尚未写过呗。"李八道。

"哪里哪里！我也是无人知晓。"

"我弟可复制十年前一诗动绵州的经历，干脆就用那首语惊四座的《上楼诗》来出战……"

"那岂不是未战先怯，承认自己黔驴技穷、江郎才尽？"

两人聊着，下得楼来，李白在报名参赛的诗人席就座，李八则站在围观群众中。日上三竿，观众已经来得不少……

李白在诗人席中，撞见同船而来的那两位岳州书生，寒暄几句，令他惊讶的是：这些参赛诗人都来自全国各地，路途相当遥远，看来自己长期待在蜀中，对这个庞大帝国的整体风貌与精神气象还缺乏了解和认识，走出来真是太对了！

当诗人席满、观众更多之时，台侧一阵骚动，只见一位冠带飘飘的白衫儿昂首阔步入场，旁若无人，仿佛一只鹤来到鸡群之中……

"孟夫子到！""孟浩然来了！"诗人席中有人交头接耳道。

这是李白平生第一次亲眼见到大唐著名诗人，那飘飘欲仙、鹤立鸡群、旁若无人的不凡形象深深种在了他的心里，成为他从今往后长期效仿的对象——是的，是孟浩然给他上了平生第一堂诗人课：诗人是有形象的，不只是会作几首诗的凡夫俗子！

既然州府花了出场费，请到了大唐诗坛的一线明星，那明星就该出场表演。在参赛选手朗诵之前，是孟浩然带有示范指导性的朗诵表演。他上得台去，极目楚天舒，扇指黄鹤楼，悠然成诵道：

岁暮归南山

北阙休上书，南山归敝庐。

不才明主弃，多病故人疏。

白发催年老，青阳逼岁除。

永怀愁不寐，松月夜窗虚。

正是李白最爱的那首孟诗代表作，诵至李白最爱之句"不才明主弃"时，李白在诗人席中大喝一声："好！"待到全诗诵完，他又大喝了一声……他在诗人席中的这番粉丝行为，引来围观群众一片哄笑，办会者要的效果出来了……

正式比赛开始后，他的思绪还没有收回到诗上来，满脑子都是孟浩然孟浩然孟浩然孟浩然……

有意无意中听了排在前面的几位选手的诗后，觉得各地骚客不过尔尔，他又陷入了大意——他以为自己现在已经有了一个大致的思路，待到登上台去，俯瞰众生一激动，出口便可成佳篇——这是他驾轻就熟屡试不爽的玩法……

一切的发生令他始料未及……

在中间偏后的位置上，主持人介绍道："下一位出场的是我们特邀来的选手，前年新科进士，来自长安的崔颢先生，有请！"

李白已经听明白了，参赛选手分为两种：一种是在诗坛已有诗名的特邀选手，大概此行所花资费都是由会方报销的；另一种是籍籍无名的自愿报名选手，此行费用自理。这个崔颢显然属于前一种，由于出场选手中进士不少，甚至于低级别的官员也不少，这个名头倒不特别，再加上此人个头不高、相貌平平，所以年轻是其最大的特点……

只见毫不起眼的崔颢走上台去，出口成诵道：

黄鹤楼

昔人已乘黄鹤去，此地空余黄鹤楼。
黄鹤一去不复返，白云千载空悠悠。
晴川历历汉阳树，芳草萋萋鹦鹉洲。
日暮乡关何处是，烟波江上使人愁。

李白听傻了，他想大喊一声："好！"——只是嘴唇张了张，没有喊出来……

偏偏事有凑巧，下一个就该他出场，主持人已经报出其名："下一个出场者名字好认，叫作李白，对他的情况我们一无所知，那就以诗相见吧，有请！"

李白大脑一片空白，朝台上走去时，身体不受大脑控制，自行学起孟浩然来：昂首阔步，旁若无人，东施效颦，十分滑稽，引来观众一片哄笑……

李白站在台上，极目楚天舒，剑指黄鹤楼，久久无语后，脱口而出道："眼前有景道不得，崔颢题诗在上头。"

说完，翩翩颓荡而下……

观众起哄……

骚客惊诧……

唯有孟浩然举头为之侧目……

李白此举，并非作秀：这位明显比自己还要年轻的新科进士的一首万古杰作狠狠打击了他，打不过就跑——他的启蒙恩师周明礼先生早在十年前的绵州诗会上就给他做出了真诚坦诚的表率：那一次他老人家是在自己的《上楼诗》面前选择了避战，有什么样的老师就有什么样的学生。今日此举，尽出于诗人的真诚，向伟大的杰作致敬，对于他是再自然不过的了……

也可以说，是李白这位普通的参赛选手率先宣告了崔颢的胜出，他说的是"崔颢题诗在上头"，主评委孟浩然的一口裁决在此之后：一诗千金，万古流芳。

黄鹤楼征诗会圆满结束了，眼看评委席那边，孟浩然正对崔颢指指点点、面授机宜，李白一个箭步蹿了过去，开口就要请两位共进午餐；两人却面有难色，僵持片刻，孟夫子曰："是这样：州府已经备了午宴，从礼数上说，我们不好推辞，咱们晚上饮酒如何？"

"好啊！"李白欣然道。随后记下二人下榻驿馆，约定去接二人的时辰……

31

在鄂州城里，掌管着李氏航运鄂州分舵这个本地利税大户的李八绝对是个大老板，但是在这一天，他做得却像一名普通的招待员。与李十二回到分舵草草吃了一顿简单的午饭后，便让堂弟躺下午休了，他则再次外出跑到鄂州城里最豪华的江汉大酒楼订了一个可以望见江景的包间。回来之后，稍事休息，叫醒堂弟，装了一车各种美酒，去城中心的驿馆接上孟浩然、崔颢二位客人，一起抵达江汉大酒楼……

开宴之后，他话也不多，只在大名鼎鼎的孟夫子饶有兴味地问及颇为神秘的李家家世时，才尽量低调地回答几句。除此之外，他只是一个劲儿地给二位客人夹菜、添酒，像酒楼特意派来的高级侍者……

开宴之后,李白先是向白天黄鹤楼征诗会的优胜者崔颢表示祝贺、表达敬意,断言《黄鹤楼》必使黄鹤楼从此声名大噪,而此诗必将千古流芳:"写出这样的诗,可以跳长江了。"——李白这种很不文人的说话方式,让孟、崔二人感到新鲜有趣。

然后,三人共同为崔颢佳作连干三杯。

接下来,李白将所有的美言都给了他眼中的活诗人孟浩然,先是将《岁暮归南山》全文当着作者的面背诵一遍,然后说:"一个上午,能听到这样两首惊世杰作,鄂州州府应该满意了吧?"

"午宴时我看他们挺高兴,个个喝得红光满面,应该是满意了。"孟浩然回答。

"二位从长安来,是不是长安的诗会都是这种水平?"李白好奇地问。

"哪里呀,哪里有那么多好诗呀?"崔颢回答。

"不过,你一定要去见识一下,毕竟是国都,那种感觉不一样。"孟浩然建议道。

"会去的,会去的。"李白道。继而发问:"孟夫子,关于《岁暮归南山》这首杰作,我的老师赵蕤先生给我讲过一个故事,可以在这里讲吗?"

"你这兄弟,原本就是快人快语,有啥不敢讲的?"说完举杯道:"咱们先干一杯再讲不迟。"

李白一饮而尽道:"赵蕤老师说,先生是在王维家写的此诗……"

"咦,他知道王维!"孟浩然对崔颢道,"看来吾弟确乎是名扬天下啦!"

"才大挡不住啊!"崔颢道。

"小兄弟，接着讲。"孟浩然道，"我确乎是在王维府上写的此诗，当时我就住在他家。"

"听说诗刚写成，置于案上，便有下人禀报：皇上来了！"李白接着讲道，"吓得您……吓得您……赶紧藏身于案下……"

"啊哈哈哈！接着讲！接着讲！"

"当今圣上进得书房，见案头有诗，以为是王维刚写的新作，拿起便读，一读便怒，质问王维道：何谓'不才明主弃'？王维自知担当不起，当场就把您卖了，说这是孟浩然兄大作。天子勃然大怒道：'卿不求仕，而朕未尝弃卿，奈何诬我！此人永不录用！'——可有此事？"

"啊哈哈哈！怎么可能？吾弟王维不过是区区一介从八品之太乐丞，皇上怎么可能到访其家？据我所知，皇上连张九龄的府上都没去过。皇亲国戚中，也就玉真公主来过王维府上，我们还坐在一起喝茶、吟诗……"

闻听孟浩然这一番话，李八更明了这位布衣是何等人物，为自家弟弟甫一出山便高攀上他们深感荣幸，招待得更加殷勤备至，翌日抽空便给李氏家族掌门人幺叔——也就是李白之父李客去了一封信，报告李白的行踪以及他现在结交的人物。举家一盘棋，都保李白上。

回到当天晚上，江汉大酒楼里饭局的节奏尽在李十二的掌控之中，上半场他一直在扮演一个模范粉丝的形象，真的让孟、崔二人误以为：他也就是一个贱商出身，家财万贯，喜欢结交社会名流的爱诗的富家子——对于诗名已经响彻全国的孟夫子来说，不论是在长安还是在各地，这样的粉丝他见得多了，此时此刻的李白在他眼里，不过是又见到了一个而已。这样的粉丝，往往都是性情中人，十分可爱，跟他们的聚会，必然都是推杯换盏，笑语喧声，轻松愉快，数种美酒混着喝，不知不觉间，已至酒酣之际……显然，他有点大意了，犯了一个经验主义的错误，这个看起来有点儿二的李十二，在去了一趟茅厕归来之后，向他敬了一杯西域葡萄酒，然后道："孟夫子，小可不才，酒壮怂人胆，可否向先生献诗一首？"

孟浩然心想：还是逃不脱，粉丝该扮演诗人了。天下粉丝，无非分为两种：一种粉丝见到他，哪里敢作诗，屁都不敢放；另一种则是人来疯，一见他就来劲就亢奋，使出浑身解数，证明自己会作诗……这个有点儿二的李十二，就是后者吧？

也难怪孟、崔二人低估李白——他在白天的征诗会上，虽然表现得很有范儿，像一个潇洒的行为艺术家，可毕竟难逃"白卷先生"的本质。于是此后发生的一切，对他俩来说太过突兀了，这玩家子一得应允，便站起身来，开始口占：

赠孟浩然

吾爱孟夫子，风流天下闻。
红颜弃轩冕，白首卧松云。
醉月频中圣，迷花不事君。
高山安可仰，徒此揖清芬。

这便是开元十三年（公元725年）中秋佳节，在一天之内，在鄂州一城，有三首万古杰作同时出现在一个时空——这只是大唐帝国的普通一天……

"好诗！"崔颢进士谨慎夸赞道，"写出了孟夫子的风采。"

"兄弟,你哪里是什么李十二?你就是诗人李白啊!"孟浩然举杯祝贺道。

"十二弟出口成章,写得真好!"李八也举起杯来。

四人又喝作一团,将中秋夜宴的气氛推向高潮……

散席时,崔颢已不胜酒力,颠三倒四,被李氏兄弟一左一右搀扶上马车……

停在酒楼门前的分舵专用马车,将两位客人送回驿馆歇息,然后拉着李氏兄弟回到分舵……

回到分舵庭院,李白才抬头望见中秋的月亮,高悬在楚天之上,很大很圆,引人思乡……

32

春眠不觉晓,处处闻啼鸟。
夜来风雨声,花落知多少。

翌日清晨,李白迷迷糊糊听到院中有人在朗读《春晓》——就是孟浩然那首家喻户晓的名作。起初,他以为是堂兄李八昨晚见到真人了,将此诗拿出来温习一下,可很快发现口音与腔调都不对:李八操的是蜀中方言,窗外说的是大唐官话,只是这官话之中带有浓重的楚国口音——难道是有客人到访?

穿上衣裳,推门出去,他还是吃了一惊:哦,确实是有客人到访,《春晓》的作者来了!他在亲诵其诗!这是他没有想到的,让他更想不到的是:孟夫子虽然还是一袭白袍,但是手中的折扇已经换成了一把长剑……

一见到他,此人便高声呼道:"李白!春眠不觉晓,秋眠也不觉晓乎?快快拿剑,与我酣斗一场!"

这副形象,这番叫板,让李白暗自笑了:这位大他十二岁的老哥,今年好歹也三十有六了,昨夜酒桌之上酒量惊人不输于李氏兄弟不说,这个精力也太过旺盛了吧?一顿大酒宿醉过后,起得比他还早,自己寻到这里,还要与他斗剑,真乃神人也!

"孟夫子!"他也高声叫道——嘴上说的才是他真正惦记的,"我也要写出《春晓》这样深入浅出、通俗易懂、家喻户晓的诗来!老者读出了沧桑、幼儿读成了童谣……"

"这个不必挂在心上,可望不可求。"孟浩然道,"先不谈诗,快拿剑来!"

李白心想:斗剑谁怕谁呀!剑也怕少壮吧?返身回屋取来自己的佩剑——家传的龙泉宝剑……

于是当院斗剑开始,三局两胜,李八裁判。

李白胜第一局,有意让了第二局,最终胜出第三局。

孟浩然不服,要求五局三胜,李白先让一局,又胜一局,三比二获胜。

初一过招,李便明白:孟为何找他斗剑了。人家也是练家子,一问也是打小便拜师习武的,斗不过他不说明功夫浅,天下有几人能斗过他的呢?

两人又切磋了一番剑术,孟浩然激赏李白道:"文人骚客我也见过不少,有你这般剑术者实在不多。你本剑客,误入文途。"

"两位剑侠,吃早餐啦!"李八招呼道。在他的吩咐之下,下人已将丰富的早餐摆满落满朝霞的庭院。

"崔进士呢?怎没跟您一起来?还没起床吧?"李白问道,"昨晚他喝得有点多……"

"要不要我派车去接来？"李八又殷勤备至了。

"不必了，让他睡。"孟浩然一边喝粥一边回答，"今天午后，州府有专车送从长安请来的诗人回去，他准备随车回去了。他可谓'不虚此行'：写出佳作，扬了诗名，都可不提，关键是这千金之资带回去，实在是有用。他是前年的进士及第，这一年多来一直处于等官的状态，这笔钱带回去，一方面可以让自己在长安的日子过得好一点，另一方面可以找到管事儿的高官疏通疏通，争取早日得到一个合适的官位——哦，罪过罪过！我这是一语不慎，说出了大唐的里子……"

"孟夫子不随车回长安吗？"李白关心问道。

孟浩然放下粥碗，一声长叹："唉！我的路算是走到头了。来之前，我已经辞了张九龄幕府的差事，打算归隐家乡鹿门山。我心已死，'心随雁飞灭'……"

眼看天要聊死，李白赶紧建议道："孟夫子，您看这样好不好：您终将归去，在此多留半月又何妨？咱们饮酒、斗剑、吟诗、抚琴、吹笛、游山、玩水……岂不自在快活？"

"对呀！对呀！"李八也热情挽留道，"孟先生若能在此小住些日子，这个院子可是马上就有说头了……"

"好吧！"孟浩然欣然接受，"就让我这个土生土长的老楚人来给二位兄弟当导游吧！"

于是，在接下来的半个月里，三人共度了一段神仙般的日子，他们步行游鄂州、骑马到周边、泛舟在百湖、乘船于长江……在大唐帝国的版图上，长江为横坐标，黄河为纵坐标，开元年间最具自由主义气息的两大诗人，沿着他们各自的人生轨迹，交集于鄂州，他们的相同点是显而易见的：都属于散仙一类，都属于性情中人，暂时掩盖了他们的不同点：一个正欲出山，一个正在归隐；一个是终生性的假道真儒，一个是心死后的依托山水……

在诗的追求上，亦是如此：由谢灵运、陶渊明开创的山水田园诗，到了本朝，经孟浩然而兴，眼看着要由王维而盛，甚至于称王。当此时，李白乍现于孟的眼前，令孟的感受有点微妙复杂：他当然能够看出此人才大，非比寻常，但又明显感到：他既与他们有相同点，但本质上又是不同，说穿了终归不是自己人，而他比他们强悍得多的侵略性又让他感到有点害怕……

当李白随口喷诗的才华被孟浩然赞不绝口时，他顺杆就爬了上去："孟夫子，我之才比王维如何？"

孟思忖片刻道："不好比，毕竟王维十七岁就写出《九月九日忆山东兄弟》那样一等一的杰作了。"

李嘴上绝不软："我十五岁还写出《上楼诗》呢。"

孟循循善诱道："那也确实是首惊人之作，你俩是同龄人，都在相仿的年龄写出过相当的好诗，有所不同的是：如今王已名满天下，大有一举成为'开元诗王'的架势，而你名未出蜀，还有很长的一段路要走……所以，我建议你：下一步：下江南、上长安！"

还有一次，同样的话题，孟的回答耐人寻味："李白，你是我的兄弟，王维是我弟弟。"

后来的历史——不，很快的现实（换个年号就可以）将证明：孟的担心绝非杞人忧天，他的敏感暗含诗理……

半月后，秋已深，分手的时刻到了，李八以李白的名义送给孟浩然一匹他喜欢的白马，李白要骑马将他送回襄州故里的热情被他好言谢绝："喷薄而出的朝阳不要跟着落山的夕阳的步履走，你须沿着大江而下,江南是文脉兴旺文人扎堆之地,你先在那里搞出点响动造出点影响,然后再去长安——一定要早去长安!不到长安焉知大唐?大唐又焉知你的存在?"

33

好诗人,既是诗坛课,又是诗歌课,与好诗人相遇,胜读十年书,李白有福气:他此生所遇到的第一个真正的诗人是孟浩然,这等于摸到了盛唐前的天,触摸到了那颗最亮的星星……

遇到好诗人,写作立马上层次——

独自上路,沿长江而下,他的下一站是江州,亲弟弟李蓝已经接替故去的吴指南掌管了那里的分舵。亲兄弟相见格外亲,为吴的薄命感到难过,一起想念共同的亲人……李蓝陪二哥游了庐山,见证了一首名作的诞生:

望庐山瀑布
日照香炉生紫烟,遥看瀑布挂前川。
飞流直下三千尺,疑是银河落九天。

孟浩然教导李白说:"有些诗是自己长腿的,写成不要你操心,它们会自己到处跑。"然后,也不做任何解释,李白听得似懂非懂,可是孟浩然前脚一走,他后脚便写出了一首"长腿的诗",只是现在他还不知道,须假以时日才见分晓。

沿着长江,继续航行。

在秋浦登岸,游览九子山时,他用一首诗将此"东南第一山"

命名为：九华山。

另一首日后的名作写于经过当涂之时：

望天门山

天门中断楚江开，碧水东流至此回。
两岸青山相对出，孤帆一片日边来。

船过此地，如入仙境，美得叫人不敢登岸，怕登岸之后回不到人间！李白朦朦胧胧预感到：这个地方他会再来，专门来，但时年二十五岁的他不会觉悟到：此地与他这一生会有多么重要的关系……

江南到了。

第九章　金陵红楼

34

八月桂花香，九月桂花落，空气中还到处弥留着浓郁的残香，像一位熟透的江南美女，属于诗歌与情欲……这便是金陵留给李白的最初印象。

李氏长江航运金陵分舵是由其堂兄李十一掌管的。李十一比李十二大不了多少，生性风流，比较开放，把给堂弟的接风酒宴直接摆进了金陵最大的青楼——红楼，请出有"金陵第一歌妓"之称的金陵子小姐到场献唱……

满城的桂花香，满楼的脂粉气，熏得李白有些头晕，忽然听到那娇小玲珑、吴侬软语的女子怀抱琵琶幽幽唱道：

寂寂竟何待，朝朝空自归。

欲寻芳草去，惜与故人违。

当路谁相假，知音世所稀。

只应守寂寞，还掩故园扉。

顿觉神清气爽，眼前为之一亮……

"这档次也忒高了点吧？"李十二惊诧道。

"档次高吗？何以见得？"李十一不解道。

"小姐！您知道此诗是谁写给谁的吗？"李白转而问金陵子。

"是孟浩然先生赠给王维先生的诗。"金陵子认真作答。

"您见过孟浩然先生吗？"

"不曾，小女没有这样的福气。"

"王维先生呢？"

"也还没有。感觉这等大诗人不大容易见到吧……"

"谁说的？我不久之前才和孟夫子在鄂州分的手……"

"那您也是……诗人吧？"

"算……算是吧。在下蜀人李白。"

"李……白？"

"对，国姓李，白色的白。"

"李白……这可不像诗人的名字……"

"哪个不像？"

"太白了。"

"难道诗人都该叫陈子昂、孟浩然？"

"小女乱说无礼了，请李先生恕罪！"

"好啊！那就罚你再唱一曲——唱王维先生的诗！"

"刚才唱的是孟浩然先生赠给王维先生的诗,我挺有兴趣:王维先生有没有回赠呢?至今尚未读到,但是我唱过王维先生最流行的《送元二使安西》——在此献丑了:渭城朝雨浥轻尘,客舍青青柳色新。劝君更尽一杯酒,西出阳关无故人。"

此曲唱罢,李白大喝一声:"好!"——他是为王维叫好,他是为金陵子叫好,他是为金陵叫好,他是为江南叫好,他是为大唐叫好……

在这大好之夜。

"不唱了,不唱了。过来陪客人吃酒。"李十一招呼金陵子道。

"十一郎,您是我的老主顾了,又不是不晓得,我只为客人唱歌,旁的事是不做的。"金陵子道。

"我晓得,我晓得,我其实很敬重你这一点。"李十一道,"过来坐坐总是可以的嘛。丹砂也一起过来坐。"说着,他又招呼那个坐在角落里几乎被忽略的古琴伴奏者——一个十四五岁的美少年。

两人这才过来落座,李氏兄弟敬"金陵第一歌妓"的酒,都由丹砂代喝,这是一对姐弟音诗组合。

姐弟俩,说话甚少,气氛便不免有些尴尬,直到李白索性进入他的口占节奏,他要当场向美丽的歌姬证明:他是诗人!他是怎样的诗人:

陌上赠美人

骏马骄行踏落花,垂鞭直拂五云车。
美人一笑褰珠箔,遥指红楼是妾家。

在口占之中,李白便观察到金陵子美目的流转,她是有感觉的,待到读完,她赞叹道:"写得多好啊!这是赠给我的吗?"

"是的,喜欢吗?"

"喜欢!太喜欢了!您是能进到人心里去的诗人!"

姐弟俩急于给这首诗配乐,音乐创作就地展开……

李氏兄弟对酌,一杯酒落肚,李十二灵感又来,随口吟出:

对　酒

蒲萄酒,金叵罗,吴姬十五细马驮。
青黛画眉红锦靴,道字不正娇唱歌。
玳瑁筵中怀里醉,芙蓉帐底奈君何。

"太厉害了!我不饮,我未醉,君照写!"金陵子放下手中琴,只是赞叹道,"李白,你从哪里来?你到底是谁?你是写诗的活神仙吗?"

"我弟就是写诗的活神仙,是太白金星下凡尘。"李十一迎合道。

"李白,我有个不情之请:你专门为我写诗如何?我养着你!""金陵第一歌妓"霸气侧漏,豪气干云。

"那要看怎么个养法呢?"李十一打趣道,"芙蓉帐底奈君何?"

"十一郎,你又不正经。你又不是不晓得:老娘向来卖艺不卖身。金陵城里,谁人不知?谁人不晓?"金陵子正色道。

李十一依然没皮没脸:"那崔十二呢?"——似乎知道什么底细。

气氛顿时尴尬起来……

李白开腔道:"金陵子小姐,说正经的:我愿意为您写诗,我愿意加入您的演出,但不要您养——养我者,父母兄弟也。"

"那我问您：除了写诗，您还会什么？"

"吹笛、吹笙。"

"好极了！明天下午，带着您的家伙事儿，到此合练，晚宴时为客人演出您的诗。哦，十一郎也来吧，您心心念念的崔十二就是明晚的客人，顺便也满足一下您的好奇心……对不起，二位先生，我有点累了，丹砂，咱们告辞！"

说罢，姐弟二人携琴而去，留下兄弟二人继续饮酒。

35

翌日晚宴时分，红楼宾客盈门、济济一堂。

有贵客抵达时，便有门迎高声通报，但听得那一声"崔大人到"，整座楼的客人与小妓便呼啦啦出来了——从各自包间、房间跑到大堂来迎接……

这位"崔大人"的出场，响动如此之大，如此这般受欢迎，一则是其身份与身世所致：此人本名崔成辅，字宗之，博陵安平人，当朝宰相崔日用之子，袭封齐国公，原任左司郎中，坐事，谪官金陵，是红楼的常客；二则是其出众的相貌与仪表，此人有"大唐第一美男子"之名，玉树临风，英俊非凡，恍若潘安转世……

"金陵第一歌妓"金陵子率其新组合成员——丹砂与李白下楼亲迎，又引起客人与小妓们的一片热议：这位新加入的白衫儿是谁？为何相貌出众仪表非凡的达官贵人都喜欢围绕着这个自命清高的狐狸精转，满足于听个雅诗素曲？

"给崔大人请安！"金陵子作揖行礼道，"今晚歌诗有新作首演，乐队也添了新人，为崔大人助兴！"

"甚好！甚好！"崔宗之欣然微笑道。

随后，这一行人便在众目睽睽下，走上二楼最高档的一个雅间……

在那里，李十一已经安排好了一桌酒宴，自觉出任招待员。

落座前，东道主金陵子申明了晚宴的性质："今晚这顿酒饭，是小女和丹砂请崔大人和来自蜀中的李氏兄弟，感谢各位赏光！"

落座之后，美男子表现得十分性急，毫不客套："长夜漫漫，时间有的是，人咱们慢慢认识，先唱诗，先唱诗！"

"到底是诗人！"金陵子感叹道，"李白、丹砂，那咱们只好饿着肚子表演了。"

"饱吹饿唱，您须饿着，我无所谓。"李白道。这个时候——当他得知崔是"诗人"，这个乍一见面并无好感的花样美男，在他心中顿时长分了……

"那好，咱们就先演吧。"金陵子道。

红楼音诗新组合的分工是：李白吹笛或吹笙，丹砂弹古琴，金陵子弹琵琶演唱……三人各自到位，调试一番，演出开始……

一切都按照下午的排演合练进行，从李白吹笙开始——白也好学，此技是羌人山寨的儿子吴指南打小教他的，在这花好月圆之夜当众吹奏时，免不了想起了这位故去未久长眠于洞庭湖畔的亡友，曲子里便融入了几分凄清，与诗契合……

他们的节目是将昨日李白现场创作的两首诗《陌上赠美人》《对酒》连唱在一起，音乐设计也是一体的……

演唱完毕，美男子击节叫好，然后一声长叹道："唉！江南佳丽地，金陵才子州。我大唐藏龙卧虎不知有多少好诗人，看来崔宗之在大唐群英谱中的座次又要向后挪一位了！"

这人很可爱,李白心里想,看来不是一只绣花枕头。

"精彩!实在精彩!"崔宗之招呼他们三人落座,"快来吃点东西吧,哦,你们还没有告诉我:这诗为谁所作?作者在金陵吗?"

"看来诗人最关心的还是诗人啊!"金陵子道,"这两首诗的作者同为一人,远在天边,近在眼前,此时此刻,正坐在侬那边。"然后,用其纤纤玉手一点李白。

崔宗之一惊,立刻侧目正视李白曰:"伙计……是你写的?"

李白轻轻一点头:"是的。"

"不像,不像。"崔宗之摇头道,"他刚才吹笙时,我就感觉他不像个吹笙的,不像是梨园行的人,你说这诗是他写的,我又感觉他不像个写诗的,不像舞文弄墨的骚客……"

"崔大人,那您说,他像干什么的?"金陵子问道。

"他像杀人的!"崔宗之出语惊人,语惊四座,"像侠客!"

此言一出,片刻冷场……

金陵子赶紧打圆场道:"崔大人,侬说得好吓人也!"

李白倒也大度——事实上,他喜欢别人这么看他,甚至有点佩服这位"花美男"眼光的犀利,于是便举起杯来:"小可平时确实是玩玩剑弄弄刀的,崔大人若有此好,咱们可以切磋切磋。"

崔宗之也举起杯来,呼之曰:"'雄俊士'!敢问尊姓大名?"

李白不怕人辱,但怕人尊,立刻上套,一饮而尽:"蜀中布衣李白。"

"李白?国姓李?黑白的白?""花美男"又一惊一乍道,"中秋佳节那天,鄂州黄鹤楼下,声称'眼前有景道不得,崔颢题诗在上头'的那个蜀中公子就是你吗?"

"不好意思,正是在下。"李白回答,心中大惊:交个白卷,也能扬名？这是啥子事嘛！于是便反问道："此等尴尬事，您如何得知？"

"长江是流动的，你的大名已经随着江水飘入我耳。"崔宗之慨然道，"今日见诗，果然不凡，更何况这仅是豹之一斑！金陵脂粉地，来一'雄俊士'，幸会幸会！今夜，咱们一醉方休，不醉不归！"

于是这一屋人便喝作一团，醉倒一片。

午夜时分，只有李白和金陵子还能站起来，金招呼崔宗之的专车载他回府，将李十一安顿到弟弟丹砂的房中歇息，然后对李白说："侬，可以不走。"

36

自古诗人爱江南，李白有很深的金陵情结。

因为他是活在历史中的诗人，他的心中有前朝。金陵虽然古旧破败，却是多朝故都。

这是他的政治偶像谢安的金陵。在这里，他模仿偶像的样子，每每带妓出游，如其诗中所写：

示金陵子

金陵城东谁家子，窃听琴声碧窗里。
落花一片天上来，随人直渡西江水。
楚歌吴语娇不成，似能未能最有情。
谢公正要东山妓，携手林泉处处行。

既有带妓出游，亦有与友同行。他与崔宗之一见如故，引为知己。两人走到哪里，便会成为一景："花美男"与"雄俊士"，高谈阔论，吟风弄月，旁若无人……被当地乡绅记入地方志。有诗为证：

送崔十二游天竺寺

还闻天竺寺，梦想怀东越。
每年海树霜，桂子落秋月。
送君游此地，已属流芳歇。
待我来岁行，相随浮溟渤。

李白真有意思，他比崔宗之后到金陵，却搞得有些景观比崔还熟似的，反过来给崔做导游……因为他更爱这金陵！

千载以后，华夏诗史上有一公认度颇高的案例：认为李白《登金陵凤凰台》是其向崔颢《黄鹤楼》"报诗仇"，一雪其黄鹤楼下交白卷的前耻——实际情况没那么严重：李白不是心胸狭隘、小肚鸡肠之辈（若是他也就不会交白卷了），当年有孟浩然这颗大诗星光彩夺目地照着，他并没有那么看重偶出一首佳作此前并无诗名的崔进士，他写《登金陵凤凰台》，只是因为有感而发，再加上他是与崔宗之同登的，他看重的是崔的感受：既然崔是因为黄鹤楼白卷事件知道他的，他就想向崔展示一下自己真正的诗歌水平，于是便脱口而出：

登金陵凤凰台

凤凰台上凤凰游，凤去台空江自流。
吴宫花草埋幽径，晋代衣冠成古丘。

三山半落青天外,二水中分白鹭洲。

总为浮云能蔽日,长安不见使人愁。

  崔宗之听罢,差点给李白跪下了,是他当场宣判:此诗完胜崔颢《黄鹤楼》,是登高诗中的状元郎,今后也很难有人超越……到这个时候,他已经完全了解了李白的实力及其在大唐群英谱中的座次:除了第一把交椅,没有别的位子可坐,目前甚嚣尘上的田园山水派诗人王维、孟浩然皆不是其对手!贬官到金陵,竟然随手捡到这么一个大才子,他便信誓旦旦要将他举荐给朝廷,让李白觉得:别的地方官员大可不必去拜了,将宝全押在这个宰相之子的京官头上……

  在金陵,李白除了游山玩水、纵情声色,便是艺文演出、慈善活动,落魄才子闻风而来,争说蜀中来了一个乐善好施的慈善家……在金陵的半年时间里,被他接济过的人中不乏日后的官员,甚至还有一位华夏诗史上的大诗人……

  世人总说李白天才,世人不见李白好学:他到金陵后,便向金陵子、丹砂学习吴越民歌和音乐,并提取其元素创作了《白纻辞》《杨叛儿》《越女词》……这一日,在红楼,三人音诗组正在排练,红楼老板来找金陵子,求她出面请李白帮个忙:红楼门口来了耍剑的流浪汉,就在红楼门口耍剑,围观者众,影响生意,有碍观瞻,希望李白干预一下……看来,不光"花美男"崔宗之觉得李白"像个杀人的"。金转告李,李提着家传的龙泉宝剑便去了,在他心里,已经将红楼当作自己在金陵的家……

  一步踏出红楼,但见一层围观群众,李白拨开一条人缝挤上前去,只见一邋遢大汉正在舞剑,动作极其规范,一看就是练家子,只是每一动作，都扇动出一缕刺鼻的臭气，叫人心生怜悯……

一套剑舞完，赢得一片叫好，但也只有极少的人投极少的钱，投进地上的一只木碗里……

李白对丹砂低语两句，让他回红楼取些银子来。然后，李白走上前去，与大汉交涉："我多给你些银子，请你别在此处耍了，影响本楼生意……"

大汉二话不说满口答应，从及时返回的丹砂手中接过碎银小袋，立刻从地上拾起装有零钱的木碗，准备离去……可是这时候，他忽然看清面前这位白衫儿竟是挎剑而来劝其离去，剑客的自尊心顿时被刺伤了！

大汉将钱袋子丢弃在地，一拱手道："这位剑客，与我斗一盘如何？若是我胜，我拿钱走人；若是你胜，我空手走人。横竖不影响贵楼的生意。"

观者叫好——有好戏看。

李白只好迎战。

对手可不是吃素的，远没有大他十二岁的孟夫子那么好对付。虽说胡子拉碴一脸黑毛不好判断，但从身手看，应该与自己年纪相仿……此子训练有素，剑法规范，缺陷也正在于此：却没一点机变的诡诈，李白乘机而胜……

但是对手的好胜心已被激起，一盘决胜变成了三打二胜，三打二胜又变成了五打三胜。与应付孟夫子不同，李白就是一盘不让，只因在二楼的一个窗子里，金陵子正在饶有兴味地观战……有心仪的女人在场，那就一盘都不让了，这是一种正常的男性心理。

五盘全输，大汉单膝跪地道："认栽！走了！"提剑起身便走，连吃饭的木碗都不要了……

李白拾起木碗与钱袋,跑几步追上他。大汉拿走木碗,不要钱袋,朝着闹市,继续前行……

"壮士!好酒不?"李白对着背影高声问道,"一起吃两斗如何?"

背影站住了。

"去红楼吃,吃最好的酒!"李白道。

背影返身,成为大汉,跟着李白进了红楼。

还是在红楼最贵的雅间,还是和招待宰相之子"花美男"一样的好酒好菜,只是金陵子、丹砂不再陪了,任凭李公子招待一位街头捡回的臭气熏天的流浪汉……

一坐下来,两人各自对饮了一斗清酒。然后,李白看着大汉将一桌饭菜席卷而光,又叫厨房上了一桌……

这时候,李白方才问道:"从身长、口音判断,壮士是北方人吧?在下蜀中布衣李白,敢问壮士尊姓大名?"

大汉面露惊喜之色,一拱手道:"先生就是李白?"

"正是。"

"我找的正是您!哦,在下沧州渤海县农夫高适,安东都护高侃之孙,今日沦落至此,有辱先人啊!"

"高侃之孙?你祖父破突厥、镇高丽,死后陪葬于乾陵,可是战功赫赫的一代名将啊!你可是名副其实的将门之后!"

"可不是嘛,无奈家道中落,到我父高崇文一辈已经沦为庶民、农夫……"

"那也比我强啊,至少你还有资格参加科考。"

"那倒也是,我去年弱冠,今年便赴长安参加了一场科考,却名落孙山。在长安时,得高人指点,说是江南名流多,举荐成风气,可以来此试试干谒之路,不失为一条曲径通幽的佳途,我便来了。从扬州到金陵,四处求告无果,资费已经耗尽,只好流落街头卖艺果腹……"

"那如何想起找我呢?"

"嗨,这金陵街头,满街的落魄公子,哪个不争说:投奔李白去!至少可以讨得一点盘缠啊!"

"这不成问题。我正好可以向高侃将军在天英灵表达我的敬意!不瞒老弟说,我也是汉将军李广之后……"

"难怪剑艺超群,我本来也是鲜有对手……"

"我之佩剑——龙泉宝剑,据说就是先人李广传下来的。"

"那我得好好看看,总之我们都有武将的血脉,不是那种手无缚鸡之力的酸文人!"

"唉,可惜到家父李客一辈已经沦为贱商,日子倒是过得不错,可连科考的资格都没有。我跟你不同,只能走干谒一条路……哦,我在此次有个不错的关系可以借给高适弟一用。"

"什么关系?"

"当朝宰相崔日用之子,袭封齐国公,原任左司郎中,贬官到金陵的崔宗之……"

"哦,到金陵怎么能不去拜见崔公子呢?我已经去过了,下人连门都没让我进。"

"高适弟,恕我直言:你现在这副样子谁会让你进呢?马上沐浴、更衣,剪发剃须,晚饭时我把宗之兄请来!咱们接着喝!"

说罢,李白差下人带高适去沐浴。此子身长八尺有余,没有合适的衣服可换,李白又差丹砂出门即刻买来。晚宴时出现在饭桌上的高适已经换了一个人,一下变成了高公子,其实不过是个二十出头的毛头小伙,常年耕读生涯搞得面相显老罢了。李白以从赵蕤师傅那里学来的"观人术"暗自观察了一番,心中有底了。

但是这一夜,似乎缺一点"人和":崔宗之可不像李白这么随和,假托有事不来,让前去请他的丹砂私下转告李白:什么"将门之后"!为了果腹便到大街上去出卖剑艺,简直有辱将门!也可以从中看出此人的德行!不值一交!

李白心中嘀咕:唉,当朝宰相之子看不上前代名将之孙,好像也没啥奇怪。

饭桌之上,金陵子也不给面子,只陪了三杯酒,便声称身有不适告退了。姐一走弟相随,丹砂也跟着告退。饭桌上便只剩下李白与高适,败掉的酒兴便再也提不起来了……

肯定是感受到了自己不广受欢迎,高适在红楼留宿一夜便告辞了,带着李白为他准备的足够多的盘缠上路,准备先回家继续背书,明年再赴长安迎考。临走,他交给李白一首夜里写的诗——此时的高适还没有拿得出手的作品,他从金陵歌妓们广为传唱、落魄公子争相传诵的李白的诗中,已经隐约感到此人虽然仕途未明,但日后诗名将不可限量,所以也要向其露一下峥嵘:

咏 史

尚有绨袍赠,应怜范叔寒。
不知天下士,犹作布衣看。

李白读罢,方才意识到:此子,诗人也!他显然对自己跟他不聊诗颇有一点不满……

昨夜在床头,李白对金陵子抱怨道:"难道你们就没有看出来吗：此人相貌堂堂国字脸，两只猪耳垂下来……日后必洪福齐天、前程似锦、飞黄腾达？"

"看出来了。"金陵子说，"我还看出他是一只白眼狼。"

37

李白的先驱性，不光体现在文本上，还体现在人本上，他是支票最早的使用者，比全国人民普遍使用早了将近一百年。他还是华夏诗史上，第一个住在妓院里的诗人，第一个为歌妓们的演唱而写作的诗人——虽然他不靠妓女们养活。

开元十四年（公元726年）到来了，他和妓女们一起在红楼过年。除夕之夜，与众人一起放完鞭炮之后，他与金陵子、丹砂姐弟俩一起回屋守岁，围着红泥小火炉，李白有话要说："过完这个年，待到春三月，我就满二十六岁了，再不成个家生个娃，人家就以为我是宫里太监跑了出来，所以我呀，过年之后的头等大事便是娶媳妇——"说着，他伸出有力的大手攥住金陵子的纤纤玉手问道，"金陵子小姐，你愿意嫁给我吗？"

望着李白真诚、热烈、包含爱意的火辣辣的目光，金陵子心有冰雪消融、目有泪光盈盈，但即刻又如蛇咬一般将玉手抽了回来："李白，侬做好了娶阿拉的准备了吗？"

李白会错意了："是要先把你从这儿赎出去吗？这算什么问题？"

"阿拉还需要别人把阿拉赎出去吗？笑话！"金陵子正色道，"看来侬跟先前那些男人没什么两样，都不想搞清楚歌妓与娼妓的区别。"

气氛变得凝重起来。

过了一阵儿，金陵子开腔道："李白，侬是诗人，想象力足够，侬可以想见：侬肯定不是第一个想要阿拉的男人，但侬是第一个想让阿拉有所托的男人。"

"请讲！什么事都可以讲！"李白回应道。

"说实话吧，阿拉很喜欢阿拉的职业。阿拉也知道这种职业一旦从事便没有回头路可以走，阿拉也没有非分之想，一辈子就这样过吧，唱到人老珠黄，可以靠积蓄度日。对阿拉有情有义的男人，记住人家的情分就好了，不必去祸害、拖累人家……"说着，她将目光移向丹砂，伸手握住其手，"只是，阿拉不放心伊，今朝阿拉跟侬说实话吧，伊不是阿拉亲弟弟，伊是阿拉师傅的独儿子，阿拉就是一个无父无母被人遗弃的孤儿，被师傅从集市上买回去，养大成人，传歌学艺，赏口饭吃。师傅走时，把伊托付给阿拉，在这种环境中——不论是在梨园行还是在青楼，我们都只能以亲姐弟相称，一块挣扎着活下去……侬知道这儿的环境有多邪恶吗？打伊主意的男人并不比打阿拉主意的人少，侬住在这里的这段辰光，我们的麻烦已经是最少的一个时期了……带伊走，让伊做侬的弟弟，做侬的书童。阿拉丹砂不是睁眼瞎，他能识好多字，又聪明又伶俐，伊还能陪侬白相丝竹音乐……"说着，她哭起来，将丹砂的手拉到李白的手中。

李白一把攥住丹砂的手问："丹砂，愿意跟我走吗？"

丹砂毫不迟疑地回答："愿意！"

李白说："好！从此以后，咱们行走天涯，有银使银，有酒喝酒，啥都没了，咱们一起卖艺，但我可以向你——向你姐姐保证：从此以后，不会有任何人可以欺辱丹砂了！"

"今夜阿拉要吃酒,吃到醉,不醉不欢!"金陵子抱起酒坛子,给两位男人斟满。

三人喝作一团。

待到酒酣耳热之际,金陵子无限深情地望着李白说:"侬晓得,阿拉为啥会把弟弟交给你吗?这个蜀中公子呀,是真风流,也是真善良,阿拉虽不喜欢那个姓高的叫花子,但侬待伊那么好,阿拉看在眼里,欢喜在心头……"

过完这个年,春暖花开之际,丹砂便随李白奔赴其此次长江行的最后一站——扬州。

临行前一日,是李白二十六岁生日。崔宗之在红楼设宴,遍邀金陵官吏、名流为李白饯行。席间,李白一斗酒落肚,一首名作便喷将出来——

金陵酒肆留别

风吹柳花满店香,吴姬压酒唤客尝。
金陵子弟来相送,欲行不行各尽觞。
请君试问东流水,别意与之谁短长。

他口占,丹砂随手记录下来,第二天再交给酒醒的他作润色、修改、定稿的工作——一种李白式的写作形式建立起来了,这大大降低了他诗的流失率……

在离别金陵之际,他也没有忘记回馈长江。在码头登船后,李白背对着送行的人们——主要是背对被眼泪打湿的他的美人儿,他将目光投向滚滚东流的浩瀚长江,迎风吟出——

金陵望汉江

汉江回万里,派作九龙盘。

横溃豁中国,崔嵬飞迅湍。

六帝沦亡后,三吴不足观。

我君混区宇,垂拱众流安。

今日任公子,沧浪罢钓竿。

第十章　扬州一梦

38

没有到过长安、洛阳，而又先到了金陵的人，会对扬州的繁华惊叹不已——此时此刻的李白便是如此。李氏长江航运将其最重要的分舵最大的重镇交给李客这一辈中的老大——也就是李白的大伯父来掌管，他在码头上接了李白、丹砂，便将他们直接拉到扬州城中最繁华的国际区……

出乎李白意料的是，他在思想上是准备来此见识一个比金陵这个古都更繁华的江南，但却见到了一个叫他眼花缭乱的大世界：满街到处都是长相诡谲奇装异服的西域人，到处都是胡商开的店铺、饭馆、酒楼、妓院……长江与京杭大运河在此相交，促成了这里的贸易繁荣,大唐帝国百分之八十的利税便来自以扬州、金陵为中心的江南……

"长安也莫过如此吧?"李白惊叹道。

不止一次到过长安的大伯父笑曰:"长安一个西市就等于扬州全城。"

大伯父的话激活了他对大唐的想象力——祖国的强大显然超出了他的想象,心中对国都长安的向往愈加迫切了……

"想吃啥子?跟我说,这里啥子都有!"大伯父道。

"哦,我闻到家里的味道了!"李白惊叫道。

"家里的味道?啥子味道?"

"烤全羊的味道!"

李白说的没错,他家里的味道原本就是西域的味道,扬州城的国际贸易区里,到处飘散着西域孜然的味道……

"那还不简单,咱们吃就是了!"

于是,老青少三人进入一家烤肉馆,要了半只烤全羊,一斗葡萄酒,吃喝起来……

李白问金陵少年丹砂:"你是头一次吃吧?"

丹砂嗯了一声。

"好吃吗?"

"好吃。就是太多了,吃不完……"

"你姐姐在……就好了。"

烤肉馆中有胡姬跳舞,李白一望胡姬的样子,心中便有热泉汩汩冒出:那是母亲年轻时的样子,妹妹差不多也是这个样子……胡姬跳到面前来相邀时,他便欣然加入了,他的身上天然带着这样美妙的律动……

酒足饭饱之后,大伯父邀请听妓——也就是听歌妓唱诗,李白、丹砂欣然从命。

刚一踏入青楼,便听得有人歌曰:

君歌《杨叛儿》,妾劝新丰酒。

何许最关人,乌啼白门柳。

乌啼隐杨花,君醉留妾家。

博山炉中沉香火,双烟一气凌紫霞。

"《杨叛儿》!《杨叛儿》!唱的是李大哥的《杨叛儿》!"丹砂欢呼道。

他们找一桌子落座,接着往下听:

馆娃日落歌吹深,月寒江清夜沉沉。

美人一笑千黄金,垂罗舞縠扬哀音。

郢中白雪且莫吟,子夜吴歌动君心。

动君心,冀君赏。愿作天池双鸳鸯,一朝飞去青云上。

"《白纻辞》!《白纻辞》!唱的是李大哥的《白纻辞》!"丹砂欢呼道。

侍者送来新茶,他们喝着继续听:

镜湖水如月,耶溪女如雪。

新妆荡新波,光景两奇绝。

"《越女词》！《越女词》！唱的是李大哥的《越女词》！"丹砂欢呼道。

继续听——

      西施越溪女，出自苎萝山。
      秀色掩今古，荷花羞玉颜。
      浣纱弄碧水，自与清波闲。
      皓齿信难开，沉吟碧云间。
      勾践征绝艳，扬蛾入吴关。
      提携馆娃宫，杳渺讵可攀。
      一破夫差国，千秋竟不还。

"《西施》！《西施》！唱的是李大哥的《西施》！"丹砂欢呼道。

《西施》唱罢，歌妓告退，只听一声高叫："有赏！"——出自李白大伯父之口。老头儿听说这唱的都是他们家十二郎作的诗，心中甚是高兴，尊诗重教乃李氏家风。他从袖口里摸出两锭银子，让丹砂送上去。

未过多时，歌妓已随丹砂来到他们这一桌，作为回礼，歌妓以茶代酒，敬三位一杯。

李白关心的是："小姐，请问您是跟谁学的这些诗？"

歌妓答曰："阿拉是跟姐妹们学的，金陵最红的歌妓金陵子一唱，就流传开了……"

"金陵子是阿拉姐姐！"丹砂脱口而出。

歌妓惊诧道："那侬就是丹砂喽！"

丹砂回答道："是啊！"

歌妓伸出玉指一点李白："侬就是李白！"

看来，不光"金陵第一歌妓"大名鼎鼎，"三人音诗组"也已经名声在外……

歌妓马上起身道："大诗人到访，阿拉接待不起，须速速告知老板才是。"

却被李白一把拉住："今晚就算了，我有点儿累了，以后我会常来，为你们奉上新诗。"

歌妓听后便作罢了，只得重新落座，以茶代酒，再敬三位……

话叙片刻，三位客人便起身告辞了……

夜宿李氏长江航运扬州分舵，李白的内心并不像外表那般平静：刚才那位歌妓所演唱的他的诗，都是他去秋至今春这大半年时间在金陵和在吴越一带旅行中所写的作品，如此之快便传唱到二百里外的这座长江以南最繁华的城市，长江的水流得快啊！与此相比，巴蜀的山，便是阻隔，他出来得太对了！当此之时，雕版印刷术虽已发明，但却远未普及，歌妓的演唱乃是诗歌传播的主渠道。他一个偏僻之地来的大龄青年，一入江南地，幸遇红歌妓，进入主渠道，正在成为江南诗坛上一颗冉冉升起的诗歌明星，这是令其颇有成就感的……

39

李白到达扬州，一夜传遍全城。

翌日，一张请柬已经送抵他的住处，本城官员、名流代表扬州官方和民间在最豪华的酒家设夜宴为其洗尘，李白沐浴、更衣，容光焕发。光彩照人，携大伯父和丹砂前往赴宴。安排席位时，有官员认识李氏长江航运扬州分舵舵主李白大伯父,便将其安排在李白邻座,而将一介少年郎丹砂安排在另一桌,李白坚决不答应,要求将其安排在自己的另一边……

不知道是因为李白不听安排令其不满呢,还是江南才子们早有此风气,开宴之后,虚情假意,恭维一番,酒尚未喝透,便有人开始叫板,声称对李白即席口占,佳作迭出的本领早有所耳闻,今夜望能现场领教一番。李白屡次谦让道:"先喝酒,先喝酒,作诗先不急。"偏偏劝不住,这一桌人,一个接一个,站起来口占——哪里是口占?是地方小诗人搜肠刮肚将自己平生最得意之作端出来,挑战这个暴发户似的诗坛新星,主题也很一致:咏扬州。李白听着,忍住笑,只管灌酒,直到酒意起兮,诗便来也:

夜下征虏亭

船下广陵去,月明征虏亭。
山花如绣颊,江火似流萤。

起首一声扬州古称"广陵",便如惊堂木一般将众人震住了,作为一个活在历史中的"复古派",他的行诗永远都有历史的厚重感与文化的含金量……

鸦雀无声。

镇守在地方一隅的诗人,怕的就是自己歌咏了一世的故乡,被外人一诗便踩在脚下,抢去头彩。此刻的情形正是如此,客观地说,李白这首远远不是其顶尖佳作,但拿出来压这一桌人是绰绰有余的。过了好一阵儿,才有人真真假假七嘴八舌评议道:

"果然不同凡响!压我等一头啊!"

"广陵古称用得好,一词涵盖了扬州的过去和历史。"

"与李白相比,我等的问题一目了然,因为久居此地,对扬州的整体比较了解,便老想面面俱到,一诗写尽扬州城。李白先生则不是这样,看到一地就写一地,将它写好写透……"

"'山花如绣颊,江火似流萤。'——妙哉,真是妙啊!什么是诗,诗贵在用形象说话,还要说得巧,说得妙,说得艺术……"

"……

李白爱听好话,真假不论,这一席好话听下来,他竟已有了几分醉意,对他来说,听美言比饮美酒醉得快……

一桌人喝作一团……

又过了一阵儿,就像事先排演好的一样,有人站起来发言道:"各位同仁!这大半年来,蜀中才俊李白先生出巴蜀,下江南,居金陵,佳作迭出,才华盖世,声名鹊起;其家业雄厚,乐善好施,豪气冲天,不仅诗作得好,人也做得好。今日李白先生抵达扬州,我等在此设宴为他洗尘,我尚且未问先生要驻留多久,当然是越久越好……不管多久,咱们该让先生为扬州留点儿什么——我建议成立'李白基金会'……"

"对!"马上有人呼应道,"有了这个基金会,扬州就可以像鄂州举办黄鹤楼征诗会那样,千金征名作,自有崔颢出。参考李白先生的成名经验,咱们可以拨专款资助歌妓唱诗,定期举办诗人与歌妓共同出场的歌诗会,诗人诵诗,歌妓歌诗……"

"还有很重要的一项:每年,资助一批家境贫寒且有志科考的江南学子进京赶考……"又有人补充道。

"这一项,我……我赞同!"李白上套了,"我在金陵时,资助过一个名叫高适的沧州学子,此人系一代名将高侃之孙,相貌堂堂，面相不凡，诗也做得好，此人前途不可限量……"

"对对对，如此有为青年，我们坚决要资助，等他们在朝廷里当了官，自会想着我们扬州……"

与酒精无关，李白真的听不出来——这项提议怪怪的地方在于：他这个经济落后地区来的一介布衣，来到了大唐帝国最富庶的地区、贸易最发达的城市，当地的官员、士绅却在忽悠他朝外吐钱，难道他们认为李氏家族该把从长江上赚到的钱再吐出来吗？

但是，从西域丝绸之路上打拼出来，素有经商天赋的李家人也不好忽悠。大商人李白大伯父马上警觉问道："请问，这个基金会，由谁来掌舵？"

"既然名曰'李白基金会'，那自然该由李白来掌舵。"有人爽快回答。

"他可掌不了这个舵。"李白大伯父断然道，"据我所知，他连账都算不清楚……"

"那就名义上由李白负责，实际上由李叔您来掌舵……"

"那你们呢？"

"我们就跑跑腿，做些具体的工作。"

"照你们的意思，这个基金会，钱全由我们一家出，你们只负责花钱？"

"李叔啊，也不完全是这个意思。你们李氏长江航运生意靠着这条长江生意兴隆，财源滚滚，财力雄厚，先出一笔启动资金，有了这笔钱，我们再以基金会的名义向社会各方募集……"

"听明白了，我们先捏一个小雪团出来，你们负责去把它滚成一个大雪球……是这意思吧？"

"对对对，李叔说得很形象！好生动，好有趣哦！"

"启动资金大概要多少？"

"怎么说也得有一百万吧。"

"这样吧，我先给你们二十万，但是有个条件：你们必须确保这个基金会中途不会改名字，一直叫'李白基金会'。今夏，老夫要返乡度假，回去跟李白他爹好生商量一下，再行后续之事。你们有所不知，我们李氏家族是老幺当家，能者多劳，老夫只是个冲壳子的……"

精明不过李白大伯父，他之所以愿意先拿出二十万来，还是首先考虑到不得罪在座的几位当地官员，李氏在扬州的业务也需要他们多行方便……

洗尘宴圆满结束。

钱一到位，立竿见影的是扬州城内各大青楼里传出了唱诗声：唱的最多的自然是李白诗，其次是那一桌上在座的本地诗人的诗，其他诗人皆由李白推荐：《诗经》里的诗，《古诗十九首》里的诗，诗祖屈原、宋玉的诗，建安七子的诗，前朝诗人陶渊明、谢灵运、鲍照、谢朓的诗，"初唐四杰"王杨卢骆的诗，陈子昂的诗，当代在世诗人孟浩然、王维、贺知章、张九龄、王昌龄、崔颢、崔宗之的诗……

这个春天，一夜之间，扬州顿成诗城。

40

从春到夏，"李白基金会"的工作在有条不紊地进行中。

通过对扬州多处江南闻名的名胜、景观的重点实地考察，李白决定以隋朝所建之大明寺作为向天下征诗的由头，或许是因为他自己毕业于匡山大明寺公学之故吧,对此同名寺庙自然有一种好感。现场征诗会定在这一年的中秋节举行,拟请孟浩然做主评委,他还想通过孟浩然请出正在坐稳"大唐第一诗人"宝座的王维先生。历史证明:李白的选择是对的,大明寺终将名扬四海,成为扬州第一名胜,但却并非是通过这次最终流产的征诗,而是另有起因。鄂州黄鹤楼的成功经验很难被复制。

一份资助江南贫困学子秋天进京赶考的长长的名单也呈到李白案前,他毫不犹豫地签了字。

把这一切做完,将二十万划拨出去,李白大伯父便返乡度假去了。李白带着丹砂,又去了吴越一带漫游,他对江南的每一寸土地似乎都满含激情。在越州,一个传说让他找到了向他心仪的"书圣"王羲之致敬的契机——

王右军

右军本清真,潇洒出风尘。
山阴遇羽客,爱此好鹅宾。
扫素写道经,笔精妙入神。
书罢笼鹅去,何曾别主人。

此诗的重要性在于,它浓缩了李白的"书法观",他是王羲之美书体系的欣赏者与追随者,在对书法的认识上,他是相当正统的,在实践中也是这么努力的……

夏末,当李白和丹砂从吴越漫游归来时,李白大伯父尚未从蜀中度假归来,分舵门前出现了一个怪现象:几乎每天,都有贫困学子上门求助。随着秋天到来,长安大考日益临近,上门者越来越多……这令李白感到困惑不解，问他们为什么不事先报名，回答说早就报了名,但到现在也未得到资助。李白跑去质问经办人，那些家伙支支吾吾、闪烁其词，一个真相昭然若揭：名单上不少都是他们的亲信，这些人与贫困毫不沾边，甚至还出现了大量伪造的假名，资助款项则被人冒领……

李白怒不可遏，义愤填膺，竟被气病了。令这个来自经济欠发达的边缘地区的读书人想不通的是这样一个强大的现实：越富越坑，越有钱越无底线，他一步踏入这个陷阱与黑洞——这是大唐帝国开元盛世的另一面，遍地贪官、贫富悬殊、道德沦丧、全民拜金……

病是病了，他还有心与坏人坏事作斗争，龙泉宝剑都拿出来了。这时候大伯父从蜀中回来了，带来的一条噩耗将李白彻底击倒——

胞妹李月圆死了！

41

世上有些至情至性的爱人，当其另一半走了，他们的生命便开始进入倒计时。李月圆大抵便是如此。去年夏天，当她得知吴指南命丧岳州、归葬洞庭湖畔的消息，她的身心便如坠万丈深渊，经过一年的下落，终于落到死亡的谷底……这一年，她才十六岁。嫁了人不就，为心爱的人死了——这是典型的李月圆式的悲剧。红颜薄命，才女亦然，李月圆生前显露的诗才，已经预示这个家族还会出一个才华盖世的女诗人，基因强大，完全可能。相同的基因，不同的身体——人们只看见混血儿漂亮、健康的一面，其实还有完全相反的另一面——各走极端的两面：李月圆已经占有了二哥的诗才、母亲的美貌,却落得一个基础很差的身体(或许还与父母生她时均已高龄有关),一经精神打击,便崩殂了……

李白与月圆兄妹情深,除了血缘,还有同为天才的这一层——这是一条隐秘的通道,天才都相知,天才都相怜,天才又相恨,也不过是相知相怜的派生……

月圆一死,李白万念俱灰,一病不起,整个秋天都卧病在床……

那些蝇营狗苟的家伙再也没有出现,"李白基金会"变成了一场闹剧……

丹砂回了趟金陵,带回了崔宗之和金陵子,崔又带来他的扬州友人孟少府,并将李白托付给他照料……

当一个诗人真无诗了,恐怕就是真的病了;病愈便从有诗开始:与吴指南之死相近,大恸无诗,李白不写李月圆之死,也不写怀念妹妹的诗,他在病中只写了两首诗:一个思故人,一个思故乡:

>淮南卧病书怀,寄蜀中赵征君蕤
>吴会一浮云,飘如远行客。
>功业莫从就,岁光屡奔迫。
>良图俄弃捐,衰疾乃绵剧。
>古琴藏虚匣,长剑挂空壁。
>楚怀奏钟仪,越吟比庄舄。
>国门遥天外,乡路远山隔。
>朝忆相如台,夜梦子云宅。
>旅情初结缉,秋气方寂历。
>风入松下清,露出草间白。
>故人不可见,幽梦谁与适。

寄书西飞鸿，赠尔慰离析。

静夜思

床前看月光，疑是地上霜。
抬头望山月，低头思故乡。

人之大病、久病，可谓生命的低潮，甚至会有命不久矣之感，在此时思念的人，必是其生命中最重要的人——李白在其平生第一场大病中，思念的是自己的师傅——是自己出世这一套价值观的灌输者，由此亦可反观李白其人其心。他这一生，诗价连城，只给师傅赠了这么一首，却是在自己生命中最悲痛最沉重最彷徨的一个时刻……

如果从当朝与后世流传广度来说，《静夜思》在所有李诗中稳居第一，孟浩然嘱其要写"长腿的诗"，他在此次大病中写了一首腿长得最长的诗，它自己会在最短的时间内跑遍大唐帝国的大河上下、大江南北，终至于家喻户晓、脍炙人口、人皆可诵……它还建树起李诗佳篇的一种生成模式：万丈红尘、万劫不复，终化为清风明月照九州。

待其病将痊愈之时，大伯父才将家乡带回的全部信息逐一释放出来：月圆就安葬在陇西院内，她生前所居之粉竹楼前。如今这个大院里埋葬着李白的启蒙恩师周明礼先生、李白的胞妹李月圆……吴指南之死，打垮了李月圆，对其父陇西院前管家老吴也是莫大的打击，一病不起，李客将之接回陇西院，延医看病，悉心照料……李客对李白这一行的花销也做了结算：不到整一年，散金三十万。这一年里东都洛阳的米价是十钱，姑且以此计算（取贵者计），三十万钱抵米三千石……这也太过奢靡了！李家虽说不差钱，但也不是从祖上继承来的，更不是天上掉下来的，是叔伯、兄弟们在长江上刨食吃，风吹日晒挣出来的，大家供你一个人，但也经不起你这么大手大脚一掷千金！从今往后，还是可以到各个分舵去领取支票，但钱数要有所限制：一年所花不得超过五万。

  李白觉得委屈：三十万中有二十万是给了这个新近成立的"李白基金会"，另外十万中至少有一半他是用来接济他人……但也懒得申辩了，即使申辩，父亲又不能亲耳听到……他张了张嘴，但没说出什么来。

  病愈之后的第一顿酒喝得有点蹊跷，崔宗之又从金陵而来，这回带来了一个神秘老头，扬州县尉孟少府在扬州城内最豪华的酒楼设宴。李白没有借病推脱，崔宗之来了，他绝没有推脱的道理，再说他也有点儿想喝酒了——这说明病已经完全好了……

  这顿饭吃得怪怪的，怪在崔、孟二人对那个神秘老头的态度有些暧昧，既不大大方方介绍人家，饭桌上又对其尊敬有加、敬酒不断。李白虽然觉得怪，但也顾不得那么多了，久违的美酒真好喝啊，他只管自己饮个痛快！

  喝到半场光景，神秘老头便自称不胜酒力，要先回驿馆歇息去了。崔、孟二人一直将他送到门口，过了许久才回来，回来后又一一斟满酒，二人先敬了李白一杯，崔宗之开口问道："兄弟，想成家不？"

  "成家？成……什么家？"李白大惑不解。

  "娶媳妇成家啊！你也岁数不小了。"崔宗之说。

  "还没对象呢，开什么玩笑？"

  "谁跟你开玩笑！你知道刚才那老头儿是什么人吗？他为何而

来吗？"

"什……什么人？"

"唐高宗李治左相许圉师之子许文思，慕你诗才，想把他千金许紫烟许配给你，借这顿酒来相你人！"

"人家老头儿对你可是一百个满意，说你比咱崔美男还长得雄俊呢！"孟少府也插进来，"现在就看你的态度了！"

什么乱七八糟的！想娶"金陵第一歌妓"金陵子未遂，天上忽然掉下一个前朝左相的孙女……李白脑子乱了！

蹉 第三卷

第十一章　日照香炉生紫烟

42

　　久病脑子木,李白需要仔细厘清这桩上门"亲事"的来龙去脉。

　　当朝宰相之子引来前朝左相之子——这是合乎逻辑的,他又进而了解到,新友孟少府与这许家也是世交。

　　那么,这个许家,现居何处?淮南道安州,距鄂州不远,距孟浩然家乡襄州也不远。如今景况如何?许圉师死后,陪葬唐高宗太子李弘,早已躺在河南道偃师的坟墓里,其子许文思被朝廷赠员外郎,定居于家乡安州。

　　那么,这个许员外,因何看上李白?他读到李白的诗,他喜欢李白的诗,他已经看出李白是皇皇大唐第一流的大诗人,又风闻与许家有世交的两位公子在金陵、扬州与之形影不离、过从甚密,便启程招婿来了。许员外育有一子一女,长子已成家,小女待出嫁。小女许紫烟有才,喜欢舞文弄墨,令许员外觉得,将其嫁给一般当官的委屈了,要嫁就要嫁一个文才出众的官员,却一直没有等到合适的,现在换个思路,退而求其次:嫁一个小有诗名的未来官员,将其招上门来……于是,李白被选中了。

几个当事人心里都清楚:这叫入赘——男方会引以为耻!但是碰巧李家人,在西域历经五代,观念上已经相当胡化的李氏家族并不觉得。李白大伯父连夜便给李客写信征询意见,一副摊上大好事的架势。李客接信后火速回信表示同意,他认为儿子攀上许家会对其早入仕途有帮助,看看许家交往的人便知其人脉之广了。

即便如此,李白还是坚持要亲自去安州看一看,见过许紫烟本人后,自己才能定下来。这毕竟是他平生头一次娶老婆,有血有肉之躯不能娶一个概念。

经过一番筹划后决定,孟少府带路,丹砂随之前往。他们决定走水路——沿长江逆流而上,先到鄂州,再转成陆路去安州……

沿江而上颇为费时,正有利于李白病后恢复,这是一个天生与大自然亲近的家伙,沿江的美景、江上的空气、江中的鲜鱼让他逐渐恢复了精气神。等到达安州时,已经是其豪迈俊逸、意气风发的最佳状态了……

那一天,许紫烟从屏风后面出来,一派大家闺秀之态,端庄、秀丽的容颜已入李眼,而接下来所发生的则超乎李白的预料,她随口吟诵道:

望庐山瀑布

日照香炉生紫烟,遥看瀑布挂前川。

飞流直下三千尺,疑是银河落九天。

李白惊诧不已:孟夫子说得真对,"长腿的诗"就是跑得快啊!此诗才写出几个月,已经来到这遥远楚地大户人家的深闺之中……他的惊讶远未止歇,只听那小女子悠然说道:"李郎是神仙吗?何以提前知我芳名?这难道不是传说中的缘分吗?"

日照香炉生——紫烟!李白这才恍然大悟!这里头的玄机似乎大了!

"哦,我来介绍一下,"许员外起身道,"这便是小女许紫烟,打小被我娇宠坏了,不懂规矩的。"然后将李白、孟少府、丹砂三位客人一一介绍给她。

许紫烟只是微微点头回礼,也不客套寒暄,随后便从袖中拿出一帧自己手抄的诗稿,吩咐自己的贴身丫鬟丹凤呈给李白,李白接过一看:

静夜思

床前明月光,疑是地上霜。

举头望明月,低头思故乡。

好生娟秀的字体,一看就是念过私塾,训练有素!

这显然是许小姐誊抄过的《静夜思》,哦,不仅仅是誊抄,是另一个版本……

"家父从扬州带回李郎新作《静夜思》,小女子读之爱不释手,视若己出,便斗胆改了两处,不知李郎觉得可好?"许紫烟继续交流诗道——这也真是个奇女子,把事关自己终身大事的一次相亲见面会,直接搞成了与诗人的交流会……

到底是不久前的新作,李白迅速发现了所改两处:"'床前看月光'中的'看'改成了'明',改得好!这一改,'明月光'与'地上霜'便对仗了。只是'举头望山月'之'山月'改成'明月',似乎是改平了,妙处我还未解,还请许小姐指教!"

许紫烟侃侃而谈:"李郎感觉好!'明月'是比'山月'平,但可以紧扣首句改后之'明月',让后两句与前两句咬得更紧,还有它更有普遍性,让江月、湖月下的人们,也会产生共鸣感……"

"受教!受教!"李白起身拱手道,心悦诚服,恍若梦中。

"此事成了!"孟少府对许员外耳语道,"天赐良缘诗成全!"

许员外的脸上乐得褶子一大把:"善哉!善哉!"

有缘千里诗来牵,即便在诗国大唐,也殊为难得,值得珍惜。男女双方,都对对方一百个满意,速速操办婚姻大事,似乎是明智之举。许家坚持要大办,请当地大仙掐指一算,春节期间最为合适,婚期便定下了。

男方虽说是入赘,但提前两三月便住入许家似不合适,许员外便将李白安排在许家的寿山庄园暂居,对外就说诗人李白隐居于此。实际上,李白也没老实待着,前脚送孟少府回扬州上班、丹砂去清廉老家通风报信送请柬敦请父母大人前来参加儿子的婚礼,后脚就直奔孟浩然隐居的襄州鹿门山去了……

43

在鹿门山的草庐中，李白与孟浩然厮混了一个月。

楚地的冬天相当阴冷，这并非是有多么舒服的一个月。

他们一半清醒一半醉，醉来自酒——孟浩然的家酿管够，爱酒是二人最大的同——恐怕也是诗人的同，唐人的同。

另外一半清醒中便是有同有异——越来越多的异在朝夕共处中显露出来——

剑，本来是两人又一大同，但是李白发现：回到故乡处于隐居状态的老孟，与社交场面上风流倜傥的孟夫子有很大的不同，他不爱动了，还令有些洁癖的李白难以接受的是：日常的老孟十分邋遢，冬日里连沐浴都免了，身上老是散发出一股子异味……

还有他对妻儿的态度，常发脾气，打骂有加，原来他在外面的温和是个假象……

这家人的生活是清苦的，孟家乃书香人家，薄有恒产，如今他们坐吃山空……一路上花天酒地的李白并非过不了清苦日子，他很热爱匡山修炼的艰苦岁月，他只是看不惯老孟的态度……

这完全是处于人生两个不同阶段的两个人，一个人已经彻底死心（用他自己的诗语叫作"心灭"），一个人还对未来充满梦想、理想、幻想、妄想，蠢蠢欲动，跃跃欲试……

诗，本是他们最后的同，但是同中又见出了异——

李大老远跑来，出示了不少江南新作，老得不到孟的肯定与赞许，便向其请教他与他们"山水田园派"的不同，孟答之曰："看起来都在写山水、写田园，我等追求的是小我、忘我、无我之境，并视之为诗的最高境界；你老弟偏要跳出来，与山水田园争风光……"李白困惑道："诗，岂可无我？岂能无人？"

这是一个流派的领袖与一个大诗人的分歧。

这是"山水田园派"与大写人字诗的争论。

类似的争论将会一直贯穿皇皇华夏诗史，印证着华夏诗人对于诗歌本质的思考、认知、探寻……

从老孟身上，李白还发现，没有彻底"心灭"的人，对仕途绝望了，便更在乎文场诗坛，更在乎千秋万岁名，也更在乎在诗林称霸。孟对李的芥蒂、防范，明显是怕李对"山水田园派"在当前的得失构成威胁，对王维加封未久的"开元诗王"的王位形成冲击……

而孟与王的关系也十分微妙，当李率真地指出孟比王写得好（他真这么认为）时，孟也会乐不可支，继而又假装谦逊……

当交流失去乐趣时，目的的达成就显得殊为重要了——李白没有忘记此行之目的：就是亲手向孟夫子递上自己亲手书写的请柬，请其出席自己在春节举行的婚礼并在安州一起过大年。孟似乎不太热情，对自己的婚事也不关心，但也还是勉强答应了。李白很高兴，他对未来的老丈人婚事要大办的精神心领神会：从男方的具体情况来说，将父母从遥远的家乡请到现场是最重要的，其次便是要请到些国家级的政要、名流（女方的资源似乎只在安州地方）。对于前者，崔宗之可以撑场面；对于后者，孟浩然可以保面子……如此一来，这个婚礼，许家人便没有不满意的道理。

孟也向李披露了一则诗坛信息：由于去年中秋黄鹤楼征诗会的成功举办，鄂州官方对于诗的热情空前暴涨，拟于开春时节在当地举行三月三诗会，还是请他去做主评委，现在请他草拟在全国范围邀请的嘉宾诗人名单。他有意将李白列入其中，也准备邀请王维……这样的话，他们便可以一起重游鄂州。

两人约定：春节在安州过，然后一起到鄂州，沿途还可以游历他地。

由于此行是骑马陆行，李白从许家借了一匹快马，所以走时他只留下一点儿盘缠，然后将大把银子留在了孟家……在这些方面，李白一贯慷慨大方，从来都没得说！

走的那天下雪了，楚地之冬虽然阴冷，雪还是难得一见，被人当作祥瑞之兆。李白一袭白袍骑着白马踏着白雪覆盖的楚国沃野，一路向前……

44

婚礼是男儿一大刑，在唐朝即是如此，更何况还是入赘。

临近春节婚期，李白所受的煎熬是丹砂迟迟未归，父母大人也就迟迟未到。一直等到腊月廿九，丹砂回来了，没有带来父母大人，只是带来了父母大人的代表——李大伯父，以及李白的两个亲兄弟李紫和李蓝，当然还有雄厚的彩礼（是彩礼，因入赘）。这显然出自李客的一手安排，恐怕也是对于将儿子嫁到别人家去的最合适的安排。果然，许员外并不像李白这么失望，如此一来，女方便可以毫无顾忌地做主一切……

看着岳丈的情绪并未受影响，李白的这块心病立刻自愈了，另一块心病却又不可避免地留下了，那便是孟浩然没有如约前来，也没有信来，这让他有点丢面子。因为许员外和许紫烟这一对爱诗如命的父女都对当朝诗坛巨星孟夫子的到来满含期待，把对其的接待视作家族的荣幸……

好在崔宗之到了，他是婚礼上李白之外唯一的诗人，更重要的他是宰相之子，是京官（虽遭外贬），是"大唐第一美男子"，成为婚礼上的一道风景，支撑着入赘女婿李白的面子。

还有孟少府，以介绍人身份出任新郎之伴郎——一个县尉级的伴郎。

婚礼上的李白，是一副老实巴交的形象——一副入赘女婿嫁入豪门的标准形象，所有程序都老实照办，所有人敬的酒都一饮而尽，一滴不剩……天生海量，也经不起这么喝呀，到后来已经不省人事，被丹砂、丹凤搀扶进洞房……

除了新郎新娘，婚礼上另一个焦点人物便是本朝名士崔宗之——这位小爷可不那么好说话，他只敬新郎新娘，只敬女方父母，只敬男方父母代表，其他人一概不敬；别人敬他，他只看亲疏，不看身份。女方所请的当地地方官员中级别最高的是一个姓裴的长史，多次举杯向其敬酒，他都不喝，反倒与李白的胞兄李紫十分投缘：频频举杯、推杯换盏。裴长史最后一次上前敬酒时，崔爷已经喝大，问裴："你知道……我为什么……不跟你……吃酒吗？"裴一脸困惑："为什么？"崔当着众人朗声道："因为……你长得……像坨屎！"裴长史气得摔了酒杯，扬长而去，由此怀恨在心，记恨这一大家子……

洞房里的李郎，继续享受着他的新郎之刑——这是华夏民族的一大风俗：先用酒精将新郎撂倒，再等你自己从地上爬起来，爬到婚床上去，与几乎完全陌生的新娘（大多数到此时才揭开盖头见了第一面）打一场肉体相搏的遭遇战，更多时候双方都是新兵蛋子。于是乎，首战失利便成为许多人必然的经历，心理素质差者会留下终生的阴影，影响着从此开始的婚姻生活。

幸好李白不是新兵蛋子了，只是临近婚期，他莫名其妙地让自己背负起了一大心理包袱：他与许紫烟，有缘来相见，骤然一见面，彼此瞧着入眼，又能说到一起，心灵高度契合，可别肌肤不亲，有违男女根本……有时候，命运之神往往喜欢开这种玩笑！

黎明时分，李白从婚床上醒来，醒来的感觉就很好：他发现新被中的自己是全裸的，而身边有一具柔软的异性的裸体，与他紧紧相拥……

李白幸福美满的婚姻生活由此开始。这一年，李白二十七岁，许紫烟二十一岁，都算大龄青年了，婚姻姗姗来迟，却是难得的好婚姻。

小夫妻俩甜蜜自知，唯恐自己的生活不够尽善尽美。结婚不久，蜜月之中，小两口一拍即合，不在安州城里许家大院住了，带着丹凤、丹砂搬到许家别业寿山庄园去住。许员外和许夫人虽不乐意（许紫烟胞兄极其赞同），但也只好由着他们去了……

婚后的生活，似乎什么都不需要做，谈谈情、说说爱，写写诗、写写字、吹吹笛、弹弹琴就可以了。李白新作是这一段生活与心境的最好写照：

　　山中问答
　　问余何意栖碧山，笑而不答心自闲。
　　桃花流水窅然去，别有天地非人间。

45

蜜月过去，早春到来。某一日，许员外和许夫人忽然到访寿山庄园，只为送来一封寄给上门女婿李白的信。李白当其面拆封一看，是鄂州府发来的请柬，请他以嘉宾诗人的身份出席在下个月举行的鄂州三月三诗会，往返交通、在鄂食宿、出场费，均由鄂州府承担，望能拨冗出席为盼云云。

李白心里清楚：这是诗坛巨星孟浩然先生给的福利，便有一点儿不想去，孟没有如约前来出席他的大婚典礼，令他很受伤，便将内心的纠结诉与新婚的妻子。许紫烟开导他说："以贱妾之见，夫君还是去吧！孟夫子没来参加咱们的婚礼，或许只是自己家中有事走不开，一见面你就了解了。朋友之间，误会宜解不宜结。"

夫妻关系如何，看看枕边风的风力便知晓了。李夫人许紫烟樱桃小口一吹，便将李白准时吹送到鄂州……

果然如通情达理的李夫人所料，孟浩然爽约是有原因的：临近春节婚期时其小儿病了，他不放心离家，想着这时候再去信告知已经来不及了，反正三月三还要在鄂州见面……诗会报到日，鄂州府举办的欢迎晚宴上，孟、李二人一碰杯，便将事情的原委解释清楚了，也暂时治愈了李白的心病。

这才令他有心情投入到眼前的诗会中去。

令他和所有知情者感到遗憾的是："开元诗王"王维没有来——这就意味着鄂州三月三的诗坛星空中失去了最大最亮的一颗星星！

孟夫子是个好策划，虽未请来王维，但却请来了王昌龄——

只是此时，其"边塞诗"开山鼻祖的身份尚未被认证，诗名尚小，还不如其新科进士的身份显赫。盖因如此，李白有点儿小瞧他——在欢迎晚宴上，他主动跑上来给李白敬酒时，李白并未表现出应有的热情。

于是乎，在第二天，依旧是在黄鹤楼下，长江送来阳春的暖风，嘉宾诗人示范朗诵环节，王昌龄的出场令李白大吃一惊：这是一个太原出生的北方汉子，个头过八尺，有着李白所羡慕的北方男人的标准身长，容貌很周正，虽然在李白看来有点过于严肃了，比李白年长三岁、三十而立的他老成持重，话不多说，一口气朗诵了两首力作：

出 塞

秦时明月汉时关，万里长征人未还。
但使龙城飞将在，不教胡马度阴山。

从军行之四

青海长云暗雪山，孤城遥望玉门关。
黄沙百战穿金甲，不破楼兰终不还。

李白感到十分震惊：这是他从未见过的一路诗，似乎又是这个尚武重文的国家与王朝必然会有的一路诗，甚至会成为朝廷欣赏与倡导的主流诗。他骨子里的胡人血统、西域基因令他天然地喜欢，从对诗的认知上来说，这是将六朝颓靡之风甩得最彻底的雄性之诗——是自己的天然友军（他看谁都像是友军）！

"好！"——在座者中，就数李白喊声最大，王昌龄尚未下台，他便向其行了个拱手礼,待其走下台来,回到与自己相邻的嘉宾席上,他便凑了过去:"王兄,怎么写出来的?"

"我少时便漫游过西域边陲。"老实人王昌龄的回答。

"那是我的祖居地。"

"我听孟夫子说了。"

……

这一下,两位诗人才算是真正认识了。诗会期间,两人在一起交流的时间甚至多过他们各自与孟浩然——孟是诗会总策划,又是诗坛巨星,太忙了!天下谁会比李白更有才?他受了王昌龄体的所谓"边塞诗"的刺激,便憋着劲儿要在诗会结束前写出一首精彩的"边塞诗"来,而他就能做到,三月三诗会闭幕晚宴上,他朗诵了这首诗,很多人乍一听还以为是王昌龄写的:

关山月

明月出天山,苍茫云海间。

长风几万里,吹度玉门关。

汉下白登道,胡窥青海湾。

由来征战地,不见有人还。

戍客望边邑,思归多苦颜。

高楼当此夜,叹息未应闲。

此诗把王昌龄写服了,决意要与李白做朋友。在诗会上,李白酒比人喝得多、剑比人舞得好、笛比人吹得棒,干得好他也不是干这些的,他就是比别人有才,专门负责写好诗——在此一事上,他肆无忌惮、变本加厉,将绝世杰作当作家常便饭,说穿了,就是才大压死人。头天晚宴刚写出《关山月》的他，翌日与孟浩然、王昌龄再登黄鹤楼，向鄂州告别时，他又来了：

> 黄鹤楼送孟浩然之广陵
> 故人西辞黄鹤楼，烟花三月下扬州。
> 孤帆远影碧空尽，唯见长江天际流。

孟浩然毕竟是诗坛上的当红巨星，平时收到各方邀请颇多，他将近期收到的一系列邀请串了起来，准备沿江而下先到扬州，然后从那里开始漫游吴越一带。如果不是新婚未久，思妻心切，以李白待人之热诚，一定会主动陪同孟夫子前往，但现在，他只是写下了这首诗……

这不是他为孟浩然所写的最后一首诗，但却是与孟夫子所见的最后一次面……这个时刻，他决然不会想到，以至于码头上的告别极其简单潦草……

46

诗人王昌龄有大名句曰："一片冰心在玉壶"。李白回到寿山，又为孟浩然写诗一首。离开诗会，不当其面，他仍在写，可见其写作，纯粹出于自然，完全不是表演。

他将这半年来为孟写的总共五首诗，修改、润色、定稿、誊抄了一遍，呈给新婚妻子许紫烟看。李夫人默念数遍，欣赏有加，无意之间问了一句："孟夫子回赠夫君的诗，贱妾可以看看吗？"

李白如实相告："他未曾回赠。"

李夫人有点惊讶:"一首都没有吗?不可能吧?"

"一首都没有。"

"这似乎……有点不应该……"

有些事,不说则已,一经说出,便会放大。妻子的话,在李白心中留下了一道阴影。

他想:我这五首诗加在一起,总能够换取他回赠一首吧?于是便将此诗稿当作一封信(并未再写信),寄往襄州鹿门山。

从此,他开始等待孟浩然的回赠诗,但却一直没有等到,连封回信也没有……

三年过去了。

这是李白婚姻生活最幸福的头三年,他与许紫烟过着神仙眷侣的日子。为了更长久更专注地享受二人世界,他们一致决定先不生孩子。这个时候,李白在匡山跟赵蕤夫妇学的中草药知识帮上了忙,那正是一对终生不要孩子的活神仙……

或许,这三年的李白,才是一个更本真的李白。如果这个世界不来打搅他,他也就这么活下去了……

这有什么不好?

第十二章　西入秦海观国风

47

开元十八年（公元730年）。

朝廷令百官休日选胜行乐。

吐蕃求和。

是岁，刑部奏天下死罪者仅二十四名。

开元盛世，如日中天。

在江南，崔宗之和孟少府二神仙一合计：既然朝廷令咱们"休日选胜行乐"，还各赐五千缗，那咱们干脆就去安州寿山找李白——李神仙玩去吧，权当一次春游。那个好玩人，已经三年没有来过扬州、金陵了，那个一年散金三十万的李公子已在江南消失，真是想他想得慌！江湖上只是风传：李白在安州寿山隐居。殊不知他是在享受幸福美满的婚后家庭生活。于是乎,二人便从金陵上船,乘李家的船,来找李家的人,还帮李大伯和李白的兄弟们给他带来些财物……

"有朋自远方来不亦乐乎",寿山庄园一见面,见面后的洗尘宴,海量的李白就把久违的二友灌醉了,两人醉后形态各异：崔美男倒头便睡,鼾声顿起,就跟在自己家一样；孟少府则是酒气喷人,酒话连天,开始跟李白掏心窝子："李侯……这次来……不光是乐呵乐呵……玩几天……作为朋友……我得说道说道你……崔兄做好人不说……我得说……再说了……你和紫烟的婚事……还是我保的媒……我也有责任说……这是一桩好姻缘……看你们婚后过得这么和美……做朋友的很是欣慰……只是有些话还是不吐不快……李侯……你忘了你是谁了……小日子一过……小山庄一住……你忘了你的理想你的大志了……"

朋友酒后吐真言。

此后几日,三人同游同玩同乐,孟又有类似的表达（崔不说话）,激发李白写出妙文一篇：

代寿山答孟少府移文书

淮南小寿山谨使东峰金衣双鹤,衔飞云锦书,于维扬孟公足下曰：仆包大块之气,生洪荒之间。连翼、轸之分野,控荆、衡之远势。盘薄万古,邈然星河。凭天霓以结峰,倚斗极而横嶂。颇能攒吸霞雨,隐居灵仙。产隋侯之明珠,蓄卞氏之光宝,罄宇宙之美,殚造化之奇。方与昆仑抗行,闻风接境,何人间巫、庐、台、霍之足陈耶！

昨于山人李白处见吾子移文,责仆以多奇,鄙仆以特秀,而盛谈三山五岳之美,谓仆小山无名、无德而称焉。观乎斯言,何太谬之甚也!吾子岂不闻乎:无名为天地之始,有名为万物之母。假令登封禋祀,曷足以大道讥耶?然能损人费物,庖杀致祭,暴殄草木,镌刻金石,使载图典,亦未足为贵乎?且达人庄生,常有馀论,以为斥鷃不羡於鹏鸟,秋毫可并于泰山。由斯而谈,何小大之殊也。

　　又怪于诸山藏国宝、隐国贤,使吾君傍道烧山披访不获,非通谈也。夫皇王登极,瑞物昭至,蒲萄翡翠以纳贡,河图洛书以应符。设天网而掩贤,穷月窟以率职。天不秘宝,地不藏珍,风威百蛮,春养万物。王道无外,何英贤珍玉而能伏匿于岩穴耶?所谓傍道烧山,此则王者之德未广矣。昔太公大贤,傅说明德,栖渭川之水,藏虞、虢之岩,卒能形诸兆朕,感乎梦想。此则天道暗合,岂劳乎搜访哉。果投竿诣麾,舍筑作相,佐周文,赞武丁,总而论之,山亦何罪?乃知岩穴为养贤之域,林泉非秘宝之区,则仆之诸山,亦何负于国家矣?

　　近者逸人李白自峨眉而来,尔其天为容,道为貌,不屈己,不干人,巢、由以来,一人而已。乃虬蟠龟息,遁乎此山。仆尝弄之以绿绮,卧之以碧云,漱之以琼液。饵之以金砂,既而童颜益春,真气愈茂,将欲倚剑天外,挂弓扶桑。浮四海,横八荒,出宇宙之寥廓,登云天之渺茫。俄而李公仰天长吁,谓其友人曰:吾未可去也。吾与尔,达则兼济天下,穷则独善一身。安能餐君紫霞,荫君青松,乘君鸾鹤,驾君虬龙,一朝飞腾,为方丈、蓬莱之人耳,此则未可也。乃相与卷其丹书,匦其瑶琴,申管、晏之谈,谋帝王之术。奋其智能,愿为辅弼,使寰区大定，海县清一。事君之道成，荣亲之义毕，然后与陶朱、留侯，浮五湖，戏沧洲，不足为难矣。即仆林下之所隐容，岂不大哉。必能资其聪明，辅其正气，借之以物色，发之以文章，虽烟花中贫，没齿无恨。其有山精木魅，雄魑猛兽，以驱之四荒，磔裂原野，使影迹绝灭，不干户庭。亦遣清风扫门，明月侍坐。此乃养贤之心，实亦勤矣。

孟子孟子，无见深责耶！明年青春，求我于此岩也。

二友读罢，无不叹服。文章比诗，更显有用，两人更觉李白才大，应该早日出山……

数日之后，春游结束。二友走时，李白一直将他俩送到安州城，在城中最豪华的酒楼专设饯行宴。有道是：冤家路窄。这三年中很少进城的李白，没有料到：在相邻的包间坐的正是裴长史及其狗党。崔宗之去茅厕时，被其狗党认出：这不是三年前在许员外家的婚宴上羞辱过老爷的那个小白脸嘛！回去一汇报，裴长史顿时感觉报仇的时机到了，可是又不敢对这位外放京官直接下手，只好派人一直盯梢，等到李白将二友送上许员外家的马车，趁李剑侠醉后无力，将其抓去收监，罪名是：酒后滋事，无理取闹，当道挡官员车驾——依唐律，此罪不轻。眼看自家女婿被抓走的许员外自知是上了裴长史的套，赶紧送钱，祈求放人。裴收了钱，还嫌不够，便勒令李白再写一封悔过书，于是李白便写了，一写便写大发了：

上安州裴长史书

白闻天不言而四时行，地不语而百物生。白人焉，非天地，安得不言而知乎？敢剖心析肝，论举身之事，便当谈笑，以明其心。而粗陈其大纲，一快愤懑，惟君侯察焉。

白本家金陵，世为右姓。遭沮渠蒙逊难，奔流咸秦，因官寓家。少长江汉，五岁诵六甲，十岁观百家。轩辕以来，颇得闻矣。常横经籍书，制作不倦，迄于今三十春矣。

以为士先则桑弧蓬矢，射乎四方，故知大丈夫必有四方之志。乃仗剑去国，辞亲远游。南穷苍梧，东涉溟海。见乡人相如大夸云梦之事，云楚有七泽，遂来观焉。而许相公家见招，妻以孙女，便憩迹于此，至移三霜焉。

曩昔东游维扬，不逾一年，散金三十馀万，有落魄公子，悉皆济之。此则是白之轻财好施也。

又昔与蜀中友人吴指南同游于楚，指南死于洞庭之上，白禫服恸哭，若丧天伦。炎月伏尸，泣尽而继之以血。行路闻者，悉皆伤心。猛虎前临，坚守不动。遂权殡于湖侧，便之金陵。数年来观，筋肉尚在。白雪泣持刀，躬申洗削。裹骨徒步，负之而趋。寝兴携持，无辍身手。遂丐贷营葬于鄂城之东。故乡路遥，魂魄无主，礼以迁窆，式昭明情。此则是白存交重义也。

又昔与逸人东严子隐于岷山之阳，白巢居数年，不迹城市。养奇禽千计，呼皆就掌取食，了无惊猜。广汉太守闻而异之，诣庐亲睹，因举二人以有道，并不起。此白养高忘机，不屈之迹也。

又前礼部尚书苏公出为益州长史，白于路中投刺，待以布衣之礼。因谓群寮曰："此子天才英丽，下笔不休，虽风力未成，且见专车之骨。若广之以学，可以相如比肩也。"四海明识，具知此谈。

前此郡督马公，朝野豪彦，一见尽礼，许为奇才。因谓长史李京之曰："诸人之文，犹山无烟霞，春无草树。李白之文，清雄奔放，名章俊语，络绎间起，光明洞澈，句句动人。"此则故交元丹，亲接斯议。

若苏、马二公愚人也，复何足陈；倘贤贤也，白有可尚。夫唐虞之际，于斯为盛，有妇人焉，九人而已。是知才难不可多得。白，野人也，颇工于文，惟君侯顾之，无按剑也。伏惟君侯，贵而且贤，鹰扬虎视，齿若编贝，肤如凝脂，昭昭乎，若玉山上行，朗然映人也。而高义重诺，名飞天京，四方诸侯，闻风暗许。倚剑慷慨，气干虹霓。月费千金，日宴群客。出跃骏马，入罗红颜。所在之处，宾朋成市。故时人歌曰："宾朋何喧喧，日夜裴公门。愿得裴公之一言，不须驱马埒华轩。"白不知君侯何以得此声于天壤之间，岂不由重诺好贤，谦以得也。而晚节改操，栖情翰林，天材超然，度越作者。屈佐郧国，时惟清哉。棱威雄雄，下慴群物。

白窃慕高义，已经十年。云山间之，造谒无路。今也运会，得趋末尘，承颜接辞，八九度矣。常欲一雪心迹，崎岖未便。何图谤言忽生，众口攒毁，将恐投杼下客，震于严威。然自明无辜，何忧悔吝！孔子曰：畏天命，畏大人，畏圣人之言。过此三者，鬼神不害。若使事得其实，罪当其身，则将浴兰沐芳，自屏于烹鲜之地，惟君侯死生。不然，投山窜海，转死沟壑。岂能明目张胆，托书自陈耶！

昔王东海问犯夜者曰："何所从来？"答曰："从师受学，不觉日晚。"王曰："吾岂可鞭挞宁越，以立威名。"想君侯通人，必不尔也。

愿君侯惠以大遇，洞开心颜，终乎前恩，再辱英盼。白必能使精诚动天，长虹贯日，直度易水，不以为寒。若赫然作威，加以大怒，不许门下，遂之长途，白即膝行于前，再拜而去，西入秦海，一观国风，永辞君侯，黄鹄举矣。何王公大人之门，不可以弹长剑乎？

李白真是醉时醒、醒时醉，宠辱不辨、真伪不分，给根杆子就往上爬，爬上去便是千古美文……

面对这样一个叫人读不懂、参不透的怪物，裴长史的气也就消了，甚至开始欣赏起这篇鸿文来了……

人是立刻放了，但他断不会将这样的怪物举荐给朝廷……

48

"西入秦海，一观国风。"

对于李白来说，长安是一定要去的。巴蜀、江南一路干谒最终无果，更增强了直取国都的必要性。婚后最初三年美好的家庭生活延缓了它，但并未注销它。现在契机来了——生活它逼得紧——此次被人随便编个罪名便扔进监牢的事实让他认清：他这个没落相门的入赘女婿，在一个州佐小吏面前也啥都不是，任人宰割。他必须寻求改变，勇于进击，而许家现有的社会关系已经帮不上他了。岳父大人所能做的只是：让他在许家饲养的马匹任选最好的一匹，于是他便选中了一匹日后注定名垂后世的五花马，令其带足盘缠好上路。妻子紫烟舍不得李白，从不愁吃不愁穿的她也不觉得丈夫非有去谋个一官半职的需要，但是她毕竟属于知识女性，觉得李白才大，社会应该承认这一点——那如何能够体现出这种承认呢？似乎除了给个一官半职，她也想不出别的，于是便对丈夫这个春天的长安行持通情达理的支持态度。

于是李白便上路了。

一介英武的雄俊士，跨上优良的五花马，背负家传的龙泉宝剑，从大唐版图的长江流域出发，一路北上，奔赴他从未到过的黄河流域，他从未到过的中原与北方，他三十而未立，空怀万丈豪情……

他过襄州，未找孟浩然……

他过邓州，未拜卧龙岗……

他过嵩山，未投元丹丘……

他过洛阳，竟未多停，无视东都之存在……

他的眼中，只有老秦国，只有今长安！

一进潼关，一路策马狂奔的他，开始慢了下来。他是长江之子，但似乎黄河更令他热血沸腾，它就像血管中奔涌的热血！这真是没有办法的事：他打小学习的知识与文化大多与这片土地、这片山河息息相关，这是华夏文明的正脉与正统所在地！当他凝望着眼前的黄河、黄土与西岳华山奇峰时便忍不住地想：这是司马相如望过的风景吗？这是陈子昂爱恋过的一切吗？现如今我李白终于来了！

有道是：近乡情怯。李白是：近长安而情怯。他像一个盲人，用竹竿探路，在关中道上，一步步向前，探入长安……

他身后的五花马，也像一匹瞎马，跟在主人身后，亦步亦趋……

上路之前，生长于长安的许员外给李白上了一堂长安课，亲手给李白画了一幅长安地图。按照岳父的指引，他从东边入城，来到东市附近的长乐坡：这里有一片王公贵戚、达官贵人所居的别墅区,他要上门拜访的主要对象都住在这一带。所以,他要在这一带寻找下榻的驿馆。如今的他,已不是当年在江南一年散金三十万的阔绰公子,对于驿馆也挑选了半天,尽可能住便宜些的。

长安让他眼晕。即便他已经见识了大唐帝国最繁华最富庶的江南,长安还是让他眼晕!此时的长安是这个国家——不,是这个星球的首善之区,没有第二座城市可与其相提并论,世界第二大城君士坦丁堡只有它的四分之一大。对于全世界的人来说,这是一座来了就不想走的城市,在太多人心中,这里是人间天堂!

为了这种叫人眼晕的感觉,他先将正事搁置一边,他得先看看长安再说。他发现自己预感好,提前说对了一句话:"西入秦海,一观国风。"——不入秦海,不到长安,怎识大唐?怎识这雄踞东方的皇皇帝国?

在东西两市,有六百种来自世界各地的商品,来自世界各地的商人正在交易,大部分物品他以前从未见过。这里不仅仅是一座城市的两大集市,这里就是整个世界的两大橱窗……这是一座街头巷尾随处可见外国人的国际大都会,它是地球上最先达到一百万人口的城市,到此时已经超过一百五十万人。在此一百五十万人口中,有几十万外国人,其中五万外国人属于合法长居人口,外国人入朝为官的现象已经见惯不惊……

八水绕长安,城中如棋盘。这是一座用两三天转不完的城市,坐落于华夏版图上的首个"天府之国"——关中平原的怀抱之中,它的富足很像江南,却又比江南显得雍容大度、落落大方……他来到大明宫外,面对这座此前从未见过的当今世上最伟大的宫殿,想起几年前逃离家乡前父亲与他的密室谈话,不免扪心自问:这里真是我家吗?我真的是隐王李建成之后吗?虽然他也知道,大明宫是近一百年来后建的，当年他的祖上被抱出去的地方，并非在此……他从未完全相信过父亲的交代（莫不是给他施压的激将法吧？），他也从未彻底否定过父亲的故事，有一种现象怎么解释：来到长安，他从无异乡感；在长安人面前，他从无自卑感……也许旁观者看得更加清楚：这位李公子，不像个从外道偏地小地方来的，他的举止做派更像是一个长乐坡别墅区一带的皇族公子……

像又不像。在一些长安人眼中，他更像古人：身有佩剑，袖揣匕首。在另一些长安人眼中，他不像现实中的人……他去大慈恩寺——也就是大雁塔的那天穿了一身道袍，完全是道士的装扮，惹得小和尚们掩嘴讪笑……这座雄伟的宝塔让他在瞬间领略了大唐精神：这是一个可以为偷跑出去取回真经的和尚修建一座世界上最雄伟壮观的国家翻译学院的国家，那么像他这样天赋异禀、满腹经纶的人，必然会受到善待！

这里的食物既很国际化，又有地方性。在大唐西市，他吃了他最喜欢的西域烤全羊；在小巷深处，又吃到了新鲜的葫芦头——即猪大肠泡馍，一种经药王孙思邈之妙手点臭成香的平民美食，与其绵州故里的肥肠面、肥肠粉有异曲同工之妙。他爱不释口，几乎天天都要来上一碗……

这里可以喝到当今世界上已经出现的所有的美酒——这对李白来说，可不是一桩小事……

49

初来乍到长安，住下、吃好、喝好、玩好之后，李白开始办正事、办大事了。他打开锦囊，拿出一封崔宗之的推荐信，便直奔相府去敲当朝左丞相张说家的门——当此之时,崔宗之之父崔日用已经去世,崔只好将李推荐给张。

凭此一信,李白顺利进入相府。出面接待他的是张说次子张垍,此人身份也是了得:身为宰相之子,又娶了当今圣上之女宁亲公主,拜驸马都尉,时为卫尉卿,人长得漂亮,又写得一手漂亮文章……

李白一见他便在心里笑了:物以类聚,人以群分,宰相之子皆为"花美男"乎?

在客厅里,张垍招呼李白坐定,命下人上茶,认真看过崔宗之的推荐信,然后道:"李白,我知道你,读过你的诗文。我与崔公子交好,他近三年来,每次回长安省亲相聚,都要提到你,对你赞不绝口,将你的诗文在我们这圈朋友中散播……"

"十分荣幸!"李白迎合道,"张垍兄的文章,我也读过,也是宗之兄寄给我的,甚是绝妙!"

两人相互吹捧了一下彼此的文章,并决定就此结为文友。

该谈正事、实事了,张垍面露难色:"实在不巧啊,今年一开春,家父便一病不起,到现在尚未有好转的迹象……话说回来,即使他不病,对于举荐人才这类事,他也一贯是极为审慎的……我有更合适的人选,以李兄雄文所书之志——'申管、晏之谈,谋帝王之术',没有比她更合适的了……"

"何人?"李白问道。

"当今圣上之妹玉真公主。"张垍回答,"内人的亲姑姑。"

"可是坊间所传王维之贵人?"

"正是!若能得其赏识,便可直达圣上。"

"还望张兄举荐!"

"只是又不巧,玉真公主,真道士也,出长安到各地云游去了……这样吧,你先入住她在终南山的别馆,等其归来,也许很快就回来了……往常向公主举荐人才也都是这么做的——这真的算是一条终南捷径!"

"好!"

翌日,张垍派下人送李白赴终南山入住玉真公主别馆。

于是,李白开启了一个被隐居终南的夏天。

"公主别馆"说起来好听,也就是终南山中一幢年久失修的木楼,幸好已立夏,一张席子、一床破被也就可以睡了。如何吃饭?是个问题。这难不倒在匡山修炼过四载的李白,肚子饿得咕咕叫时,他站在山头朝山下一望,看何处有炊烟升起,鼻子嘶嘶嗅着酒香,便下得山来找到一户人家——是一个叫斛斯的山人,携妻儿安居于此。李白马上跟他商量:他出银子,在人家里搭伙……斛斯一开始还比较警惕——对这位身有佩剑、袖藏匕首的来历不明的白衣公子(莫不是杀人越货的在逃犯吧),不可能不加警惕,但一顿酒喝下来,也就爽快地答应了,后来越接触越发现:这是一个善良可亲的好玩人。到后来,甚至不劳他每顿饭都下山,等主妇做好后自己亲自送上去。李白一向的慷慨也让这家人在这个夏天里的日子比往常过得好一点……斛斯不知道:他入了李白诗,更不知道这意味着什么——

下终南山过斛斯山人宿置酒

暮从碧山下,山月随人归。

却顾所来径,苍苍横翠微。

相携及田家,童稚开荆扉。

绿竹入幽径,青萝拂行衣。

欢言得所憩，美酒聊共挥。

长歌吟松风，曲尽河星稀。

我醉君复乐，陶然共忘机。

有地睡，有饭吃，有酒喝，有诗写，还要什么？

对于一个热爱大自然的人来说，这里就是天堂了！而对于一个读书人来说，这里又是所谓"名山"，他在距长安城最近的山中隐居，简直就像是一场作秀，这就是所谓"终南捷径"。

对李白来说，令他感到难过的是对爱妻的思念，毕竟是一对年轻夫妻在婚后的第一次分离，他将思念寄于诗，不乏对三载婚后生活中的自己的检讨、调侃、讥刺——

赠　内

三百六十日，日日醉如泥。

虽为李白妇，何异太常妻。

华夏人生性不好玩，迟至李太白，诗中才有了一点点不正经——这也鲜活地反映了他与许紫烟夫妻关系，是为爱情的最佳证明。一个诗人，说自己多爱妻子，就是没给她写过诗，他的爱全在心里呢……这种诗人，等于骗子。

还令李白感到不爽的便是这遥遥无期的空等，他对此表现出了十足的耐心。等过了整个夏天，差不多也等过了一个秋天，暮秋时分，李白的一位族兄、新平长史李粲闻讯来此寻他，诚邀他随之前往武功小住，于是便有了这个秋末的邠州行。临行前夕，斛斯一家为他摆酒送别，酒后的他将一首新诗题在别馆的墙壁上：

　　　　玉真仙人词

　　玉真之仙人，时往太华峰。

　　清晨鸣天鼓，飙欻腾双龙。

　　弄电不辍手，行云本无踪。

　　几时入少室，王母应相逢。

　　然后掷笔而去，骑上在山中养得膘肥体壮的五花马，随李粲往新平去了……

50

　　李白在武功并未多住，因在族兄李粲夜夜笙歌的筵席上遇到了两位坊州来的官员王司马与阎正字——这二人明显要比族兄李粲更看重其才，诚邀其前往坊州过冬过年，李白便欣然接受了。

　　离开邠州前，上述四人还一起登了太白山——毕竟此峰在李粲的管辖之地。于是在大唐帝国中央山脉秦岭的主峰太白山巅，望着半山腰那一片白垩纪的石头，李粲对李太白说："这地盘是我的地盘，但这高峰却是老弟的高峰，赋诗一首如何？"

　　李白不作回应，默不作声，四下望望，过了半晌，脱口而出：

　　　　登太白峰

　　西上太白峰，夕阳穷登攀。

　　太白与我语，为我开天关。

　　愿乘泠风去，直出浮云间。

　　举手可近月，前行若无山。

一别武功去，何时复更还？

"好诗！""真好！""妙哉！"——三人皆称赞道。

估计是早有准备，李粲掏出一个小钱袋抛给李白。

"这是何物？"

"一点润笔费。"

"粲兄昨日不是已经给过小弟了？"

"那是为我自己付的，这是为我地盘上的太白山付的。"

"讲究！"

真是讲究！当此之时，在士大夫中间，他人赠诗于你或你向人索诗，开始流行付润笔费——这或许是华夏诗史上最早的稿费吧？李白赶上了！

李粲将三人送下山去，眼望着三匹快马，朝着北方，扬长而去……

坊州位于邠州的北部，海拔也更高，是北部黄土高原的起点，其气候条件并不适合过冬。李白跟随王、阎二人来此，一方面是与二人更相投气，另一方面是他心中藏有一个大情怀——华夏始祖轩辕黄帝陵正在此地，他要来此认祖归宗！李白是一个喜欢仪式的人，在其一生中，有过或将有太多的仪式，但这一个似乎不可缺少：毕竟从血统上说，他是一半华夏一半粟特；从母语上说，他是汉语、波斯双重母语；从文化背景上说，他打小所受的是正规正统的汉文化教育……如此"混血儿"，在成年之后，将面临一次选择，完成一次自我身份的最终确立。现在，所有这一切都凝聚在他于桥山之巅轩辕黄帝大脚印化石前的三拜九叩大礼上了……

这意味他将自己终身定位于华夏人李白、大唐帝国子民李白、大唐诗人李白!

这或许是李白一生中最重要的仪式!

"黄帝陵前,岂能无诗?"王、阎二人将李从地上扶起,怂恿他道:"来一首吧!李侯!"

这一次,他不再口占,是因为祭拜亭中自有笔砚伺候,他稍做沉吟,便欣然提笔,奋笔疾书:

鼎 原

黄帝铸鼎荆山涯,不炼黄金炼丹砂。

骑龙飞上太清家,云愁海思令人嗟。

陈子昂诗曰:"前不见古人,后不见来者。"——王、阎一怂恿,李白这一写,实属"前不见故人",后大有来者:本诗遂成华夏始祖轩辕黄帝颂诗之祖!李白其生也晚,却在诸多点上抢下历史之先,原创力超强使然!

李白在坊州过了一个多雪的快乐的冬天、快乐的年,他把对妻子的思念通过几首寄内诗寄回家了,他把对皇上女婿、宰相之子张垍的不满也通过两首诗寄到长安相府去了。到了这年年底的一天,王、阎给他看了一份朝廷讣告,他才得知左丞相张说大人溘然长逝了,看来这半年来张公子忙于照顾病重的父亲是真,并非借口,顾不上管他也是可以理解的……这时候,他又为自己在致他的诗中所发的牢骚感到十分歉疚!

这时候,他想连夜启程快马加鞭,即刻赶往长安相府,吊唁一下张说,并向张垍当面致歉。可王、阎二友实在太热情了,非要让他过完这个年再走,于是便又滞留了一个月。

51

开元十九年(公元731年),正月十五元宵节过后,李白骑着他的五花马,身穿王、阎二友所赠的千金裘,带着此行所收获的一大笔润笔费,离开了坊州。他没有直取长安,而是沿着去秋的来路,先回到武功,在族兄李粲处喝了顿酒,又小住了一夜,再往终南山中玉真公主别馆去了。

在山中经历了一个冬天,别馆中依然鲜有人迹,他写的诗还留在墙上,他便住了下来,还是去山下斛斯家搭伙……

李白的行迹表明,他完全不是后来传说中的那个情绪化的所谓"性情中人",他对自己的所作所为耐心十足、很负责任,并且头脑清楚:长安城就在那里,大明宫就在那里,但是,李、王、阎这等"州佐小吏"再赏识他、善待他,也无法让他堂而皇之地进去,能够帮到他的只有玉真公主这等皇亲、张说父子这等卿相。而他在此时此刻的所作所为,即使不能一时奏效一飞冲天,却有可能为其前途埋下伏笔——后来的事实证明:正是如此!

他在山中等到冰雪消融,进城后满目姹紫嫣红。

打马直奔相府,向张垍表达对其父张说仙逝的哀悼,对致张垍的诗中满腹牢骚表示道歉,正好赶上张垍也对他歉意十足,深感自己因为家事没有照顾好友所托之友:"唉!我跟你说过的,我这个姑姑啊,是个真道士,你能够想象,家父之死,在我大唐怎么都算一件不小的事情吧?巷陌田间贩夫走卒都在议论,我这姑姑不论在哪座仙山的哪个道观修道,她也会知道的,但却毫无反应,国葬之上也不见其影……"

这时候,李白真后悔未在得悉之后的第一时间赶来长安参加国葬了……

"实在抱歉!张垍有负宗之兄重托!"张垍继续道,"不过,我希望李公子先别着急回家,在长安再住上一段日子,等天气再暖和一点,我准备在紫极宫办一场大型诗会,邀请你参加。现居长安的著名诗人贺知章、王维等都会出席,基本上都是身有官衔者,且有人级别还不低,也许他们能够帮到你……"

李白慨然允诺。

当朝驸马、宰相之子张垍操办主持,诗坛领袖贺知章、"开元诗王"王维领衔一众在京诗人出席……如此诗会该算是这个泱泱诗国之中最高规格的盛会了吧?李白心里当然清楚:只要在这个诗会露上一脸,哪怕你读的是狗屎,就算是被选入了大唐诗人国家队!这会给他带来诸多附加值!

这么一想,他已对张公子感激不尽了,以至于张要给他找个免费的住处的提议竟然被他客气地谢绝了,连忙告退,不想给对方再添麻烦。

他从相府出来,由东向西,打马穿过四四方方的长安城,直奔大唐西市而去——偌大长安,他最喜欢哪个地方?正是这丝绸之路的起点,那里不仅是长安,也是辽阔的世界!繁华西市附近的驿馆价格不菲,但是李白不差钱——这也是他的命,在其这一生的大部分时光中,钱是什么东西!

一个时辰过后,他已经坐在大唐西市一家胡人开的烤肉馆里,喝上葡萄酒,啃起烤羊腿了,一副心满意足的表情……他暗自决定:在等待紫极宫诗会的这段日子,他一要再写几首第一流的佳作,最好是冲击力强的力作；二要做个标准的长安人，好好享受一下这座人间天堂！

从此开始很多个灯火通明的夜晚，当他醉醺醺地从灯红酒绿的胡姬妓馆前走过，都险些乱掉方寸，醉入花丛……因为血统的缘故，他生来便有胡姬情结，他想尝试，又觉得对不住远方家中的妻子……昔日在江南，他的洁身自好源于婚前的单纯；如今在长安，他的洁身自好来自婚姻的质量，最终还是回到自己"只听妓不嫖妓"的老规矩了，或许这份坚守还源自发小吴指南贪色染病早夭对他的沉重打击——在潜意识里。

在西市，他听了数场歌妓唱诗，当朝在世诗人中，唱得最多的是王维的诗，其次是孟浩然、贺知章，还有王昌龄、张九龄、崔颢，甚至还有他不知其名的诗人……他没有听到李白的诗，这并未让他感到挫折，只是让他头脑冷静：看来，在这个大一统的帝国之中，影响力不会自下而上产生，你在巴蜀、江南一带有影响，影响不到长安和全国，相反，自上而下才会产生影响力。由此看来，我来晚了，来对了，绝不能放过此次皇家诗会的良机！

接下来发生的一件事，又让他的心情有所回暖。

这个能吃、能喝的家伙，也爱玩、会玩。他去看了这个国家的"国技"——大相扑：看着那些个膘肥体壮的大力士的相搏，让他感到很过瘾，到底是诗人，他觉得这些力士就是这个帝国的化身，站着时壮硕无比，倒下后爬不起来……他也去看了这个国家的"国球"——马球：这似乎是一项更为健康更有意义的运动，更能够反映出这个民族生机勃勃蒸蒸日上的精神风貌，马背上来，球杆下去，野性未脱，技艺精湛，他更为喜欢，听身边的球迷议论，当朝皇帝李隆基便是个中高手、马球明星，是一位能文能武的出色皇帝……仔细一想，当如是哉！否则，这开元盛世从何而来？

观看以上两项运动时，他都随大流下了注，也都输了钱，一输钱便觉扫兴了……于是转往北门外的斗鸡场，那里的斗鸡听他的话——毕竟是在匡山之中追随赵蕤师傅驯养过禽鸟的，还差点被州衙招去……每场斗鸡开始前，他抢先下注，等到比赛一开始，便在前排打坐，给对手鸡作法，那鸡便糊涂迷茫了，毫无斗志，必输无疑，他便赢得盆满钵满……输了钱的五陵少年——那个时代的"高干子弟"便盯上了他，发现有猫腻，将其团团围住，扣押起来……这个时候，一标兵马忽然杀将过来，将五陵少年驱散，救出李白。原来率领这支城防部队的少壮军官，名叫陆调，读过并深爱李白诗，听说诗人被"高干子弟"欺凌，便赶来相救……

粉丝岂能让偶像再花钱住驿馆？陆调将李白接到他的兵营中小住，日日好酒好饭好招待……此事让李白倍感温暖，在多年以后赠陆调的诗中还旧事重提……在兵营的欢宴上，李白认识了即将入蜀为官的王炎——这成为一个十分重要的创作契机：他为王炎做了《剑阁赋》，又将自己少年时代便写下初稿的《蜀道难》拿出来反复修改、几易其稿，最终定稿……

他知道：在即将到来的紫极宫诗会上，他要读什么了！

52

立夏日，在武功，紫极宫诗会隆重举行。

赶了个大早，陆调组织了一队兵马将李白送往诗会现场，在紫极宫外引来议论纷纷：这白衫儿什么来路？搞这么大阵仗和动静！摆这么大的谱！

一入紫极宫，李白大吃一惊：当朝太子李亨率众王子、公主出席，多位朝廷重臣一并出席。操办者暨主持人张垍语气平淡地对他介绍道："给圣上也发了请柬，朝中有大事来不了。"——父亲从病重到病危到仙逝这一年来，这位驸马爷过得压抑，他大肆操办这个诗会，就是想让自己释放一下，另一方面便是借机感谢王公大臣们对父亲的关怀照料，也为自己日后的政治前途聚敛些父亲遗留的人脉……他脑子很清楚：所谓"诗会"，是诗人唱主角，为王公大臣服务。

正午时分，诗会开始，张垍出场，先介绍到场嘉宾，然后致了一个简短的欢迎词。张垍本就文章好，辞致得文采飞扬，博得一片掌声……然后，没有任何领导讲话，直接进入朗诵环节——

打头炮的是太常少卿、著名诗人、诗坛领袖贺知章，有道是人生七十古来稀，斯年贺翁七十有二，鹤发飘飘，面色红润，一派儒雅。他走上台来，先不读诗，来到案前，挥毫疾书，书成一诗，其字也佳，书家一枚，博得一片喝彩，然后才以浓重的吴越口音开始吟诵：

咏　柳

碧玉妆成一树高，万条垂下绿丝绦。
不知细叶谁裁出，二月春风似剪刀。

"好诗！"嘉宾中有人大喝一声，竟是太子李亨，张垍忍俊不禁：这诗会成了！贺老头头炮打响，见好就收，放弃读第二首。当此之时，《咏柳》尚未驰名家喻户晓，是老头儿铆足了劲儿专为本次诗会而创的新作。

第二个出场的是太乐丞、"开元诗王"、大唐第一诗人王维，他是箫声先起人才出。在一段完全属于专业水平的吹箫表演之后，只见一位身长九尺、体态丰伟、面目俊朗的美男子以标准官话朗诵道：

相　思

红豆生南国，春来发几枝。
愿君多采撷，此物最相思。

这首可是大名作，早已家喻户晓，引来台下一片赞叹之声，尤其是公主的裙子堆里啧啧声不绝。坊间有传说：此诗是王维为深爱他的玉真公主所做。他在今天这个场合敢于读此诗，或许是在向王公大臣们撇清：实际情况并非如此。他也不恋战，见好就收……官场中人，大概都会如此。

前两位名头最响的诗人读罢，李白被人开了眼：原来长安的诗会，并不仅仅是读诗，还要来点儿才艺表演啥的，这他倒不怕，可是他最擅长的乐器——笛和笙都扔在兵营里了，并没有带来……怎么办呢？他在想办法……他还受到的一大刺激是：他发现大唐帝国拔擢官员真是太注重外表形象了，今天能进到这里的家伙一个个长得人模狗样，以王维、张垍为突出代表。对自己的形象，他一贯倒是很自信，只是不到七尺的身高，在北方男人中差了一点。

李白被安排在最后一个出场，倒不是让他压大轴——今天，这场诗会的逻辑显然是以先出场为尊，以官位、名望为标准，他这个名气不大的布衣诗人只能叨陪末座。不过，这也给了他足够的时间来做好所有的准备，包括去一趟茅厕。

上台前，张垍叮嘱他了一句："你就别学他们了，玩见好就收，你要珍惜机会读满两首。"——这也并非是在照顾他，而是排在前面的官员诗人一人省一首结余出了大把时间，让主持人担心诗会结束得太早。

该李白出场了，主持人张垍的介绍是："有请蜀中才俊，在江南一带传唱一时的青年诗人李白先生！"

李白登台，白衣飘飘，仙气逼人，朝台下行拱手礼，然后立定，引吭高歌：

敕勒歌

敕勒川，阴山下。
天似穹庐，笼盖四野。
天苍苍，野茫茫，
风吹草低见牛羊。

这是他最爱的歌，也是他最拿手的歌，多年以前，他的启蒙恩师周明礼先生在陇西院私塾中亲口教会他时，他绝没有想到多年以后会在皇家行宫的诗会上会派上用场，歌声落处，一片寂静——那是一种肃然，一份庄严……他便在这最好的气氛中开始了他的朗诵，先读《乌栖曲》：

姑苏台上乌栖时，吴王宫里醉西施。
吴歌楚舞欢未毕，青山欲衔半边日。
银箭金壶漏水多，起看秋月坠江波，东方渐高奈乐何！

再读《蜀道难》——

噫吁嚱！危呼高哉！

蜀道之难，难于上青天！

蚕丛及鱼凫，开国何茫然。

尔来四万八千岁，不与秦塞通人烟。

西当太白有鸟道，可以横绝峨眉巅。

地崩山摧壮士死，然后天梯石栈相钩连。

上有六龙回日之高标，下有冲波逆折之回川。

黄鹤之飞尚不得过，猿猱欲度愁攀援。

青泥何盘盘，百步九折萦岩峦。

扪参历井仰胁息，以手抚膺坐长叹。

问君西游何时还，畏途巉岩不可攀。

但见悲鸟号古木，雄飞雌从绕林间。

又闻子规啼夜月，愁空山。

蜀道之难，难于上青天，使人听此凋朱颜。

连峰去天不盈尺，枯松倒挂倚绝壁。

飞湍瀑流争喧豗，砯崖转石万壑雷。

其险也若此，嗟尔远道之人胡为乎来哉！

剑阁峥嵘而崔嵬，一夫当关，万夫莫开。

所守或匪亲，化为狼与豺。

朝避猛虎，夕避长蛇，

磨牙吮血，杀人如麻。

锦城虽云乐，不如早还家。

蜀道之难，难于上青天，侧身西望长咨嗟。

读完之后，二话不说，下得台去。台下一片死寂，就连礼节性的掌声都没有……李白把在场者读傻了！

这一刻，张垍已经后悔请李白了，赶紧上台总结陈词，宣布宴会开始……

会场从吟诵会布局转换成宴会布局需要一段时间，正好给了与会者一个相互之间面对面交流的机会。李白十分自然地从诗人席的末座走向从次席上正在站起的王维——一则他愿与现场最有才华的诗人交流，二则他们有着共同的友人孟浩然。

来到王维面前，李白一拱手道："王兄才高！久仰！"

王维"哦"了一声。

李白又道："张垍兄也给孟夫子发了请柬，未见回音……"

王维蜡像般的脸上这才有了一丝活气："是吗？他呀，神龙见首不见尾，恐怕很难收到。"

李白忽然不知道该聊什么了，便道："那就先不打扰王兄了，开宴之后，我再来敬酒。"

王维回应："嗯。"

李、王两位大诗人，紫极宫里初见面，便是上述一段尬聊，难怪史册无记载。人道是：两人终未成友，主要怪王维太过高冷，实际情况是：这就是常态化的王维，对所有人都有那么一点高冷，并非有意针对李白。况且当此之时，孟浩然来京时当面对他提醒过李白会对他们"山水田园派"造成威胁，他并未从李白诗中感受到：李诗在他看来，还是蛮气未脱、野性难驯、动静太大、不够高级的，至少不会对他本人造成威胁，所以暂时也谈不上有啥防范之心……还有很重要很深层的一点：高个子男人对矮个子男人总有一点优势心理，身差二尺，不是一点儿。

李白撤得及时，因为公主们已经提着裙子香气扑鼻地过来了，将她们热爱的诗王团团围住——王维本来就是皇家的诗人……

这个时候，紫极宫中忽然有人大声呼叫道："李白！李——白！李白在哪里？"——历尽沧桑的老人的声音，浓得化不开的吴越乡音，中气十足，声音洪亮……惹得众人为之侧目：哦，是贺知章——贺老头！这酒还没喝到口呢，怎么已开始大呼小叫？这个没啥名气的一介布衣值得你这么一惊一乍吗？

著名前辈诗人、大唐诗坛领袖叫自己，李白十分自然地走出人丛迎了上去，两人四手相握，仿佛久别重逢的亲人。贺问李曰："汝诗能惊天地泣鬼神！汝是谪仙人乎？"

全场一片肃静。所有人听得分明……

贺说完，不等李回答，拉起李，步出紫极宫……

如上此段，被史册记载。

话说贺、李二人，在武功就地消失后，当晚出现在长安城大唐东市一家吴越菜馆：聚吟、私聊，待到夜深两散时，贺才发现自己请客竟未带银子，遂以皇帝所赐之金龟付账，又被史载。

翌日，李白离开长安，陆调派兵送行，自北郊草滩码头登船入渭水，贺知章带着宿醉赶来相送，指给李看：泾渭分明的出处……

李白将又一首定稿的力作《行路难》呈上，贺知章读得老泪纵横，发毒誓道："华夏之诗，一半在唐；大唐之诗，一半在李……后生，给我十载光阴，我让你回到长安！从此永居长安！为此一愿，老夫也要再活十载！为了谪仙人李白，老天爷也会让老夫再活十载！"

李白登船而去，没有回头，潸然泪下，他不信贺之所愿真的能够成为现实，只为他初访长安为期一载终有人识而感慨万千。

心一动，诗便来——

长相思

长相思，在长安。

络纬秋啼金井阑，

微霜凄凄簟色寒。

孤灯不明思欲绝，

卷帷望月空长叹。

美人如花隔云端，

上有青冥之高天，

下有渌水之波澜。

天长路远魂飞苦，

梦魂不到关山难。

长相思，摧心肝。

第十三章　与尔同销万古愁

53

话说斯年初夏，李白自长安北郊草滩码头——泾渭交汇处登船，船随渭水汇入黄河，荡舟黄河，一路东去，经汴州，到宋州，游汉梁孝王所建、司马相如常宴集其间之梁园，作《梁园吟》，并将其题写于遗址残垣断壁之上，为其此生的最后一段姻缘埋下了一个伏笔……

回家的路走得慢，秋到嵩山，憩元丹丘颖阳山居，多年不见，更加亲密，为其作诗数首……

秋冬游洛阳——大唐之东都，大唐第二城，令其思长安，心有所不甘，又激起斗志……

诗人在东都与万众共度除夕夜,在漫天的礼花中迎来了开元二十年(公元732年)……其年户部记户数七百八十六万一千二百三十六户,全国总人口四千五百四十三万一千二百六十五人,为华夏有史以来之最高纪录,亦为万国之冠,"开元盛世"正在走向顶峰!

斯年春正月,朝廷以朔方节度副大使信安王祎为河东、河北两道行军副大总管,将兵击讨奚、契丹……自春历夏,李白仍滞留洛阳,结识谯郡参军元演,广开投军建功报国之思路……

斯年阳春三月天,李白迎来自己的三十二岁生日,元演为其摆酒庆生,庆祝他干谒未成、不事产业、小有诗名、东游西荡的三十二岁!

直至秋天来临,他才离开恋恋不舍的东都,离别之际,没有忘记为该城留下杰作一首——

春夜洛城闻笛

谁家玉笛暗飞声,散入春风满洛城。

此夜曲中闻《折柳》,何人不起故园情。

回家路漫漫,途径邓州,又巧遇游历到此的好哥们儿崔宗之——他爹一死,回京的路突然变窄了,这位大帅哥便索性到处去游历。他俩一重聚,又成活风景,邓州的仕女们有眼福了!

嗨,这位爷,怎么这么招人喜欢呢?摆脱了崔宗之同游四方的诱惑到达安州之后,还是回不了家,刚刚认识不久的元演又追来,二人又同游随州……

李白终于到家时,已经到了斯年岁末,他历时两年半的出游方才结束……

54

有道是：小别胜新婚。恩爱小夫妻，出门两年半，不能算小别，当胜几次新婚？

两年半中，李白将自己一路随写的寄内诗不断寄回家——他是一个不吝于表达感情的人——典型性诗人！许紫烟收到后将其整理成《寄远十二首》，其中第十二首最得许的喜欢：

> 爱君芙蓉婵娟之艳色，若可餐兮难再得。
> 怜君冰玉清迥之明心，情不极兮意已深。
> 朝共琅玕之绮食，夜同鸳鸯之锦衾。
> 恩情婉娈忽为别，使人莫错乱愁心。
> 乱愁心，涕如雪，
> 寒灯厌梦魂欲绝，觉来相思生白发。
> 盈盈汉水若可越，可惜凌波步罗袜。
> 美人美人兮归去来，莫作朝云暮雨兮飞阳台。

一切来得自然而来，小夫妻分别两年半后的重逢，哪里还顾得服啥子避孕草？这一通朝云暮雨的猛操作的结果便是：李夫人许紫烟怀孕了！

余下来的十个月，是李白在家中待得最为踏实的十个月，悉心照料妻子，等待孩子的降生……

斯年秋，紫烟产下一女，李白万分欣喜，为之取名为"平阳"，大概是对汉代的平阳公主心有好感吧。

初创新生命的振奋让李白忍不住打破父亲定的戒律,给清廉家中去了一封信,但却未得回音……李白也没有太在乎,因为女儿的出生已经足够让他感到幸福了。他觉得这些年吴指南之死、李月圆之死带给他的痛苦,终于可以搁置一边!能够抵消失去生命之苦痛者唯有创造生命!

女儿的降生对于父亲来说也意味着唤醒责任,原本想要在家躺平几年的他知道这已经不行了,父亲,不是留在家里给孩子洗尿布的……

55

次年春节过后,李白从兄、襄州县尉李皓自家乡清廉过完年归来,专程到安州寿山庄园探望他一家,带来远房亲人的问候与财物,父母大人果然对添了一个孙女感到无比高兴……

李皓也关心着从弟的前途,给他提供了一条就业信息:荆州长史兼山南东道采访使韩朝宗,善于识人,喜提拔后进,四海学子趋之若鹜,成为一时之风气,士人中有"生不愿封万户侯,但愿一识韩荆州"之说……李皓表示,愿尽全力将李白引见于韩。

李白听罢,十分激动,一斗酒灌下,当晚便做成一文,次日二人便打马上路赶赴荆州……让他俩赶路,我们来欣赏一下此文:

与韩荆州书

白闻天下谈士相聚而言曰:"生不用万户侯,但愿一识韩荆州。"何令人之景慕,一至于此耶!岂不以有周公之风,躬吐握之事,使海内豪俊,奔走而归之,一登龙门,则声誉十倍。

所以龙盘凤逸之士，皆欲收名定价于君侯。愿君侯不以富贵而骄之，寒贱而忽之，则三千宾中有毛遂，使白得脱颖而出，即其人焉。

白陇西布衣，流落楚、汉。十五好剑术，遍干诸侯。三十成文章，历抵卿相。虽长不满七尺，而心雄万夫。王公大人，许与气义。此畴曩心迹，安敢不尽于君侯哉！

君侯制作侔神明，德行动天地，笔参造化，学究天人。幸愿开张心颜，不以长揖见拒。必若接之以高宴，纵之以清谈，请日试万言，倚马可待。今天下以君侯为文章之司命，人物之权衡，一经品题，便作佳士。而君侯何惜阶前盈尺之地，不使白扬眉吐气，激昂青云耶？

昔王子师为豫州，未下车即辟荀慈明；既下车，又辟孔文举。山涛作冀州，甄拔三十馀人，或为侍中、尚书，先代所美。而君侯亦荐一严协律，入为秘书郎，中间崔宗之、房习祖、黎昕、许莹之徒，或以才名见知，或以清白见赏。白每观其衔恩抚躬，忠义奋发，以此感激，知君侯推赤心于诸贤腹中，所以不归他人，而愿委身国士。倘急难有用，敢效微躯。

且人非尧、舜，谁能尽善？白谟猷筹画，安能自矜。至于制作，积成卷轴，则欲尘秽视听，恐雕虫小技，不合大人。若赐观刍荛，请给纸墨，兼之书人。然后退扫闲轩，缮写呈上。庶青萍、结绿，长价于薛、卞之门，幸惟下流，大开奖饰，惟君侯图之。

如此之美文，加之人是雄俊士、口又若悬河，加之还有一点小关系，结果却失败了！败在何处？这完全是不同的认识论的问题：文采飞扬也可以被视作人不踏实，口若悬河也可以被视作夸夸其谈，相貌堂堂也可以被视作绣花枕头，有点关系也可以被视作不走正道，总之，阅人无数颇能识人的韩朝宗没有看上李白——再给君子找个理由吧：到过长安之后的李白再见到这些地方官时，已经不放在眼里，难免有些傲气……

李白生不逢时乎？

这是一个怎样的朝代？次年正月，当朝皇帝李隆基在东都洛阳耕籍田，大赦天下，下令三百里内刺史、县令以乐进，竞为奢靡。又令天下士人，其才有霸王之略、学究天人之际，及堪为将帅牧宰者，五品以上官吏各举一人……

正是得了上述皇命，斯年五月，元演邀李白一起北上太原拜见时任并州守将的其父，想让其父向朝廷举荐李白或直接留在军中幕府。初来乍到时，李白颇得元父欣赏，其剑术、射术确实了得，没有几个军官可以与之匹敌，从身体和军事技术上说确实是从军的料子，但是日子一长——李白在其军中竟然住了一年——他的诸多毛病便暴露无遗了，贪杯是首恶，不但自己贪杯，还替贪杯者求情：有一个名叫郭子仪的下级军官，因酗酒要吃军棍三十，不关李白事，他却莫名其妙地为之苦苦求情——哦，还是有理由的，他说他观此人有将军之相，不是一般人，日后必有大出息，权且饶了他吧……最终，元父还是免了郭子仪这三十军棍，倒不是给李白面子（他算老几啊），而是郭父——寿州刺史郭敬之派来的求情者已经来到军中大帐。至此，元父对李白可以下结论了：不宜从军，亦不举荐。他哂笑着对儿子元演说："你这朋友要是带兵打仗，那不就得醉卧沙场了嘛！"

貌似空手而归，李白此次太原行却必不可少，有大意义，与其性命攸关。

56

行者李白借太原之行将自己的足迹延伸至迄今最北的雁门关，然后折返。只身南返途中，他游历了王屋山，拜访司马承祯、胡紫阳而不遇，抵达他深爱的洛阳时，准备在此大歇几日，重游东都。当此之时，洛阳面积不及长安，繁华程度却丝毫不差，是富人的天堂。时值早春，李白从大北方一路赶来，骑着五花马，穿着千金裘，提着龙泉剑，先不找驿馆歇脚，直朝那最热闹最豪华的酒肆寻去。只身一人，不要包间，就在一楼人多语喧处吃酒，三杯清酒灌下去，这人才理顺了，魂才回过来，神志才清醒了。大门口处一挑棉布门帘进来一个道士，他怎么瞧着有几分眼熟，他深知自己：天生瞧道士顺眼，可别认错人，便反复多看了几眼——他奶奶的！这不是咱哥们儿元丹丘嘛！谁说冤家路窄，好友的路也他妈窄！原本他下一站就是嵩山颍阳山庄，就是找元丹丘厮混去的，天可怜见，非让他们提前相见……

两人相见非外亲，又是拍打又是搂抱，惹得四周食客们纷纷为之侧目。过了半晌，元丹丘才想起来："兄弟，我一时高兴忘了，我这次出来还带了一个朋友，我来介绍一下……"说着，将身后一位眉清目秀的公子拉到李白面前："邓州岑勋，人称岑夫子，相门之子，人家这一门竟然出过三相。"

李白会说话，行拱手礼道："看来，我与相门之子有缘啊！岑夫子好！"

元丹丘刚欲向岑勋介绍李白，岑勋一摆手制止道："不必了，想必这一定是我大唐王朝未来的诗王李白先生吧？"

是不是真朋友？看看朋友的朋友怎么说你就知道了……李白心中热浪奔涌一片潮湿："正是……"

"此处人多嘴杂，不方便说话……"元丹丘道，"店家！在二楼开个包间，俺仨要好好吃酒、说话！不醉不归！醉也不归！"

这一晚，在这个酒肆的这个包间里，酒浆四溅，话语飞扬……到最后，三人全都喝得大醉，店小二来结账时，元、岑二人已经趴下了，李白酒气熏天道："没……没钱！我有五花马……我有千金裘……全都拿去当酒钱……龙泉剑不能给你……侠士不可无剑……"——在酒后，也少有真正的不省人事，他如此说，是源于他刚对元、岑二人讲过：在长安，贺知章如何待他？用皇帝所赐之金龟付酒钱……

店小二见状，知是顾客醉了，结不了的账，那就暂时不结吧，反正这三位也不打算走……店小二刚退下，却听见那厮在狂呼："小二，笔墨伺候！"这好办，酒楼高档，来这儿的客人酒后作诗的事常有，于是噔噔噔就送来了……

这一夜，在大唐帝国的东都洛阳，不知可有人观测天象，注意一下太白金星的动向……因为在这一晚，比在国史中任何一条记载都要重要的一件事发生了！

天亮以后，头一个醒过来的醉鬼是岑勋，他昨晚上当着李白面背了一晚李白诗，今早醒过来，看到屏风之上，有李诗一首：

惜樽空

君不见黄河之水天上来，

奔流到海不复回。

君不见高堂明镜悲白发，

朝如青云暮成雪。

人生得意须尽欢，莫使金罇空对月。

天生吾徒有俊才，千金散尽还复来。

烹羊宰牛且为乐，会须一饮三百杯。

岑夫子，丹丘生，

与君歌一曲，请君为我倾。

钟鼓玉帛岂足贵，但愿长醉不用醒。

古来圣贤皆死尽，惟有饮者留其名。

陈王昔时宴平乐，斗酒十千恣欢谑。

主人何为言少钱，径须沽取对君酌。

五花马、千金裘，

呼儿将出换美酒，与尔同销万古愁。

"出大事儿了！出大事儿了！"岑勋大呼小叫道，"大唐诗王易主矣！大唐诗王易主矣！"

是的，他说的一点没错：事实上，大唐诗王就是在这一夜在这首诗写出之后易主的，但要让更多人认识到这一点，还需要一些时间。

在接下来几日的东都游览中，以及随后三人到嵩山颖阳山庄元丹丘处住留一年，元、岑二人一直为该诗的尽善尽美出谋划策，最终定稿于嵩山：

将进酒

君不见黄河之水天上来，

奔流到海不复回。

君不见，高堂明镜悲白发，

朝如青丝暮成雪。

人生得意须尽欢，莫使金樽空对月。

天生我材必有用，千金散尽还复来。

烹羊宰牛且为乐，会须一饮三百杯。

岑夫子，丹丘生，

将进酒，杯莫停。

与君歌一曲，请君为我倾耳听。

钟鼓馔玉不足贵，但愿长醉不复醒。

古来圣贤皆寂寞，惟有饮者留其名。

陈王昔时宴平乐，斗酒十千恣欢谑。

主人何为言少钱，径须沽取对君酌。

五花马、千金裘，

呼儿将出换美酒，与尔同销万古愁。

斯年李白三十六岁，正是生命与诗歌中最好的年纪，悄然来到了大唐诗歌的王座之上，来到了华夏诗歌之巅！他的种种不称意，他的万古愁，都挡不住他诗的步履，不断向上攀登……

57

开元二十五年（公元 737 年）春日，李白北游归来，途经襄州时，三过孟浩然家门而不入，时年三十七岁的他已经学会分辨：何谓平等的真友？在大唐诗坛上小有名气的他已经不甘于去当他人的迷弟了……

生命有限，时光有涯，最好的一段生命，最有价值的一段时光，是用来干吗的？写"君不见黄河之水天上来，奔流到海不复回。君不见高堂明镜悲白发，朝如青丝暮成雪"；书"人生得意须尽欢，莫使金樽空对月。天生我材必有用，千金散尽还复来"；喷"五花马、千金裘，呼儿将出换美酒，与尔同销万古愁"！

还有便是：用生命创造生命！

这生命也可以过得多么富有诗意！又一次远游归来，又一次小别胜新婚，这一对壮年夫妻联手雕塑出了他们的第二件作品——这一回，是个男孩，比姐姐小四岁，像是出自最合理的人生规划，像是符合优生的精心安排……

李白欣喜若狂！每一次对生命的创造都令他无限狂喜，就像每一次对诗歌的创造一样。毋庸讳言，二胎得子的喜悦肯定大于头胎得女，这源于他所接受的文明以及身处的时代——不论是父系所承的华夏文明，还是母系所在的波斯文明，都以男为尊——武则天有所改观但并没有彻底打破这一点，武周之后，拨乱反正，似又回到从前……

从一个细节便可看出：四年前，女儿李平阳出生时，李白并未给她取乳名，这一次不一样了，他给儿子先取了一个爱意满满的乳名："明月奴"——众所周知，他一生最爱月亮，把自己儿子唤作"小月亮"，真是爱的互证，而且这是一个多么西域化的名字，无意间透露着他血脉的来历。先取乳名，只是为了用满一个月的时间来认真考虑，赶在喝满月酒时向众亲友公布爱子的大名。

生男生女之不同，从周边环境的反应也可以看出差异：四年前，破戒写信回家，未得回音；这一次，并无正式通告，李氏家族准备前来喝满月酒的嘉宾阵容已经派出——以大伯父领衔亲兄弟参加的最强阵容，堪比他大婚之时。由于打小天资过人便被父亲寄予厚望之故，他时时背负着对于这个家族的责任，离家十三载，求仕之路上寸功未立，只是在无用之诗上浪得一点虚名，此番得子令其有立了一功之感（毕竟抢在了李紫、李蓝之前），不管怎么说，对于一个家族而言，繁衍后代、人丁兴旺是第一位的，他还是有所作为的嘛！

　　重男轻女之风，同样盛行于许家，四年前得外孙女时并未大肆操办，这回就不一样了，满月酒宴办得像李白与许紫烟的婚礼一样热闹，乃至乐极生悲：酒宴上，李白公布了小儿明月奴的大名李伯禽——伯禽者，周文王之孙、周武王之侄、周朝鲁国首任国君之名，还是来自李白对古代人物的喜爱，寄托着他对爱子的厚望！酒宴上，许员外乐过了头，敬酒必干，忽然倒下，一命呜呼！愣把外孙的满月酒办成了自己的丧事！

　　许家的顶梁柱轰然坍塌。

第十四章　一朝百镒黄金空

58

伯禽这孩子，照不厚道的民间说法：命太硬！生下来一个月，就把外公克死了，还让坐月子的生母再也没有起过床……

按照现代医学分析：李夫人许紫烟女士，属于天生体弱，又患有产后综合征一类的病，未能及时得到医治，加上父亲猝死的精神打击，从此一病不起……凭其体质，四年之中，连生两个孩子，便已是极大的透支了，像一支烛火，随时像要被风吹灭……

李白当然是爱妻子的，但他不是一个细心的丈夫，当地知名的郎中倒是请过几个，但也是"没有大毛病，就不会有大问题"这个谬论的信奉者和传播者，并且在妻子卧床不起的两年间还是出游不断——分别到过邓州、嵩山、陈州、楚州、吴越、当涂、岳州……

在岳州，李白巧遇十年未见，如今已经诗名远扬的王昌龄——八年前，李白去长安时曾打听过他，那时的他正在汜水做县尉，现在八年过去，不升反降，现在连这个七品芝麻官也保不住了，正行走在被贬岭南的途中……

两人相见，分外亲切，找个酒肆，把酒言欢，仕途没啥好聊的：一个一抹黑，一个未上道。家事大致说说就可以了。近十年来，大唐诗坛名气上升最快的两大诗人还是乐于聊诗事——

李白说："我在长安听妓，听到兄的诗，给我乐坏了，当即多饮了几杯！"

王昌龄说："听到你自己的呢？"

"没……没听到。"

"那是啥时候？"

"八年前。"

"切，那是猴年马月！如今长安城，哪家妓馆里，不唱李白诗？"

"是……是吗？是真的吗？"

"这有啥好奇怪的！如今大唐的士子、骚客，谁不知道李白是贺知章的大红人？贺老头走哪儿都把你挂在嘴边，我离开长安之前参加了一场他们搞的酒仙人诗会，就是在老头儿嘴里听到的《将进酒》——太棒了！此诗一出，大唐诗王真的是易主了！"

"真……真是这样吗？"

"当前长安诗圈流行一种说法：说你是王维的克星——你在紫极宫诗会上跟王维一见面，王兄就开始倒霉了，先是被贬济州，如今"开元诗王"地位不保！还是贺老头耳不聋眼不花看人准，一眼就看出这一个是未来的诗王,如今已然是了!唉,人比人气死人,贺老头又升了,你知道吗?"

"不知道……他信里没说。"

"贵为太子宾客。李白,等着吧,别着急。你回长安的日子快了!"

两人越聊越高兴,酒也越喝越多,酒酣之际,王昌龄率先赋诗一首——

巴陵送李十二
摇曳巴陵洲渚分,清江传语便风闻。
山长不见秋城色,日暮蒹葭空水云。

李白大为感动,与孟浩然的交往经历令他非常看重这一点:既是诗人,有赠有和,才是真友。他很想即席回赠一首,但是此时此刻他的心已经乱了,被王昌龄说的大好形势搞乱了,一时找不到写诗的那根弦——这搁李白实在少有,竟让他在此欠下诗债,多年以后才得以偿还。

席间,王昌龄提及孟浩然——让他俩相识的那个人,一个正在被开元盛世遗忘的诗人。这个时候,李白紧咬牙关,不说孟一个非字,但再也不说一个是字。

随后,两大诗人同游岳州,分手之际,一想到好友此去岭南不毛之地不知何日才能再相见,李白竟流出了伤感的眼泪。

59

都说春风得意马蹄疾，想一想春风得意的光景马蹄便疾了。回家途中，五花马自己朝死里跑，也终于把自己跑死在寿山庄园家门口。都知老马识途，不知老马也知主人家中紧急……

李白心里"咯噔"一声，马失前蹄，这可不是好兆头！招呼出来迎接的丹砂看看这马是否还有救，自己直奔他与夫人的卧室。来到许紫烟病榻前，除了明显的两个黑眼圈，夫人的气色反倒看起来比他走前好些了，兴味盎然地听他讲大诗人王昌龄对他描述的美好前景！生命自有其时自知其限，紫烟的话却像是在总结与诀别："紫烟一介平常的女子，这辈子有幸能够嫁给李白，就是最大的满足最大的幸福了！我很抱歉，没有为你把两个孩子带大，就让他们跟着你去享福吧，我没有这个福气……"然后，便忽然地只有出的气没有进的气了……

这是生命的回光返照！

紫烟已经说不出话，她最后的动作是用手指了指全心全意照料她的贴身丫鬟丹凤，然后又指了指李白，然后，手臂自空中颓然落下……

李白明白其意，紫烟的遗愿是让丹凤填房，她临死之际还在为丈夫考虑，为孩子们考虑……李白大恸，失声大哭！

前后十三年的良缘终于到了大限！

李白将爱妻安葬在寿山上，与其父许员外的墓相邻。

办完亡妻后事，他又为丹砂与丹凤办了一场婚礼。在过去十三年间，他知道这一对渐渐长大的男女彼此有意日久生情，也曾多次跟他俩开过玩笑，如今他不再开玩笑，更没有一瞬间拆散他们成全自己的想法，他宁可立刻违背亡妻遗愿……

五花马死了，他将千金裘送给丹砂作结婚礼物，感谢他在过去十三年里对这个家庭的尽心尽力，并为这一对新婚夫妇今后的生活做了安排——那便是：回到金陵去安家，与比亲姐还亲的金陵子生活在一起。多年以前，那个对自己有情有义的美丽女人把弟弟交给他，现在他可以还回去了！

丹砂、丹凤接受了这番好意，正准备启程时，却遇到一件让他们难以接受的事——许家要将李白和两个孩子赶出寿山庄园去！起因还在于两年前许员外死得太过突然，来不及立下遗嘱，给了他唯一的儿子、许紫烟的哥哥为所欲为的空间，先是独占了安州县城中的许家大院，等姐姐一死，又想来占寿山庄园，那妹夫和外甥、外甥女该如何处置呢？许家在距县城六十里远的白兆山桃花岩还有一块山田，那便是他们最后的非人的居处。

这明明是在赶他们走的诛心之举，可李白却表现得极其能忍，他竟然接受了，将两个孩子交给人性尚存的外婆去带，自己准备只身进山，造石屋，开山田……丹砂见状，放弃行程，让丹凤回许家大院帮忙带两个孩子，自己追随李白进山。

孟子曰："天将降大任于斯人也，必先苦其心志，劳其筋骨，饿其体肤，空乏其身，行拂乱其所为，所以动心忍性，曾益其所不能。"——天欲成全千古留名者，难道也非要如此吗？

不仅仅是居无屋的问题，李白不得不写下自己平生第一首讨钱诗，选择从兄李皓也是精心考虑的吧——

赠从兄襄阳少府皓

结发未识事,所交尽豪雄。
却秦不受赏,击晋宁为功。
小节岂足言,退耕春陵东。
归来无产业,生事如转蓬。
一朝乌裘敝,百镒黄金空。
弹剑徒激昂,出门悲路穷。
吾兄青云士,然诺闻诸公。
所以陈片言,片言贵情通。
棣华倘不接,甘与秋草同。

有亲友的人,是饿不死的。

李皓接到诗后便来了,送上过日子的银两,发现这山居的日子实在是没法过,便拉李白一家去襄州安家落户,李白竟谢绝了。

不知李白究竟写了几封求助信,反正最好的哥们儿元丹丘是来了,送上过日子的银两,又拉李白一家去嵩山颖阳山庄定居,李白也谢绝了。

他和丹砂竟在亲手建造的石屋中住了下来,又过了一个冬天,竟然还有心作诗,他在《安陆白兆山桃花岩寄刘侍御绾》一诗中美化了这里的生活和自身的处境——

云卧三十年,好闲复爱仙。
蓬壶虽冥绝,鸾凤心悠然。
归来桃花岩,得憩云窗眠。
对岭人共语,饮潭猿相连。

时升翠微上，邈若罗浮巅。

两岑抱东壑，一嶂横西天。

树杂日易隐，崖倾月难圆。

芳草换野色，飞萝摇春烟。

入远构石室，选幽开山田。

独此林下意，杳无区中缘。

永辞霜台客，千载方来旋。

60

开元二十八年（公元740年），李白四十岁了，他痛恨的白发已经不是一根两根，但依然惑得紧，阳春三月，丹砂、丹凤把两个孩子接到白兆山桃花岩，为他过了四十大寿。

生日的酒尚未喝完，王昌龄忽然出现在他的石屋门前，令他真以为酒还未醒，原来，是王遇到了大赦！正从岭南朝着中原赶路，准备官复原职……大唐皇帝如猫，大唐官员似鼠，这是猫捉老鼠的日常游戏，为什么被贬之路要慢行呢？因为很有可能在路上就被赦免了。以为会分别很久，如此之快又相见，两人开怀大笑，连饮数日。王昌龄也对李白这种山居野人的日子看不下去，欲拉其全家去中原落户，又被李白谢绝了。临走，王昌龄欲拉李白去襄州鹿门山会孟浩然，亦未遂。

这一次，李白不去得对，否则要跟王昌龄一起去吃历史的官司：王一去，孟大喜，诗人相见，不醉不归，孟以醋烧河鲜招待王，自己吃了背疮急发，一命呜呼！王从此背上了害死孟的罪名。当其时，王内疚得不行，留在鹿门山，操办孟的葬礼，又差人来邀李，李又拒。

这是对十三年前孟未出席他婚礼的报复吗？

这就是李白：是朋友了，侠骨柔肠；不是友了，心冷似铁！

现在面临的问题是：不知李白要在那座山上干什么，不知他为什么自找苦吃，谁又能将他拉下山来？

五月的一天，他忽然接到一封神秘来信，读罢立即决定举家迁居东鲁！

谁的信？竟会有如此之大的魔力，将他拉下山来，就此结束自己的安州岁月，去完成人生路上的又一次大迁徙？

在任城安享晚年的"天下第一剑"裴旻大师的来信，在李白多年去信欲拜其为师之后，终于回信同意收他为徒！

一切仅仅是出于：李白诗名到了！

谁说诗无用？

尽管许家最后一个富有人性的人——两个孩子的外婆竭力挽留，但李白咬咬牙，还是准备将孩子带走。这个时候他已经了解到他有个远房叔父在任城做县尉，还有两个远房兄弟在瑕丘等县当佐吏，委托他们照看孩子恐怕也是不成问题……

他决定彻底搬走，再不回头。

对于安州，他唯一的牵挂就是寿山之上的两座坟茔……临行之际，他带着两个孩子去做了最后的告别……

他们与丹砂、丹凤夫妇一起离开安陆，只不过一支北上经中原去东鲁，一支南下入长江回金陵……

这一年，伯禽三岁，不会留下日后的记忆；平阳七岁，一切都记得真真切切。在她日后的记忆中，此次从南到北的旅行，是父亲陪伴他们最鲜明的记忆，父亲是那样一个好玩的快乐的人，一路上想尽各种办法逗他们开心。幸福的家庭旅行，令年幼的她想不明白一件事：母亲为什么没有随行？死亡究竟是什么概念？

61

对于李白在任城做县尉的远房叔父来说，这个名声日隆仕途在望的远房侄儿带来了两个看着叫人心疼的洋娃娃——两个孩子长得真好，隔代遗传带来了明显的返祖现象，像他们尚未见过面的粟特人祖母，又融合进其母那楚女的清秀……便张开怀抱热情迎接了这家人！

在一席隆重的洗尘宴后，送李白前往县城边缘的裴旻大师府上投师，将两个孩子留在家中悉心照料……

一进裴府，李白便以习武之人的敏感感觉到：这裴府上下，还有哪个不习武？被一个一身杀气的下人领到客厅，端茶的丫鬟一看也是身手不凡。正面墙上有大唐画圣吴道子的一幅画，画的正是裴旻舞剑图，颇有神韵；另有一副张旭的草书，书写的是王维的诗：

赠裴旻将军
腰间宝剑七星文，臂上雕弓百战勋。
见说云中擒黠虏，始知天上有将军。

李白不觉得王维这首诗好，但读罢却很开心，这令他对一切的发生感到真实：这位剑艺超绝、身经百战、官至左金吾大将军的当朝剑圣，李白在安州十三年间曾向他投书八封，终于答应收李白为徒。他与当朝诗王王维的交往（包括与当朝画圣吴道子的交往），显示出这位武将尊诗重艺的价值观，绝不是一介粗人……

"汝是李白？"屏风后面，声若洪钟，倏忽之间，闪出一身手矫健的鹤发仙翁，仿佛从天而降……

"我是李白，拜见裴旻将军！"李白跪地行大礼。

"带剑否？"

"剑客岂可不带剑？"

"那好，看剑！"

这就来了，说时迟那时快，裴旻已经拔出了他那天下闻名的七星宝剑，向着李白直刺而来，李白慌忙拔出他的龙泉宝剑，仓促迎战……

业余的就是业余的，专业的就是专业的，大师就是大师，自古已然，四十岁的李白迎战七十岁的裴旻，毫无胜机，一剑机会都没有，但是，连败二十个回合之后，裴大师收起他的七星宝剑说："你，我收了！住下吧。每日随众徒起居。"

"喏！"李白行拱手礼，准备告辞。

裴大师又有话说："李白，你可别以为做我徒弟很容易，我不讲关系、不看名气的，王维比你诗名如何？在长安欲拜我为师，我就没有收，你知道为什么吗？"

"不知，请赐教！"

"二十个回合就知道了，你是在跟我斗剑，他是在表演。"

呜呼！裴旻所言，何止于剑道？乃至诗道、人道！初次拜见，李白心悦诚服。

62

　　一代宗师，教剑有方：裴旻为李白亲手制定了一个为期半年的封闭训练计划。住在裴府，闭门不出，一日三练，夜夜谈心。他教剑最大的特点是：手不离剑，人剑合一，所有训练都立足于实战，于是与其高徒的反复对剑成为每天的家常便饭，李白从一个赢不了进步到能赢两三个……

　　半年时间，大师将一个野路子剑客，硬是调教成准专业剑手。

　　四十岁的李白的身体也经受了巨大的考验，并焕发出惊人的潜力，连裴旻都不免暗自心惊：这厮的身子骨儿，该是武将之材，若是二十年前便投军，在军中混，早该混上去了，看来是被诗文耽误了！

　　还有那偶尔耍赖永不服输的巴蜀蛮子作风，都是裴大师颇为欣赏的。

　　在白天的艰苦训练之后，夜晚谈心也是一大内容，有与众弟子群聊，也有单独私聊，颇似博士生导师在指导博士。

　　盛夏的一个夜晚，在月光朗照的庭院里，裴旻与李白进行了一次重要谈话，单刀直入，问及他投师学剑的目的。

　　李白用两首诗做了回答，一首是初访长安时写的旧作：

侠客行

赵客缦胡缨，吴钩霜雪明。
银鞍照白马，飒沓如流星。
十步杀一人，千里不留行。

事了拂衣去，深藏身与名。
闲过信陵饮，脱剑膝前横。
将炙啖朱亥，持觞劝侯嬴。
三杯吐然诺，五岳倒为轻。
眼花耳热后，意气素霓生。
救赵挥金槌，邯郸先震惊。
千秋二壮士，烜赫大梁城。
纵死侠骨香，不惭世上英。
谁能书阁下，白首《太玄经》。

另一首是抵达任城后的新作——

五月东鲁行答汶上翁
五月梅始黄，蚕凋桑柘空。
鲁人重织作，机杼鸣帘栊。
顾余不及仕，学剑来山东。
举鞭访前途，获笑汶上翁。
下愚忽壮士，未足论穷通。
我以一箭书，能取聊城功。
终然不受赏，羞与时人同。
西归去直道，落日昏阴虹。
此去尔勿言，甘心为转蓬。

裴旻到底不是一个粗人，又不是手无缚鸡之力之文人，他当即指出《侠客行》诗有剑气，指李白是文人中的武将、士子中的侠客，从此毫无保留全心全意地教授李白剑艺。

收李白为徒一事,被记入裴旻家谱之中,是在此时,还是在李白四海闻名的稍后,已经不得而知——不管怎么说,这件事情,人家做了。

距此八十年以后,太和初,唐文宗李昂向全国下诏:将裴旻剑术、张旭草书、李白歌诗举为"大唐三绝"。后世人叹:强强联手,定会双赢。李白因为师从裴旻,于是便在剑术上也得到了一个说法,人称"天下第二剑"……

世人只见成功之术,不见凡事有道,有情怀、热爱、执着,还有人与人的相识相知!

第十五章　仰天大笑出门去

63

开元二十九年（公元741年）。

斯年大唐帝国之版图：东至安东，西至日南，北至单于府。南北如汉之盛，东不及而西过之。是时，海内富安，东西两京米斛（十斗）值钱不满二百，道路列肆，具酒食以待行人，虽行千里不带干粮，虽行万里不持兵刃。是时，大唐经济相当于全球经济总量的四分之三，是地球上唯一的超级大国……

春节期间，大年初三，裴旻在任城县城泰山酒楼为李白专设出师宴，遍邀县城各方人士出席，由此可见他对李白的器重。过去半年，此地只是风传:李白来了！却无人见过其影。别说外人了，连李白的两个孩子都见不着他爹,可见裴旻教剑毫不含糊,确为严师。现在他要借此盛宴,向四方宣布:诗人李白来了,并且已经拜在了我裴旻的门下!借此联谊本地的各方势力——将军告老还乡之后,已经别无所图,活的只是一张面子,争的只是一口气!

肥水不流外人田,泰山酒楼就是裴家开的,交给一位远房外甥女刘氏打理。刘氏本是县衙一小吏的夫人,不料那小吏是个短命鬼,三十不到就暴亡了,她便成了寡妇,如今三十已过,闲在家里没事干,便被裴家派出来打理酒楼。

出师宴开了如下数桌——

第一桌是裴家人:裴旻及其众高徒。

第二桌是李家人:李县尉率李白亲友团。

第三桌是本地官员。

第四桌是本地儒生:东岳学坛一干人。

第五桌是崇道派隐士:"竹溪五逸"。

第六桌:其他人等。

说是出师宴,仪式很简单:徒弟李白向师傅裴旻行跪拜大礼,然后与裴旻大弟子对剑数回合,算是给亲友们的汇报表演……然后便开宴:来到异乡,李白知角色懂礼节,多次反复到各桌敬酒,酒喝得越来越多,心里却越喝越明白——

第一桌是他的同门师兄弟,一起拜在大师门下,一起摸爬滚打了半年,是可以过命的交情,战时可以一块上战场!

第二桌是他在本地立足的政治与经济的靠山与后盾。

第三桌是他干谒的对象,毕竟现在自己已四十出头了,仕途还没着没落呢。

第四桌不是一路人,一闻气味就不对,一帮迂腐的新老学究,弄不好会成为他的敌人。

第五桌是散仙，气味相投者，他们对他来此定居表现得最为兴奋。

第六桌无法归类，但其中有好玩的人，有两位炼丹术士，可以一起玩。

李白不知道自己会在任城住多久，但是安州十三载的经验告诉他，要从长计议，方能安身立命……

对了，还有一个人，整个晚上都在围绕着他转，并对第二桌上的两个孩子照顾有加……那便是本酒楼的老板娘刘氏。此女说不上风情万种，但也还亲切可人，热情有加……只是李白判断不准：这热情是看在她表舅裴旻大师面子上呢，还是对他本人真有好感……

"以后常来啊！"刘氏招呼道——在李白的记忆中，春节中最开心的一晚，这一晚热闹的夜宴是在这一幕中圆满落幕的……

64

既然出了师，裴府便不好住了，李白和两个孩子一起住在远房叔父李县尉府上，寄人篱下的日子并不那么自在。

与他在出师宴上的初步判断完全一致，最先来找他的便是气息相投的那一桌——"竹溪五逸"邀他正月十五重返泰山酒楼共度元宵之夜……

是日，李白在泰山酒楼的包间里与他们五人一一相认：孔巢父、韩准、裴政、张叔明、陶沔，这五人者，乃山东名士，或科举不中，或有诏不应，效仿东晋"竹林七贤"，在泰安府徂徕山下的竹溪隐居，自称"竹溪五逸"。他们在此纵酒赋诗，抚琴舞剑，啸傲泉石，举杯邀月……过着神仙般的日子，春节期间，回到县城，与家人一起过年，待到开春，又会返回他们的隐居之地……

他们本来就属于地方上的隐逸派诗人，对孟浩然、王维、李白诗的喜欢是天然的，一开宴便对孟的暴亡感到深深惋惜，还声讨了几句王昌龄，并将第一杯酒倒在地板上以祭孟。李白也跟着五人这么做了，只是在他们问及他与孟、王二人交往时，说话极为谨慎，颇守君子之道。然后又聊到王维，已经与之有过一面之缘的李白也做一样的处理。对这五位而言，上述大唐著名诗人尚且远在天边或天上，但是近年来上升最快、风头最劲的这一位却近在眼前，而且人很随和，待人亲切，说话风趣，饮酒豪爽，能不令他们不兴奋吗？

酒酣之际，五人开始轮番背诵李白诗，让李白实地感受到他"酒隐安陆，蹉跎十年"诗所造成的真实影响，在山高水远行路难的时代，一个诗人因诗造成的影响，他自己未必能够感受得到，所以李白也跟着兴奋起来……

李白一来，老板娘刘氏便跟了进来，亲手为这个包间中的这一桌名士服务，瞅着包间里气氛好，便跟着凑热闹："李白先生的诗，真是太好了！李先生既然跟本小店有缘，能否为本店题诗一首？"

李白也豪爽："取笔墨纸砚来。"

这些家伙事儿，包间里就有，很快备好了。李白挽起袖子，提笔挥毫：

客中作

兰陵美酒郁金香，玉碗盛来琥珀光。

但使主人能醉客，不知何处是他乡。

题完掷笔，又吟诵一遍，博得一片喝彩，刘氏欢天喜地收走了，说要裱起来挂在酒楼最显眼的地方……

有了现场题诗这一出，这个李白便显得更真实了，这五人对他信任感又增加了几分，诚邀李白开春之后与他们同赴徂徕山下的竹溪隐居，让"竹溪五逸"变成"竹溪六逸"，李白欣然同意……

65

有了李白的加盟，"竹溪六逸"名声大噪，他们在春天里与竹林、山溪、古琴、笛笙、宝剑、美酒、诗歌相伴，过着神仙般的日子。四月的一天，东岳学坛派来一个儒生，送上一封邀请函，打破了这里的宁静……

邀请函上写明：诚邀李白先生不日前往东岳学坛吟诗授课，特邀山东名士孔巢父、韩准、裴政、张叔明、陶沔等五先生作为嘉宾出席云云。

接到信后，先着送信儒生在门口吃茶等候，六位神仙聚在竹楼里商议了一番……

"这里头没啥鬼把戏吧？"

"啥鬼把戏？"

"给李白设个鸿门宴啥的……"

"没事儿，让老李带上他的龙泉宝剑去，咱哥儿几个也带上剑……"

"我不是那个意思，不怕武斗就怕文攻……"

……

经过一番商议,六神仙决定去,让李白写了封信,请那儒生带回……

于是在四月下旬,"竹溪六逸"回了一趟任城县城,先各自探亲安顿家事,然后在约定的时间齐聚东岳学坛——这是一个由本地儒生发起的民办官助的高端讲学机构,常设于孔庙之中,服务于当地士子与学子。多年办下来,在山东一带颇有影响,成为任城一大名片(裴旻自然是最大的一张名片)……

李白既然已经来了,又打算定居于本地,单凭李白的名声,不请是不对的,主持学坛的几位老儒一商议,决定马上请,晚请不如早请,他们心里很清楚:李白在此一亮相,只会让东岳学坛名声更大。但与此同时,他们心里也很清楚:李白的诗,势必要遭到儒生们的质疑、非议甚至驳斥,李白身在现场恐怕难以避免会受到刺激、冲击,不知他是否承受得了……经过一番商议,他们决定采用不干预之策,任由其自然发生……

所以说,神仙们的多心,不是没有道理。

这个下午,李白并未提他的龙泉宝剑上阵,而是提了一瓶兰陵美酒,一边吟诗一边饮,等所有的诗吟诵完,一瓶酒也喝得差不多了……说句实在话,能赶在他一跃成为大唐诗歌超级巨星的前夜,一睹其别具一格、难得一见的风采,山东儒生本该庆幸惜福才对,但是现场的情况却不是这样的——

李白不喜宣讲,只是从一首诗到下一首诗的吟诵,在每首诗之间的停顿处最起码该有礼节性的掌声,但是台下的儒生们却像僧侣打坐般一片死寂,徒有五个神仙在那儿击掌叫好……

待诗诵完,李白也不多讲,直接进入互动性的问答环节——

第一个举手提问的儒生的问题便是带有挑衅性的："李白先生，在您多首诗中都提到'听妓''观妓'——甚至，堂而皇之写入诗的标题，让小生觉得十分不雅，不知您是怎么想的？"

李白回答干脆："此非不雅，而是大雅！"

这显然直刺儒生们的祖师爷——孔子之所谓"雅"，台下一片哗然……

第二个举手发言的儒生带着一身怒气，"先生"也不叫了，当面直呼道："李白，你的诗为什么老要写酒？无须统计，你肯定是大唐写酒最多的诗人吧？恐怕也是华夏有史以来、自《诗》以来写酒最多的诗人吧？你觉得这……这合适吗？"

李白反问道："你爱喝酒吗？"

儒生回答："爱……不爱！"

"到底爱不爱？"

"不爱！"

儒生们也并非铁板一块（说明不是有组织的），有人起哄道："胡说！他昨晚还喝醉了呢！"

台下一片哄笑。

李白微笑道："我唐士子多好酒，一时成为风尚，成为日常生活的一部分，有啥子不能写的呢？我倒觉得，酒是唐人之血，将成唐诗之魂！"

五神仙高声叫好。有儒生为之侧目……

儒生们继续捍卫孔子，以孔子捍卫孔子，又一个儒生举手发问道："子曰：诗无邪。可是，我觉得你的诗里吧，邪气乱蹿，邪性得很……你自己不觉得吗？"

李白回答："这位儒生，你把孔夫子没读好吧？诗无邪，何谓

'邪'，非你所说之邪气、邪性……邪、徐通用，虚、徐同音，诗无邪，实为诗无虚，你听了妓，就写听妓，你喝了酒，就写喝酒……如此说来，我李太白的诗，倒是很符合孔夫子所谓'诗无邪'！"

台下响起掌声，更多儒生加入进来……

担任主持人的老儒开口发言道："今日在座稍微上点年纪的人，都经历过武周朝，武曌一介女流，尚且能够做到兴佛不废道儒，到了本朝天子，可谓一代旷世明君，更是儒释道并举，百花齐放，百家争鸣，恍如回到春秋战国，大唐所以兴矣！开元之年所以盛矣！今朝我东岳学坛有幸请来李白先生与诸士子、学子当面交流，有碰撞、有争议是好事，老夫感觉可以概括为儒道之争，儒生们自然代表儒家，李白先生的诗歌与思想显然出自道家……"

"主持人！"台侧嘉宾中有人举手，乃"竹溪六逸"中的孔巢父，"不才乃孔子后裔，或许有资格提出一点异议：先生将上述争论一言以蔽之为'儒道之争'，是否有简单粗暴武断之嫌？俺们几个与李白先生在徂徕山下的竹溪隐居也有两个多月，平时交流过这样的问题，免不了也有争论，借此机会我想请教李白先生，您是否同意将您归为道，让儒生们代表儒？"

主持人只好说："那好吧，那就请李白先生讲讲吧。"

李白饮尽瓶中残酒，清清嗓子道："道可道，非常道，我李白，是否道？不该由我自己说。至于今朝在座儒生能否代表儒，我想先向他们提两个问题，再下结论不迟……"

主持人："请提问。"

李白："第一问：丝绸之路贸易在大唐经济中占比几何？地位如何？"

无人回答。

李白:"第二问:今逢开元盛世固然可喜,但我大唐政治、军事结构中却各有一大隐患,分别何在?"

又是无人回答。

李白:"上述两问,但凡有一人答出一问,我就认为你们可以代表儒家,现在我只能说,尔等非真儒也。我李白既然能够提出上述两问,说明我平时就在思考诸如此类的问题。所以,我也并非止于道。所以,今天的争论断不能总结为'儒道之争',只能总结为对李白诗歌的争论。"

也许,到此结束是最完美的,可是主持人嘴欠,又多加了一项:"最后,咱们有请李白先生为东岳学坛现场题诗。"——他是想考一考即将"登基"的一代诗王的即兴作诗能力吗?

这些有眼不识泰山的群儒,在李白面前扎了半天刺儿,尔等就想轻易逃掉吗?李白坐在那里,诗早就淤积在胸了,拒不题写,脱口喷出:

嘲鲁儒

鲁叟谈《五经》,白发死章句。

问以经济策,茫如坠烟雾。

足着远游履,首戴方山巾。

缓步从直道,未行先起尘。

秦家丞相府,不重褒衣人。

君非叔孙通,与我本殊伦。

时事且未达,归耕汶水滨。

李太白者,能够控制自己这个人,但是无法控制他作诗的那根筋，终将一场好端端的讲座干成了一锅粥：老少儒生发出了猿啼般愤怒的悲鸣……

担当主持人的那个老儒将一个碎银袋子掷到几案上道："看这气氛，看这情绪，这饭就不宜同席吃了罢！"

李白心想：巴不得呢。一把抓起碎银袋子，对那五神仙道："他们不吃，咱们吃，走，泰山酒楼！"

朝孔庙门外走时，五神仙护着李白撤退，生怕遭到儒生们的暴力袭击……

66

李白在任城孔庙东岳学坛上的反击实在尖锐，他提出的两大问题也确实很有质量，被五神仙带到泰山酒楼的酒桌上继续讨论，耐人寻味的是：以儒生自居者，回答不出的问题，五神仙却答得头头是道：比如政治结构中存在的宦官干政的问题（这个时候高力士已经权倾内外了），军事结构中存在的藩镇割据的问题（这个时候安禄山正呼之欲出）。由此可见，整日价在孔庙中得县衙资助设坛讲学的未必是真儒，在溪边竹楼中隐居的未必是不问国事的散仙。这才是大唐士子构成的真相——或许也正是在如此这般的士子群落中才能够产生李白，这便给华夏历史的天空留下了闪电般尖锐的一问：为何前不见李白，后也不见了李白？

原创力强如李太白者，刚才在孔庙中又一诗让华夏诗歌多出了那么一点：《嘲鲁儒》。在此之前，从未有人这么起过诗题，现在有了，这不是一个小问题：在后世的李诗研究中，李诗的好斗性、战斗性历来是被无视的……可是，他性本善，善良的人伤害了他人（哪怕他人挑衅在先），往往自己也会有受伤感。这天晚上的李白便是如此——或者说他的潜意识里是如此，以至于他罕见地喝醉了，他的酒量确实高于常人，连酒友都难见其醉，有人惊叹他在酒后算账从来不错，并且什么事情都能记得，但是今晚，他是真醉了——喝至断片儿的那种醉。

一醉便要出事儿——倒也不是什么大不了的事儿。

夜半醒来时他发现锦被中的自己一丝不挂全身赤裸地搂抱着一个同样一丝不挂全身赤裸的女人体。一时之间，黑暗之中，不知是梦境还是现实，如此之状只能有一种结果——那便是交合，如水乳交融一般……清晨再度醒来时，他明白这是现实，在窗帘透入的晨曦中看清是刘氏的脸，她是妩媚而妖娆的，丰腴的体态很合大唐的审美，三十来岁正是如狼似虎的年纪……他们的行为，显然属于孤男寡女酒后乱性之举，但是作为丧妻两年的鳏夫和丧夫多年的寡妇，他们没碍着谁没伤着谁，不过是相互慰藉罢了……那妇人的欢叫传到隔壁，五神仙闻之笑了起来：老李上天喽，不会跟咱们回竹溪喽！

果不其然，李白与刘氏的关系，由此开始进入蜜月期，李白俨然成了泰山酒楼的男主人。一个月后，泰山酒楼更名为李白酒楼，又将裴将军、李县尉、五神仙、俩孩子等一众亲友请来大吃一顿。他们的首次冲突也就发生在当天夜里：刘氏对李白没有当众公开宣布他们的关系感到十分不满，随即进入到从催婚到逼婚的程序，越心急越适得其反……

李白也真是怪了，坚决不结这个婚，也对刘氏"把孩子接来一起住"的提议不予采纳。"你把酒楼当什么了？驿馆吗？你把老娘当什么了？白玩的婊子吗？"刘氏的抱怨，越说越难听，两人的关系，开始急转直下。

李白开始向外跑，遍谒县城及周边低级官员，尽管这丝毫无助于他"申管、晏之谈，谋帝王之术"的宏大目标。

他又回到竹溪与五神仙一起隐居了一个夏天……

秋天到来的时候，他跟春节酒宴上结识的职业炼丹术士元林宗学起了炼丹，整日待在官府开办的炼丹院里。由于当朝天子迷上了丹药，各级官府便大肆开办炼丹院，职业炼丹术士大为吃香，这就像当年在蜀中在匡山，他跟赵蕤师傅因为擅长驯养禽鸟，而被州衙征召过一样……他学炼丹术，倒不是为了再被征召，混碗饭吃，他纯粹是为了延年益寿活得长，这与天子的目的一模一样……而颇具讽刺意味的是：用现代医学分析，最影响古人寿命的第一大因素便是服用这由矿石提炼的丹药，有学者分析，李白之所以没有受到太大影响，正在于他的嗜酒成癖，两害相权取其轻，日常化的饮酒造成他酒后常常忘服丹药，这反倒救了他……那李隆基呢？似乎无人分析过。

与此同时，刘氏发现：跟这个鸟男人厮混了一个月，她没有落着半点好，为了讨好他，将此酒楼易名为李白酒楼，顾客倒是多了些，但是被他应允的白吃者、赊账者也多了，营业额反倒不如从前。而且这个鸟男人，从三天两头不着家已经发展到数月不归，意识到这不是一个理想的丈夫人选和结婚对象，好合好散才是明智选择。但是这个大字不识几个的县城小商贩出身的小吏之妇却不是这么做的，她将她经营的酒楼当作怨言宣讲台，把顾客当作倾诉对象，把对李白的各种怨愤一股脑儿倾泻出去了，譬如："床上也就那三板斧，时间一长就不灵了。"这倒没什么，最要命的是她说出了李白在酒话与梦呓中说的："他还吹牛说他是隐王李建成之后。"

这个传言传出去的直接后果是：裴师傅闭门不再见他，李县尉连他的两个孩子都不愿带了，他只好将两个孩子接出来，住在炼丹院，在炉火熊熊、黑烟弥漫中度过了一个五味杂陈的冬天……

67

天宝元年（公元742年）。

改元，大赦天下，群臣上尊号曰：开元天宝圣文神武皇帝。

大唐年号变了，本书主人公的运势是不是也该改改了？

后人诗曰："人间四月芳菲尽。"过完自己四十二岁生日不久，非模范父亲李白同志撇下自己的两个孩子，给自己安排了一次春游——游泰山！来山东这么久，才登一次泰山，本也无可厚非，只是将两个孩子撇在炼丹院里烟熏火烤，他也实在是心硬……

不是好父亲，却是好诗人。为期一个月的泰山行，他写了六首《游泰山》，自觉平平。待下至山脚，在一块山石上读到一首题诗：

望　岳

杜甫

岱宗夫如何？齐鲁青未了。
造化钟神秀，阴阳割昏晓。
荡胸生曾云，决眦入归鸟。
会当凌绝顶，一览众山小。

"写得好啊！"四下无人，只身孤旅的李白却激赏出声，"谁是杜甫?咋个没听说过?唉,我写急了,这要登山前读到此诗,我就不写了呢,如同当年黄鹤楼前听到崔颢诗……"

李白总是比别的诗人,多一分诚实与坦率,多一分对他人对自己的客观……哦,何止一分!

那么,泰山他就白登了吗?不,正如天子要来此封禅,诗王也一样,从泰山下去,众山就是小了……

从泰山下去,运势就是不同!

先是接到他最好的朋友元丹丘的来信——是一则特大喜讯:《将进酒》中的"丹丘生"见诏即将入京!他不知道能否赶上,但还是写了一诗一信寄过去,概括起来只表达了一个意思:见着皇上勿忘我!只有元丹丘这等朋友,令他有十足把握:一定会照他说得这么做!元被诏,让他真的觉得,自己离重返长安又近了一分!多少年来,多少人向他承诺过,可他还在远离长安的地方,他甚至已经忘记了初访长安离开之时,贺知章与他有过十年之约。贺老先生当然不欠他任何东西,他在大唐诗坛能有今日之名,几乎全仗老先生一张大嘴在高处发声,他不能在一个人身上啥子都要!

接着他又收到南陵一位远房族叔的来信,信中热诚地告诉他:自己已从县令之位上退休,闲居在家,颇为安闲,他们全家愿意接纳两个可爱的孩子,快点送过来吧!这是他为两个孩子所发出的若干求救信后唯一的一封回信。接到信后,他带着两个孩子便上路了,将孩子在南陵族叔家安顿好以后,他又只身前往越中漫游,在那里度过了夏天……

待到夏末,他回到任城,一声迟到的春雷在空中炸响,族叔的脸变了,恨不得管他叫爷爷,在县衙向其亲口宣读皇帝诏书:"宣山东李白秋入翰林院待诏。"李白不敢相信自己的耳朵,让李县尉再读一遍，自己又亲眼看了一遍，才确信：他从私塾时期树立的人生理想和目标终于有了结果！一瞬间，泪如雨下……

他接下来的表现似乎不大像他，没有大宴宾客，没有招摇过市，甚至没有在任城过多停留便离开了……

他在第一时间里最想去的地方是清廉老家，最想见的人是父亲、母亲，尤其是母亲！可他又想，时间有限，等他到了长安，见了皇上，得到官位，一切安妥，再荣归故里不迟……

于是在离开之后，他又去了南陵，与儿女待在一起，于是便有了这首诗：

南陵别儿童入京

白酒新熟山中归，黄鸡啄黍秋正肥。
呼童烹鸡酌白酒，儿女嬉笑牵人衣。
高歌取醉欲自慰，起舞落日争光辉。
游说万乘苦不早，著鞭跨马涉远道。
会稽愚妇轻买臣，余亦辞家西入秦。
仰天大笑出门去，我辈岂是蓬蒿人。

如此之快，重返南陵，族叔一家，闻此喜讯，高兴至极，当过县令的族叔将自己一顶乌纱帽送给他，于是又有了另一首：

答友人赠乌纱帽

领得乌纱帽，全胜白接䍦。
山人不照镜，稚子道相宜。

跎 第四卷

第十六章　壮志吞咸京

68

南方的夏天尚未完全过去，南陵族叔挑选出家中最快的一匹马送李白上路赴京。李白还称之为"五花马"，他的骑术在四十二岁的年纪依然精湛；有了师从"天下第一剑"裴旻的学剑经历，其剑术已经远远超出青年时代，龙泉宝剑在他手上已经可以舞得嗖嗖生风……男人四十一朵花，尊诗重道者比之常人往往更显年轻，更有气质，头上多出的几根银丝，反倒更显得历尽沧桑、雄姿英发……

可以这么说，李白是在其最好的年纪以最好的形象迎来了自己一生中最宝贵的机遇——甚至可以说：那就是人生的巅峰！

从南陵到长安，路途遥远，他将此路分成两段来行，以邓州为中点，第一段，从南陵到邓州；第二段，从邓州到长安。这么安排，只因为有两个人的存在：一个是其好友之一岑勋，即《将进酒》中的"岑夫子"，另外一个是天上的古人——诸葛亮！他带着此人的传书上路，夜宿驿站便拿出来读，他将前三次邓州之行中刻意回避的卧龙岗当作此次进京的参拜对象，在那里，他向心中的大英雄行三拜九叩之大礼（十二年前初访长安时他在黄帝陵前这么做过）……其心其志由此可见一斑！

在邓州休整三天后，在剩下来的路途中，在飞奔的快马上，他一直在打一首诗的腹稿，到长安的第一顿酒宴上便随手送给了请他的人：

　　　　读诸葛武侯传书怀，赠长安崔少府叔封昆季
　　　　　　汉道昔云季，群雄方战争。
　　　　　　霸图各未立，割据资豪英。
　　　　　　赤伏起颓运，卧龙得孔明。
　　　　　　当其南阳时，陇亩躬自耕。
　　　　　　鱼水三顾合，风云四海生。
　　　　　　武侯立岷蜀，壮志吞咸京。
　　　　　　何人先见许，但有崔州平。
　　　　　　余亦草间人，颇怀拯物情。
　　　　　　晚途值子玉，华发同衰荣。
　　　　　　托意在经济，结交为弟兄。
　　　　　　无令管与鲍，千载独知名。

崔叔封就是崔宗之，在金陵外放十多年后，他连名字都改了，让名道士元丹丘改的名，名字一改，时来运转，终于被诏回长安，任京兆府长安县尉，长安城终于张开怀抱，迎回了它的"大唐第一美男子"。岁月未改其颜，两人相聚长安，一时感慨万千，展望未来岁月，都还心志满满……

　　席间在座者还有元丹丘和他带来的一位叫吴筠的道士。李白这一路上，已经听到坊间风传：正是这位素不相识先诏入京的吴筠在皇上面前举荐的他，没有别的理由，就是热爱他的诗，认为他是大才一枚。元丹丘自然也在皇上面前说了，但是已经落在吴道士之后……由不认识的人将自己举荐成功，让李白颇为得意，这倒颇有他曾在江南资助过至今仍在命运的苦海中挣扎的另一位大诗人高适诗曰"天下谁人不识君"之感……

　　十二年过去了，应诏而来的长安已经不是自己颠来的长安。入夜之后，所有华灯都像是为他而点亮，所有华灯都比记忆中的更亮，所有酒肆、妓馆中都在传唱李白之诗……

69

　　解铃还须系铃人，十二年前将李白送出长安的贺知章，就在当年以皇帝所赐金龟付了酒账的大唐东市那家越菜馆为李白接风洗尘，陪客为长安城中传颂一时的"酒中仙"：汝阳王、皇兄宁王李宪长子李琎，左丞相李适之，京兆府长安县尉、前相之子崔宗之，太子庶子苏晋，书法家、一代草圣张旭，布衣名士焦遂。当此之时，政坛不倒翁贺知章已经八十三岁高龄，官至秘书监，他待李白，何其诚也，所谓"酒中仙"，不过就是"贺老的圈子"，他竟然全都端出来迎接李白,可见他对李白之信赖——是的,他毫不怀疑,李白入京入宫,得皇上、贵妃喜爱,前程自是不可限量,但是从政治上来说,他是自己一口吹捧起来的,也只能进自己的圈子,所以这也是他为李白举办的入圈仪式。贺老唯恐这个仪式不够隆重似的,还请来了三位国际友人:日本遣唐使、秘书监兼卫尉卿阿倍仲麻吕(汉名晁衡);波斯巨商、诗人阿齐兹;高句丽乐舞大师李玄一——李玄一是大唐皇帝特邀前来的贵宾,他与他的歌舞乐班被请进了大明宫梨园,今天,他带着几个乐师、歌女、舞女过来助兴……这个时代,出入长安城的人,容易以为国际化是京都时尚,其实不是,对于一个一百五十万人口、长居外国人占其百分之五的国际大都会而言,与外国人吃个饭喝个酒是日常生活。

"虽说晚了两年,老夫说话还算数吧?"贺知章一见李白就说。

李白拱手单膝跪地道:"贺监一诺千金!"

贺老将李白捧扶起来:"老夫为人处世,一生小心谨慎,但也自有一套。这十余年来,老夫一年跟圣上提一次李白,专挑圣上最有雅兴的时候提,圣上从起初的茫然不知到最近一次'朕知此人,与贵妃甚喜读其诗'……"

李白举起酒来:"李白遇贺监,乃是遇到一生知己。这十年来,白在诗坛有薄名,此次见诏入京,权仗贺监所赐,白敬恩人一杯!"

八三老翁,无愧酒仙之首,毫不推辞,接过酒杯,一饮而尽,又谦逊有加:"李白啊,你已入京入宫两日了,不光这两日,恐怕一路上,你已经听了一耳朵:这个举荐的你,那个举荐的你,老贺举荐的你……都是,也都不是,你之所以能够见诏,权仗两个女人:玉真公主和贵妃娘娘。无须讳言,这两个女人喜欢你!圣上也是人,就信他妹子他妃子的……这才是你的'人和'。那什么是'天时'呢?

玉真公主主持的全国道教大会今秋在长安举行，她要在此之前将所有皈依道教的各方杰出人士一网打尽，全都搜罗到长安来……这就是'天时'！什么是'地利'？你与长安城的缘分！十二年前，老夫初见你时就感觉，你天生就像长安人，你看老夫在长安城住了一辈子，还是乡音不改，你当年初入长安却能讲一口标准的官话，这是水土相服的缘分哪！"

李白嘴上说："贺监一言，醍醐灌顶！"心中的台词是："一百年前，老子就是长安人！"

"贺监啊！长安这潭深水，你以后再慢慢讲给李白听。咱们今天就一个主题：喝酒！"崔宗之嚷嚷道。"花美男"到底是长安人，在此见到的他比当年在江南所见的他自在得多，人也变好玩了。

"好啊！吃酒！吃酒！"贺知章举起杯来，"诸位举起桌上杯，欢迎李白到长安！"

有上述两位老友托着，初来乍到的李白也并不拘谨，他仗着自己酒量大，敢喝所有的敬酒，敢向每位朋友（尤其是陌生的）敬酒……

很快他就发现，长安高层酒局的趣味，不在斗酒，而在风雅：酒酣之际，首先站出来表演才艺的是大书法家张旭，他用其独创的草书，在现场书写了一首王维诗。李白在任城他师傅裴旻的书房里见过他的真迹，嘴上随大流赞叹着，心中并不觉得有多好，人对人的感觉有时候完全就是对等的：贺知章建议张旭再书写一首李白诗，张旭以"底下没写过，岂敢在此献丑"推脱了。距此不到八十年后，当裴旻剑舞、张旭草书、李白歌诗被追封为"大唐三绝"时，裴旻不知道，张旭不知道，李白不知道，后人也不知道：在他们仨之间，有相互欣赏如裴李者，有相互欣赏如裴张者，也有互不买账如张李者……

第二个登场表演的是李玄一大师及其歌舞乐班子，这是高句丽歌舞乐的顶级水平，将夜宴气氛推向高潮，大唐帝国举国尚武重体全民皆好艺文，与当朝皇帝李隆基本人是个军体艺文全才有关，他以其对音乐歌舞的超高鉴赏力发现了伟大的高丽乐，大加引进令其成为主流，就像让胡服成为时装一样，这个国家最流行最时尚的东西几乎全都是舶来品，由此可见其胸襟与自信……

"好！欣赏了如此精妙绝伦的歌舞乐，我来出个题！"贺知章一边鼓掌一边道。

"出嘛！谁能不让您老出题呢？您本来就是给科考出题的嘛！""花美男"崔宗之打趣道。

"我出题曰《高句丽》，我点李白赋诗一首。"做东的贺知章没有忘记这是为李白接风洗尘。

贺知章也是知李白深矣，正点到后者的超级强项上，李白端起面前一杯清酒，一饮而尽，诗也来了，脱口而出：

高句骊

金花折风帽，白马小迟回。

翩翩舞广袖，似鸟海东来。

赢得一片喝彩，李玄一喜不自禁，请其当场书写出来，作为送他的厚礼带走。李白也不客气，当着大书法家张旭面，毫不怯场地奋笔疾书……

这天晚上，李白更叫在座新朋老友吃惊的是他在与波斯诗人阿齐兹推杯换盏面对面交流时大秀起波斯语来，众人惊得嘴都歪了。对李白来说，那不过是与母亲的娘家人拉拉话罢了，用母亲教他的语言——他只会听说不会书写的第二母语……

这是一个以学富五车、琴棋书画、丰富渊博、海纳百川为荣的民族、国度与朝代，上至皇帝，下到士子，都是同一风尚！

70

金秋十月，秋高气爽，全国道教代表大会开幕式暨大唐诗人吟诗会在武功道教名刹紫极宫隆重举行。政界方面：李隆基亲率皇亲国戚、文武百官出席；宗教界方面：由于道教"国师"司马承祯已于七年前羽化登仙，其弟子胡紫阳顶替其位，率元丹丘、吴筠等一众名道士出席；文学界方面：贺知章、王维、李白、王昌龄、崔颢等著名诗人出席并将登台吟诗；外国友人方面：各国来唐在京使节出席……"尊诗重道"在此得到了最大的体现和最好的诠释:何谓"重道"？李隆基一登基，便将道教重新定为国教，对武周朝兴佛之风拨乱反正、正本清源；何谓"尊诗"？首届全国道教代表大会的开幕式竟然是由诗人唱主角，皇帝、皇亲、百官、大师、道士当观众……

"皇上驾到！"只听太监尖声一报，紫极宫内外所有人都到宫门外列队迎接，李白跟着贺知章便去了。

金光闪闪的皇家马车停在宫外的小广场上，从车上先下来一个肥胖的黄衫儿，贺知章对李白悄声道："高力士！"然后，黄衫儿迎出了一个长得像皇帝的人……

是的，在李白眼里，那个人长得就像皇帝，与他想象中的皇帝形象十分吻合……

在高力士的引导下，当朝皇帝李隆基朝着紫极宫的朱漆大门走来。此时天子，五十有七，却像一个壮年人，红光满面，精神矍铄，目光如炬，健步如飞。他行至人前，忽然做出了一个惊人之举——朝着人群朗声发出一问："谁是李白？"

众人皆惊，窃窃私语……

人群中的李白没有听清，或许是他耳朵听清了，心里不敢相信，直到皇帝又问了一句："李白在否？"——直到贺知章一掌拍在他的后背上："皇上问你呢！"

他才懵懂作答："……在！"

贺知章将他一把推出人群，推到李隆基面前，觐见天子。李白刚欲行跪拜大礼，不想李隆基竟然向前迎了一步，亲昵地拉起他的手——这种在百官看来近似古怪且有失圣体的随意举动，恐怕只有一种解释：血缘相同自来亲——然后，他当着众人说出了一句被太监记录在册的话："卿是布衣，名为朕知，非素蓄道义，何以至此？"

"圣上！英明！万岁！"贺知章由衷赞叹道。

"万岁！万岁！万万岁！"众人皆附和之。

就这样，李隆基拉着他族弟李白的手，像个好基友般地进入了紫极宫……

正午时分，大会开始，玉真公主出场主持。她一身女道士的装扮，看不出芳龄几何的清丽形象，把李白的心瞬间给搅乱了：他顿时感觉到自己来之不易，似乎只有这样清丽脱俗神仙一般的女子，才会欣赏他，才会让他历尽千辛万苦来到这个现场……以至于他对她简短的开场白也听得很不完整，只是隐约听到她说："感谢皇兄鼎力相助，才迎来这次大会的召开！""接下来我把主持权交给咱们大唐诗坛的领袖人物贺知章老先生，他对今天与会的大唐诗人比我熟悉！"

贺知章毫不推辞，当仁不让，登台主持，一开口便有惊人之语："欣逢国教盛会，诗人欢呼雀跃，今朝谁来打头阵？老夫特意安排了一位重量级的诗人——有请我的朋友、大唐诗人李隆基先生登场吟诵！"

全场先是愕然，继而掌声雷动……

李隆基也不推辞，起身阔步上前，对着贺知章一拱手曰："承蒙贺爱卿将朕抬举为诗人，还是什么重量级诗人，那我就当着李白、王维们的面献丑了……"说着，以最标准的大唐官话长安腔——这个朝代最规范的汉语正声朗读了一千年后被后代学子编入名著《唐诗三百首》的他的代表作——

经邹鲁祭孔子而叹之

夫子何为者？栖栖一代中。
地犹鄹氏邑，宅即鲁王宫。
叹凤嗟身否，伤麟怨道穷。
今看两楹奠，当与梦时同。

掌声雷动，经久不息……

政治家就是政治家，治国者就是治国者，当朝皇帝李隆基在全国道教代表大会的开幕式上以诗人身份朗诵了一首祭孔尊孔的诗，是在向天下士子表明：我唐重道，但不轻儒……

大唐懂诗者，懂大唐诗者，莫过贺知章！他对诗人的排序，煞费苦心，充满了专业性——

第二个登台的是"边塞诗"开山鼻祖王昌龄，他应邀从汜县赶来赴会，这是在将此一诗种树为大唐诗坛主流，历史的流变后证了贺的高瞻远瞩……

第三个登场的是多年以前黄鹤楼前一诗惊天下的崔颢，属于个人写作才子诗的一大代表……

第四个登场的是日本诗人阿倍仲麻吕，在唐旅居多年，他已写得一手成熟的汉诗，意味着汉诗的影响已经走出了国界……

第五个登场的是波斯诗人阿齐兹，他用波斯语写作，经人粗译成汉语，由早早到达现场的李白帮其润色为成熟的汉诗，再由他自己用新学的汉语亲诵出来，效果十分不错，代表异域诗歌已经流入开放的大唐……

然后又安排了几个皇亲、官员、道士中的业余诗人代表登台吟诗……

最后安排的三位最有分量、意味深长——

王维：少年得志、统治大唐诗坛廿年之久的"开元诗王"，随着改元，随着道兴，随着李出而宣告退位，做归隐的"诗佛"，也算功德圆满。

李白：与"开元诗王"同龄之"天宝诗王"升帐"登基"，大唐诗歌由此步入李白时代。置身于现场，他知道今天是属于他的日子，便很有眼色地收敛了所有的锋芒和霹雳，吟诵了十二年前离开长安时所写的那首《长相思》，即刻被坊间八卦成为玉真公主倾情而作……

最后，压大轴的是主持人贺知章自己，他却毫不宣扬自己，而是吟诵了他的亡友张若虚的大作——

春江花月夜

春江潮水连海平,海上明月共潮生。
滟滟随波千万里,何处春江无月明!
江流宛转绕芳甸,月照花林皆似霰。
空里流霜不觉飞,汀上白沙看不见。
江天一色无纤尘,皎皎空中孤月轮。
江畔何人初见月?江月何年初照人?
人生代代无穷已,江月年年望相似。
不知江月待何人,但见长江送流水。
白云一片去悠悠,青枫浦上不胜愁。
谁家今夜扁舟子?何处相思明月楼?
可怜楼上月徘徊,应照离人妆镜台。
玉户帘中卷不去,捣衣砧上拂还来。
此时相望不相闻,愿逐月华流照君。
鸿雁长飞光不度,鱼龙潜跃水成文。
昨夜闲潭梦落花,可怜春半不还家。
江水流春去欲尽,江潭落月复西斜。
斜月沉沉藏海雾,碣石潇湘无限路。
不知乘月几人归,落月摇情满江树。

诵毕,全场一片啧啧声……

贺知章总结道:"老夫对此诗的评价一言以蔽之:孤篇盖大唐!从诗的境界上来讲,李白、王维、王昌龄最好的诗也未必在此之上,有人便问了:贺老啊,你与张若虚年轻时就在一块玩,被称作'吴中四士',又是老乡又是好友,你如何不像大力举荐李白一般举荐若虚呢？问得好！在此老夫也想替自己辩护一下。一切取决于自身！与李白相比，若虚写得太少了，而且你们并不知晓，这十来年，李白每写出自己满意的杰作就会寄给我，若虚却不是这样，我每次回乡省亲才能见到他，他也很少拿出诗来给我看。这首《春江花月夜》还是在他十二年前仙逝时，我在其葬礼上听到家乡老友们在诵读，才知道他曾经写出过这么一首大杰作……总之，作为诗人，要多写，当此盛世，要敢于拿出来。总之，我大唐诗坛藏龙卧虎、深不可测，现在还远远未到下结论的时候。我已老了，但李白、王维、王昌龄他们正当年，还会不断写出旷世杰作！"

吟诗会完美结束，即可进入夜宴环节。这一天注定是李白日，夜宴一开始，李隆基便赏赐李白七宝床，令其挨着自己坐，亲手为他调了一碗羹送过去，就差喂到嘴边去了……

过了！太过了！皇亲、百官心里想，却无人敢说什么。

圣上效仿汉武帝刘彻，将李白当成司马相如——他们只能这么理解，还能怎么理解呢？

夜宴结束后，头一个跳出来的故人是张垍，先是向李白表功："这十年，我在姑姑面前可没少提你！"然后，一把将李白拉到实权人物——当朝宰相李林甫面前。李林甫很会说话也霸气侧漏："咱们同为国姓，是一家子，有空到府上来，好好聊聊家事。"

这一幕，贺知章看在眼里，在连夜赶回长安的马车上，很负责任地对身边的李白做了一个及时的意味深长的提醒："连老夫都始料不及，你迅速成为圣上的大红人了。如此一来，还会有更多的弄权者出来拉你。长安水深，暗流汹涌，十分凶险。倘若你一时摸不清鱼虾王八，那就用自己的心去辨别去判断！"

满朝文武中，没有比贺老更有资格说此话的人了！

李白似懂非懂地点了点头。

71

李白待诏翰林，人红挡不住，十月里便首次见诏：侍驾游骊山温泉宫。

这还没到骊山呢，李白的诗便来了——

侍从游宿温泉宫作

羽林十二将，罗列应星文。

霜仗悬秋月，霓旌卷夜云。

严更千户肃，清乐九天闻。

日出瞻佳气，葱葱绕圣君。

高力士听说了，马上要过来呈给李隆基。李隆基读罢大喜，命李白上銮驾，与皇帝同车而行。在高力士的导引下，李白进得銮驾宽大的车篷中，一股强烈的西域香料的气味险些将他迷倒……那是他记忆中的母亲的芬芳，但不似这般强烈，紧接着，一道灿烂的白光闪过，差点亮瞎他的双眼……

那是他见到了这一生所见过的最美丽的女人的第一瞬间！

"李爱卿，见过贵妃娘娘。"李隆基朗声道。

李白欲跪，皇帝在上，亦当跪之……

却听到有人用世界上最动听的柔媚女声、最动心的蜀国乡音说道："跪啥子！李大哥！老乡见老乡，两眼泪汪汪！"

这声音让李白心都化了……

"李爱卿，不必拘礼，朕与贵妃都是你的诗迷。"李隆基微笑道。

李白不知该说什么了："岂敢！岂敢！"

杨玉环继续用蜀地方言说道："紫极宫诗会，我本来也是要去的噻，玉真公主办诗会，我不去不好噻，李大哥，你别笑话我，我本来还要登台吟诗，不巧感冒喽……"

"玉环，那你就把你准备的那首诗读给李白听听。"李隆基道。

"好嘛！"杨玉环道，"李大哥，那我就献丑喽！"

阿那曲

罗袖动香香不已，红蕖袅袅秋烟里。
轻云岭下乍摇风，嫩柳池塘初拂水。

"杨美人是读过私塾的。"——这是李白心里的判断，嘴上说的是："甚好！甚好！"

"李大哥骗我呢吧？不过我也只有这一首拿得出手……听三郎说，那一天，李大哥在紫极宫吟的是《长相思》——这首诗我也很是喜欢，但是呢，我总觉得这首诗，后人还是写得出来的，《将进酒》《蜀道难》是他们写不出来的，独属于我们大唐的李白！"

"玉环读诗，一针见血！"李隆基赞赏道。

"贵妃娘娘知我甚深，令白诚惶诚恐！"李白真诚道。进入车内之后，他一直不敢抬头看美人，从这一刻开始方才抬起头来……

李白敏感地意识到人间最美的女人的美来自胡汉的混血（这一点与自己相似），至高的美不仅仅是五官的标致，它们组合在一起充满了灵动，仿佛精灵……

女人是敏感，杨玉环马上意识到对面这个男人在欣赏她的美，目光坦荡而又干净，她立刻以自己的感受释放着善意："三郎，都说我们蜀中长女不长男，你看李大哥，就是我们蜀中男娃儿，比王维，甚至比崔宗之都一点不差吧？"

"是的，是的！"李隆基笑道，"我朝选官，必须面试，官员个个品貌俱佳，诗人之中，十有八九，出自官员，哪有形象差的？"

"不过，对比崔宗之这种风流型的、王维这种儒雅型的，我还是更欣赏李大哥这种雄俊型的——三郎你也是雄俊型的嘛！"

"哈哈哈，这话朕爱听！"

……

这真是一个太过聪明的女人，有她在，路途短了，时间快了，骊山转眼就到了……

骊山三日，皇帝给自己放了大假，与爱妃、与李白形影不离……

作为军体艺文全才，这是一个太会玩儿的皇帝，与爱妃共同创作《霓裳羽衣舞》，他担任作曲，与杨玉环共同编舞，由杨玉环单人独舞……这是大唐舞蹈艺术的集大成与最高峰，近距离欣赏的李白叹服不已，也贡献了一点改进意见；他与李白对剑，交流剑艺，共同怀念"天下第一剑"裴旻将军，即刻下诏赏赐老将军一件黄马褂；在音乐素养上，在多种乐器的演奏方面，他是专家中的专家，可做李白的老师——他还可以指导李白的是围棋，李白是个臭棋篓子，屡战屡败……他们在书法上不相上下，都对唐太宗李世民的书法造诣称赞有加，也都对张旭新创的草书有点不以为然；在诗、赋、文方面，他虚心向李白讨教，认为李白对汉语的使用达到了艺术家的高度——是用汉语跳舞的大师；他还是品酒师和美食家，对于前者，嗜酒成性的李白有许多经验可与之交流分享，对于后者，李白话就比较少了，李白精于饮而疏于食，在吃上极不讲究，加上极其好动，所以他一生都远离本朝的一大审美标准——胖！

这种美自然也体现于第一美人杨玉环身上。他在近距离内欣赏到了《贵妃出浴图》的原型，皇帝的身高、体重属于国家机密，国母的自然也是，坊间所传她1.67米的身高、130斤的体重，在李白看来并不离谱，她有多高、有多重并不重要，重要的是她是一位出类拔萃的舞蹈家，将大唐、西域舞蹈精髓熔于一炉的舞蹈大师，是性感、风情、美丽的化身……

三人行，李白也近距离审视了被传为佳话的这二人的关系。他以为这就是所有人都可望而未必可及的爱情，说成是"忘年恋"是多余，因为真正的爱情本来就是超越一切的……

骊山三日天堂一般的日子，后来总是出现在李白酒后的吹牛中，但其中诸多美好而细微的感受他却从不言及，仅珍藏于心，这便让他所讲更像在吹牛……

也许一开始是最对的：他是李隆基、杨玉环的朋友，只是朋友，朋友就是能够玩在一起，相互开心的！

72

骊山温泉宫里所发生的一切在第一时间迅速传遍了朝廷，当朝宰相李林甫反应最快，通过心腹张垍拉李白到家中来坐坐，李白一想到贺知章意味深长的忠告，便借故推脱了……这个大胆的举动为其命运埋下了凶险的伏笔。

近距离与皇帝与贵妃接触后、李白深知自己最大的贵人是谁，得宠不忘举荐人，得空便求见玉真公主。玉真公主便邀他同游大唐芙蓉园。在一个冬日的午后，他们就像长安城中一对普通的约会男女那般见了面，但又无法像普通男女那般开始谈情说爱，他们从一开始就将对方精神化了——

由于童年父亲被废、母亲遇害的坎坷经历，玉真公主不同于那种娇生惯养纵情声色的大唐公主，打小便皈依了道教，苦恋王维未果，有着浓得化不开的诗人情结。李白的出现似乎是来填补这一情感与精神空缺的，可面前的这个肉身显然又不是王维的：他不似王维那般高大丰伟、温文尔雅，却又暗藏野性、锐气十足，既难驯服又叫人没有安全感，他云里雾里、潇洒飘逸的那一面又是为她所喜欢的。这一年，比李白大整整十岁的她已经五十二岁了，经历了一次失败的婚姻，养育着一个独子，就是喜欢，又能怎么样呢……于是，她愿意将李白视作神仙，并且当其面给了一个动听的阐释："李白，你是通过写诗来修道，已经修成了神仙！"

对李白来说，玉真公主原本只是一个权力符号，但是，当她用十年时间真的将自己推到皇帝面前，他又觉得自己遇见了一大知己，他遇见了自己的命运女神，他甚至意识不到她青色道袍下是一个女人肉体的存在并且可能蕴藏着情欲……

于是这变成了神仙与女神的见面，好像说了很多话，又好像什么都没说；好像什么都没说，又似乎说穿了一切。

于是这对男女成了同居一城还要鸿雁传书定时见面干说不练的人，构成了长安城中一道奇丽的风景——或许，这也是大唐，是其注重精神生活的另一面！

第十七章　春风无限恨

73

天宝二年（公元743年）正月，安禄山入朝，皇帝宠待甚厚，谒见无时。

除夕之夜，于金銮殿赐宴，百官作陪，李白见诏出席。

李白第一眼看见安禄山就笑了：这是一个体重三百斤的大胖子，形似一位职业的大相扑选手（大唐人民心中的英雄形象），看起来很有喜感。其面相也十分"诡谲"——这是李白十分私人化的一大审美趣味：他视纯胡人的长相为"诡谲"，混血儿中胡人特征重于汉人特征者，也称"诡谲"；反过来，汉人特征重于胡人特征者，譬如他自己，那就不叫"诡谲"啦，并且比纯汉人长得好——由此可见，李白对自己的长相有多么满意，以自己为天下男人的评判标准。安禄山是粟特人,与李白之母同族,这自然让李白对其有了一分天然的好感……李白初见面的一笑,被安禄山理解为友好,他身为蛮荒之地来的一介武夫,本对李白这等下凡的文曲星是心存敬畏的,现场一见竟是一个随和好玩的人,还听说与自己一样:酒量十分了得,于是便以酒为名,跟李白对饮上了。

这个貌似粗人的大胖子一点都不笨,他心里清楚:虽说李白现在并无一官半职,但却是皇帝、贵妃面前的新宠红人,百官口中的不凡人物,与之搞好关系十分必要,假以时日,保不准儿又是一个高力士……

此次除夕夜宴的规格从助兴节目单便可看出:先是大唐鼓王、音乐大师李龟年先生率大明宫梨园弟子——即国家歌舞乐团的全套表演,接着是高句丽音乐家李玄一大师率领的高句丽国家歌舞乐团的全套表演,然后是大唐舞蹈家杨玉环女士美轮美奂的代表作《霓裳羽衣舞》,将夜宴气氛掀至高潮。舞蹈结束,杨美人正在鞠躬谢幕时,忽然有人从座中站起,朝着她声泪俱下地唤了一声:"娘——!"

此人正是安禄山。

如此狗血的剧情,众人正尴尬着,高力士什么人啊,立刻起身而出,跪地奏曰:"安将军幼年丧父、少年丧母,缺爱少教,心中凄凉,欲认圣上为父、贵妃娘娘为母,请准!"

李隆基什么人啊,即刻曰:"准了!"

杨玉环未置可否,匆匆下台而去……

临近子时,兼任主持人的李龟年大师上台宣布本场除夕夜宴的压轴大戏开始——大唐帝国皇帝、全能音乐家李隆基先生的羯鼓表演!"我李龟年虽浪得大唐鼓王之虚名,在圣上面前还是自愧弗如！"李龟年不无真诚地说——没有人比他更了解当朝皇帝的音乐造诣。

这或许是大唐盛世从开元到天宝急转直下前的一则预言、一个缩影：五十八岁的当朝皇帝脱下皇冠龙袍，以浪人的形象出现在舞台上，把一只羯鼓擂得地动山摇，犹如千军万马席卷而过……那个三百斤的胖将军自行跳上台去，即兴跳起了他拿手的胡旋舞，转速之迅疾，身姿之灵活，令人直咋舌——大唐之辖内，谁不通艺文？随后，李白也起身加入其中，以其拿手的青海舞，与安胖子对舞起来。再往后，众臣纷纷起身加入其中，好一派君臣共舞同欢的动人景象……

当此时，殿外的爆竹放响了，礼花顶起不夜天……

高公公以其特有的太监嗓报曰："新——年——到！"

74

李白待诏翰林，职称为翰林供奉。

他初入翰林院，发现与自己同职称的竟有老寿星、斗鸡饲养专业户、斗狗斗蛐蛐高手……感到自己受了莫大的屈辱！但很快他便发现，同为翰林供奉，同样待诏翰林，被诏的次数可差得码子大了——似乎有点像后宫的嫔妃们，有的夜夜受到专宠，有的一生未见过皇上。现在，他在同事中的地位，有点像杨贵妃之于后宫，成为同事们羡慕嫉妒恨的对象——

初春，皇帝于宫中行乐，李白奉诏作《宫中行乐词》八首称旨，被赐宫锦袍。

仲春，皇帝游宜春苑，李白奉诏赋《龙池柳色初青，听新莺百啭歌》。

暮春,皇帝与贵妃于兴庆宫赏牡丹,李白奉诏作《清平调》三首。又奉诏作《春日行》《阳春歌》。

初夏,皇帝泛舟白莲池,召李白作序,遂有《白莲花开序》。唐史记载:"时公已被酒于翰苑中,仍命高将军扶以登舟……"

在此期间,还应诏起草国书数篇,代表作为《斥蛮书》。

除此之外,还曾上朝数次担任波斯语口头翻译……

总而言之,他是当朝皇帝跟前的大红人,大唐王朝第一宫廷诗人,翰林院中的模范工作者……

如此一来,他心理平衡了,暂时不去想封官之事。

众所周知,由于《清平调》三首的传世,兴庆宫奉旨作诗便成为传说,其实,那个故事真正的厉害并不在李白作诗——对他来说,只不过是正常发挥罢了……

皇帝与贵妃赏牡丹一事,是被安排在暮春的一个上午,君王不早朝了,正可以赏牡丹。在沉香亭前,面对娇艳的牡丹,听着助兴歌手、乐队奏唱的歌曲,李隆基一脸不悦地酷评道:"陈词滥调,曲不应景。将李龟年、李白二爱卿给朕宣来!"

"喏!"高力士接了口谕,自己亲自出马去接人。

从兴庆宫到大明宫,有皇家御道,高公公快马加鞭,先去大明宫梨园找到李龟年,着李龟年骑快马速去兴庆宫作新曲;再去翰林院,却未见李白的影子,厉害的是高公公,直接从大明宫正门——丹凤门出宫,沿着护城河,在东南拐角一家大名鼎鼎的胡姬妓馆中将赤条条的诗人从香被中拖了出来……

所以,在从胡姬妓馆直接奔赴兴庆宫的快马上,李白十分恼火,恼火于这个大太监平时一定派人在监视他,所以现在才能说找他便能找到他……还有男人特有的那种赤条条的，不可言说又言之凿凿的恼火，这股火也为其日后的报复行为埋下了伏笔。

等李白到达兴庆宫时，李龟年的新曲已经谱出来了，一听便有感觉，口称无灵感需饮一斗酒，不过是为了折腾一下高力士——这个老混蛋太让他生气了！

接下来所发生的一幕大家都知道了，他为大唐——不，整个华夏诗史又添上三首绮丽璀璨的华章，让早熟、伟大的汉语更加丝绸化了：

清平调词三首

其一

云想衣裳花想容，春风拂槛露华浓。
若非群玉山头见，会向瑶台月下逢。

其二

一枝红艳露凝香，云雨巫山枉断肠。
借问汉宫谁得似，可怜飞燕倚新妆。

其三

名花倾国两相欢，长得君王带笑看。
解释春风无限恨，沉香亭北倚阑干。

75

安禄山在大明宫中住了半载，与"干娘"杨玉环传出不少绯闻，这些绯闻流传于长安的酒肆中……

初夏的一日,大诗人王昌龄从汜县返京述职,李白邀他一起为返回桂阳的族弟李襄饯行,在西市一家胡人开的烤肉馆里,正吃喝着,听到隔壁包间有人在污言秽语浪声浪气地议论——

"你们是否注意到了:近来在王公贵族的女流中流行穿一个新玩意儿?"

"什么好玩意儿?"

"抹胸啊!"

"哦,是的,是的,贱内也跟着穿……这里头有啥讲究吗?"

"自然是大有讲究……"

"快快道来则个!"

"咱们那位娘娘确实倾国倾城、多才多艺,不光是出类拔萃的舞蹈家,还是一位创意十足的时装设计师呢,这个抹胸就是她的新作品。"

"是吗?这里头有啥讲究?"

"嘘!小声说,当心隔墙有耳!听宫里的人说,那个胖蛮子行好事时喜欢咬他'干娘'的奶头,有一次竟给咬破了出了血,如何不让老皇上看到呢?咱们娘娘随手扯过一块手绢朝胸前这么一系,一个新的时装就诞生了……"

"啊哈哈哈哈!"

……

一片浪笑喧天,一把宝剑插下,原来是隔壁老李怒不可遏地冲杀进来,将这一屋子人吓得抱头鼠窜……

对于这些传闻,李白自然是不信的,坚决捍卫国母的名节。大唐之所以被后世称作"脏唐",与其宫里宫外淫乱成风是有关的,这些传言至少反映了一种大众心理：宫外希望宫里乱，给自己的乱找到一个"上梁不正下梁歪"的借口，甚至连这"不正"、连这"歪"的价值判断也是没有的……所以，尽管长安城中遍布李林甫、高力士的耳目，但对这种淫词滥调的传播者也不会怎么样的。

仲夏，当皇帝下诏：以平卢节度使安禄山将军兼范阳节度使，朝廷内外才恍然大悟，这个聪明绝顶的胖子这半载混在大明宫中究竟是在等什么！他是在等手中权力的进一步扩大，而不是"干娘"的奶头。所有类似的传闻不攻自破。

某夜，皇帝在金銮殿为其离京返回所率大军大本营饯行，王侯、百官侍宴，李白再次见诏。

不但见诏，还在现场，在宴会高潮，被皇帝点了将：令其为他的两大心腹高力士将军（没错，是将军）、安禄山将军各赋诗一首！

与传说中不同的是：李白从来不是一个多事儿的人，李白更不是一个没事儿找事儿的人！传说低估了他的海量：酒中八仙人聚会时，形成了一大默契，最后都由李白去结账（钱由八人轮流出），因为只有他，喝得再多，也把账算不错……所以，此时此刻的李白，绝对没有醉。那么，是否就是传说中的狂呢？一个尔后登场的最懂他的大诗人将其说得最透：佯狂！他的狂更多时候是假的，是根据环境需要装出来的。那么此时此刻便是形势所逼，他是绝对不想为这二厮写诗的，写了就是奇耻大辱。那如何做到，又不扫皇上的颜面呢？

于是我们便看到了那个夸张的带有表演性的造型——他伸出右脚，朝前一伸，伸向面前的高力士，大言不惭道："你，给我去靴！"高公公谁啊？何等城府？想都没想，伸手便将其靴拔了下来，李白又伸出左脚……高力士照做不误。

还没完呢,李白提起毛笔,又对其酒友安禄山道:"你,过来磨墨!"安胖子粗人一个,以为磨墨的工作也是有文化的人干的,乐颠乐颠就跑过来磨,李白要给他写诗,他很高兴!

可是,令在场所有人都想不到的是:李白忽然颓坐在地,四仰八叉,翻死鱼眼,口吐白沫,仿佛癫痫发作一般……

"抬下去,传太医。"皇帝下令道。

"抬下去!传太医!"将圣旨高声重复的不是高力士,而是李林甫——李白醉倒,给高、安二人写不成诗,数他最高兴。

事后,皇帝见高公公不悦,随口劝慰其曰:"李白固穷相,爱卿莫计较。"——被小太监记录在册。

76

李隆基谓李白"穷相"——此处之"穷",是其古义,艰难之意,如其自述之"行路难",指的是仕途正道。

他确实没有官相,但却有星运。

金銮殿上公然命高力士脱靴、命安禄山磨墨的事迅速传遍长城内外、大江南北,李白的名望也随之达到历史最高点……

一时之间,士大夫阶层争相说李白,翰林院及时做出统计,自李白二入长安一年来,坊间涌现之咏李白的新诗多达二百余首,李白一跃而成大唐诗人中被歌咏最多的一位,成为名副其实的大唐诗王!

长安城中最大的书肆——皇家开的长安书肆,及时刊印了一册李白诗、赋、文集,名曰《大猎赋》,成为抢手的畅销书,让李白成为最早吃到版税的古代诗人。此书的热销，让李白初次萌生编选自己全集的想法……

他忽然失去了自由，因为所到之处惊动太大，作为行者，他拜服玄奘，便去慈恩寺登大雁塔……也算是翰林院的波斯语口头翻译，来国家高级翻译学院参观，却搞得人家上上下下，从住持到扫厕所的小僧，全体列队，夹道欢迎。和尚如此热情，搞得他这道士极不自在……他最好的朋友、翰林院同事元丹丘便有自知之明，平时与他成双结对而出，此次坚决不与之同往佛教圣地。人家一热情，他一高兴，便大谈自己跟佛教的缘分：他在蜀中所上公学就设在寺庙里；大讲自己的佛号"青莲居士"的来历——来自佛经，又与故乡之名谐音，日后故乡也因之易名……

如果说昔日李白在江南时，常与崔宗之出游，构成风景，引人围观，是以貌悦人；那么今日在长安，他每在公开场合露面，就要引发骚乱，便是诗名引人了……另外七酒仙有点不想带他玩了，因为不论在东市还是西市，不论在长安城的哪家酒肆，刚坐下不久，酒未过三巡，"李白来了"的消息便传出去了，围观争睹群众迅速堵在门口……

甚至有一次，他与玉真公主在大唐芙蓉园幽会时，被游客认了出来，便被越来越多的游客，一路尾随……长安市民不识当朝公主（以为是个女道士），只认当朝头号大诗人——这就是大唐帝国！

俱往矣！从此以后，历朝历代的诗人再也没有受到过如此这般的恩宠！

既然出行不便，那就安坐下来吧！李白在自己名声的顶峰，还是想趁机捞些实的……

他在埋头写着自己一年来一直陆续在写的政论巨制《宣唐鸿猷》——他准备用自己最擅长的文笔一把搞定一个不低的官位!

77

秋天到来时,《宣唐鸿猷》脱稿,李白在第一时间当面亲手呈献给当朝皇帝李隆基。

皇帝读罢,未置可否,也不可谓不重视,下令翰林院少量印刷一百册,下发诸大臣审阅,并择期讨论。

此时的皇帝,已经不早朝了,将朝堂大事全都交给了当朝宰相李林甫,但还是出席了早朝时间对李白大著《宣唐鸿猷》的廷议,由此可见他对李白的宠爱和重视。

此次朝会有点像博士论文答辩会,诸大臣就《宣唐鸿猷》中的观点向作者发问,作者当场作答……恐怕所有当事人心中都明白,这是皇帝在给李白机会:过得了这一关,就给你一个官做!皇帝亲手赐的官,哪里小得了!

这或许是李白一生中距离官位最近的一个时刻,至少在理论上是如此,占据着早朝讨论国家大政的时间,让诸大臣讨论自己的一部政论性作品……

首先发言提问的是百官之首李林甫:"承蒙圣上器重,将朝事压给臣,尽管公务繁忙,李白先生之大著《宣唐鸿猷》,臣还是抽暇仔细读了,总体感觉李白先生,精神可嘉,态度端正,勇于求索,但似乎缺乏政治常识,更缺少从政经验,所以这些条陈建议,恕臣直言,实用价值并不高……比方说,这条迁都金陵的建议,令臣着实吃惊不小,臣想当面请教李白先生:你到底是如何生出的此念？"

李白回身，面对诸大臣，拱手答曰："大唐利税，十有八九，出自江南，迁都金陵，只会令国家更富……"

李林甫追问道："既然以经济为重，为何迁都古旧破败的废都金陵，而不是江南首富之城扬州？"

"盖因金陵是古旧破败的废都，才有深厚的文化积淀，扬州更像是一个暴发户……"

"夫子自道，文人义气，如何治国？都城若是南迁，王公大臣偏安于江南的纸醉金迷，如何能够镇得住北部边疆、西南边陲的麻烦不断？李白先生似乎忘记了我大唐虽富甲一方、雄踞天下，却是一个连年战事不断的国度……"

不容李白辩驳，就像事先商量好的一样，政治暴发户、杨贵妃族兄杨钊（后被皇帝赐名为"国忠"）又对《宣唐鸿猷》中削藩以及怀柔邻邦的改革之策展开了质疑与批驳，引起众武将的响应……

群情激昂，振振有词，李白博士论文答辩会顿时开成了李白政治思想批斗会，连李白故交张垍也跳出来批判他了。事实上，此子早已沦为李林甫的一条狗，现在又紧跟杨钊，成为双姓家奴……

批到激烈处，众臣队列中，"咕咚"一声响，众人定睛看，原来是年迈的贺知章忽然倒地，不省人事……

"传太医！速救贺爱卿！今日早朝，就到这里吧！"皇帝诏曰。

散朝时，众臣之中，有人议论："这个贺监，老狐狸一条！分明是假昏，给其小兄弟解围……"

散朝时，有人看到高力士——高公公轻舒了一口气，嘴角闪过一丝不易觉察的笑意,意思是:君子报仇,不必自己动手!

即便到这时,李白的政治前途还没有被判处死刑,但是就在散朝之后,皇帝秘密召见李林甫,李将一个十分重要的调查结果汇报了上去:李白一脉,确系皇族,并且不能排除他是隐王李建成后嗣的可能。

大唐帝国皇帝李隆基听罢道:"唉,朕怎么就觉其亲呢,难怪!太白金星,坠落凡间,落入皇家,合乎天道!"

"对此人该当如何处治?"李林甫阴险一问。

"长留翰林,永不任用。"李隆基叹息作答。

第十八章　能言终见弃

78

天宝三载（公元744年）——从该年起，改年为载。

去秋朝堂上，贺知章真假莫辨的一摔，让自己在家里头躺到年底。翻过这个年，老人家便向皇帝请求辞去朝中一切职务，请度为道士，皇帝含泪准奏，赐其还乡。

这真是一位智慧的老叟！倘若假摔，从中可见其政治智慧；倘若真摔，从中可见其生命智慧。一条智慧的老狐狸，连对多次到府上探望他的小兄弟李白，也不说自己到底是真摔还是假摔。

皇帝携贵妃出宫，遣左右相以下满朝文武百官，于长乐坡皇家别墅区一家顶级酒家为贺知章开饯行宴。皇帝号令百官为贺监赋诗饯行，并亲自带头作了一首：

送贺知章归四明

遗荣期入道，辞老竟抽簪。
岂不惜贤达，其如高尚心。
寰中得秘要，方外散幽襟。
独有青门饯，群僚怅别深。

由于皇帝作的是五言诗，在场百官便纷纷效仿作五言诗，在后世收录的此一同题诗中，凡作五言诗者，未必出席了此宴；凡作非五言诗者，一定未出席此宴——这其中就包括大唐诗王李白……

天下善待诗人之王朝莫过于大唐，天下善待诗人之皇帝莫过于李隆基，有人说，用最高规格的国宴为贺知章告老还乡饯行，因为他是副国级官员——这只说对了一半，没有他作为知名诗人作为大唐诗坛领袖的另一半，照样不会被如此款待。

此宴证明了：此前发生过的王维、李白所受到的恩宠，并非个案。

李皇帝将此宴定名为"百官宴"，非政府官员便被排除在外了。很显然，他也不打算为大唐诗王、第一宫廷诗人、贺知章密友李白破例，来个特邀嘉宾啥的。于是一年来，长安城中，宫里宫外，对李白羡慕嫉妒恨的人们便有话说了：说此宴将李白一夜之间打回原形，纵然你名扬宇宙，也不过是布衣一枚！

老辣的贺知章自然也不会为李白争取，在他看来，这是一件微不足道的事，不值得提出任何异议，坚决不做让皇帝不开心的事，皇帝对自己的恩遇才是此宴的主题……

那一夜，在"百官宴"上的贺老变成了一头豪饮的龙王，喝所有人的敬酒，也敬所有人，那个架势像是想喝死在这个场合——对于一个横躺污泥浊水为官一生却实现了个人道德节操的全美圆满身退的八十六岁的长寿老人而言，如此死法，堪称完美！

在官方盛宴之外，众酒仙为贺老饯行的小宴自然也是少不了的。在大唐东市贺老最爱的那家越菜馆举行，由李白做东，一开宴，李白的诗便来了：

送贺监归四明应制

久辞荣禄遂初衣，曾向长生说息机。
真诀自从茅氏得，恩波宁阻洞庭归。
瑶台含雾星辰满，仙峤浮空岛屿微。
借问欲栖珠树鹤，何年却向帝城飞。

"虽不合应制，但却是好诗！"贺知章当场评论道，"他们再怎么写也写不过侬呀！他们是诗人，侬是诗仙！"

解铃还须系铃人，最终为千里马在历史中留下定论的还是当初发现它的伯乐，一切皆有定数。

这天晚上，在最亲密的酒友面前，贺老有些伤感，满口永诀之言，老泪纵横而下……酒友们便变着法儿把他朝酒上带，崔宗之说："李仙儿，你干脆直接咏一首酒！"李白将门前雪先扫干净，诗也就来了：

把酒问月

青天有月来几时？我今停杯一问之。

人攀明月不可得，月行却与人相随。

皎如飞镜临丹阙，绿烟灭尽清辉发。

但见宵从海上来，宁知晓向云间没。

白兔捣药秋复春，嫦娥孤栖与谁邻？

今人不见古时月，今月曾经照古人。

古人今人若流水，共看明月皆如此。

唯愿当歌对酒时，月光长照金樽里。

这一夜，酒中八仙人都喝醉了，醉在李白醉人的诗篇里……

贺知章离开长安时，真像逃跑一样，他只让李白一人送他——这只老狐狸早早便让其家眷逃回故乡去了，只留下一个贴身保镖随他走——送到灞陵柳下，这个长安文人朝东送客的标准之地，贺老说："好了，就送到此，你也好生珍重，再看一看，待不下去，就尽早脱身，早点儿来四明看我，趁我还能吃两杯。"说罢，翻身上马，打马而去，其身其姿，哪里像个八六老翁……

李白泪如雨下，哽咽吟诵：

灞陵行送别

送君灞陵亭，灞水流浩浩。

上有无花之古树，下有伤心之春草。

我向秦人问路歧，云是王粲南登之古道。

古道连绵走西京，紫阙落日浮云生。

正当今夕断肠处，骊歌愁绝不忍听。

早春二月，大明宫内，太液池中，龙舟之上，杨贵妃宴请一众即将归国的外国友人，李白见诏侍宴。

李白早早来到船上，欣赏着四周早春的美景。在李白眼中，二月是被他的朋友、诗人贺知章命名过的，因为家喻户晓的名篇《咏柳》之故，因为脍炙人口的名句"二月春风似剪刀"……他不知道的是：此时此刻，在四明老家，贺老又出佳作了（其中一首将成名篇），在八十六岁高龄：

回乡偶书二首

其一

少小离家老大回，乡音无改鬓毛衰。
儿童相见不相识，笑问客从何处来。

其二

离别家乡岁月多，近来人事半消磨。
惟有门前镜湖水，春风不改旧时波。

贺老这一生，福禄寿俱全，一头一尾，两首千古名篇，完美得可以死去……李白觉得，他不会很快死去，一定会长命百岁，然后成羽化登仙……

正想着远方的朋友，近处的朋友已经到了——先后一一登船：李玄一、阿倍仲麻吕、阿齐兹……

这是一个叫人尴尬的事件：随着朝中武将安禄山、史思明进一步坐大，对外强硬派李林甫、杨钊占据权力的上风，大唐帝国的对外政策变得越来越强硬了，急于建立军功的政治暴发户杨钊正秘密调集军队，准备攻打高句丽……长安城中，大明宫内，没有不透风的墙，身居梨园的李玄一听到风声，当场掏出匕首，切去自己一指，发誓在大唐境内，再也不奏琴瑟，率全体乐团准备启程回国……李玄一的激烈举动，带出了一个"归国热"：久居长安的外国友人纷纷准备回国，是对大唐帝国外交政策一个非官方非正式的抗议之举，阿倍仲麻吕、阿齐兹也在其中，前者甚至是辞去了所担任的所有大唐官职……

　　对于这个突发事件，大唐这边的应对之策也是仔细研究过的，最终决定：皇帝不露面，以表强硬；贵妃请吃饭，强硬中怀柔。这时候，皇帝和贵妃都认为需要李白在场，其实也是为李白今后在朝廷中的角色做了一个基本定位：虽无一官半职，但也足够尊贵，他就是皇家钦定的大唐诗王、第一宫廷诗人——在尊诗重道的大唐帝国，这是一个地位显赫的角色：所谓"国师"。

　　李白也不辱使命，如其大著《宣唐鸿猷》所述，他本来就是对外政策上的怀柔派，在座者中又有多位是其私人的朋友，很快便与大家喝成一片。在他的劝酒下，连最悲愤的李玄一，也用缺了一指的手端起了酒……外国友人中，对大唐、对长安、对洛阳，最恋恋不舍的是阿倍仲麻吕，也就是诗人晁衡，李白问他："日本国在东海之上，有神仙乎？"

　　晁衡答："日本国是东海之上的荒僻小岛，没有神仙，只有穷苦的百姓和美丽的风景。欢迎贵妃娘娘和李诗仙去我的祖国看看，在我的同胞眼里，你们就是神仙！"

出乎意料的是：杨玉环欣然应允，比李白答应得还要爽快。

以上对话，为日后一大传说埋下了伏笔。

李白抓紧最后的机会与阿齐兹使劲飙波斯语，他在这种语言中思念着故乡的母亲，应该说，离家这十七年来，他比故乡的一切更思念的是自己的粟特人母亲……

80

春天是用来送人的吗？倘若真是如此，那春天就是伤春。

如果说，三位外国友人的离去，李白尚且能够做到从容应对，那么他最好的朋友元丹丘的走，便如其伯乐贺知章一般，走上一个便令其觉得长安城一下子空掉了一大片……

元丹丘的走，实在有些突然，但并不让人感到意外。与李白一样，他以翰林供奉之身待诏；与李白不一样，他见诏率实在太低：皇帝对其师爷司马承祯大师感冒，不见得就要对他这徒孙感冒。他原本以为作为道友的玉真公主会与他常见面，事实并非如此，大唐公主的本质是不会变的：风花雪月、声色犬马——只不过这一个在人生的这个阶段玩得比较走心：她似乎只满足于定期与李白幽会，对别的人、其他事一概不感兴趣。他虽爱酒，却没有李白众酒仙那般的热闹朋友，也没有李白那么多的业余爱好……日子过得便有些寡淡无味。当他意识到他作为一名道士、未来的国教领袖，被召来京的目的或许在一开始便达到了，那就是得到皇帝的首肯和皇家的钦定，在大明宫中住了一年多已经足够了，便向皇帝上书请辞，皇帝也就准了。

最好朋友的相送究竟是怎样的？

李白骑五花马,将元丹丘送至灞陵柳下——长安文人约定俗成的分手之地。元丹丘说:"李仙儿,你再送我一程吧。"

李白说:"好!"

便又送到渭南。

李白说:"咱们喝顿酒再分手。"

元丹丘说:"好!"

两人便寻一酒肆,相互不断地"劝君更尽一杯酒",一直喝到烂醉如泥,等到次日酒醒,元丹丘想起什么来,突然问:"李仙儿,你爬过华山没有?"

李白如实相告:"没有。"

元丹丘道:"西岳之华山,天下第一险,岂能不爬啊?我爬过,愿意陪你再爬一次。"

李白大喜:"好,走!"

两人便骑上马,继续向东,来到华山下,寄存好马,爬上山去……

李白登名山,名山得诗哉:

西岳云台歌送丹丘子

西岳峥嵘何壮哉!黄河如丝天际来。
黄河万里触山动,盘涡毂转秦地雷。
荣光休气纷五彩,千年一清圣人在。
巨灵咆哮擘两山,洪波喷流射东海。
三峰却立如欲摧,翠崖丹谷高掌开。
白帝金精运元气,石作莲花云作台。
云台阁道连窈冥,中有不死丹丘生。

明星玉女备洒扫，麻姑搔背指爪轻。

我皇手把天地户，丹丘谈天与天语。

九重出入生光辉，东来蓬莱复西归。

玉浆倪惠故人饮，骑二茅龙上天飞。

从华山下来，李白意犹未尽，还要继续送下去，欲将元丹丘送出潼关、送入中原……

元丹丘说什么都不让了……

天下最盛大的相送，莫过如此！

81

在接二连三的送行之中，李白未有一瞬产生过离开长安的想法，连瞬间的冲动都没有。说实话，他感觉自己住在天堂里，过着神仙一般的日子，为什么要离开呢？除非大明宫里住不成了，那也可以住在宫外呀！

但是，当他自华山送人归来，在翰林院的书桌上看到一封家书——是父亲李客的信，是他离家十八载，父亲给他写的第一封亲笔信，他的所有想法全变了——

李白吾儿：

二尕子！汝母去矣！悲莫大焉！其嫁入李家已五十载，随吾自西域迁入蜀中已四十七载，为我李家生养三子一女，含辛茹苦，灯枯油尽，撒手人寰！享年六十有六矣。汝母本是粟特人，巨商之女，却能以华夏文化教化子女，鼓励尔等自幼饱读圣贤书，汝之善文能诗，汝母颇以为傲；汝之待诏翰林名扬四海，乃汝母生之末年之最大告慰！

汝母已安然下葬，吾将汝母归葬于陇西院中，与汝妹月圆相伴，待吾百年之后，也便葬身于此，与妻女团圆。

汝公务繁忙，无须归来，务必坚守长安城，坚守大明宫，那是汝原本应住之地命中该在之地。待到皇恩浩荡，赐汝官爵，再携吾孙、孙女荣归故里。吾虽已至古稀之年，仍将勉力活至那一日。

铭记你知我知天知地知之奥秘，勿忘对于家族的责任与使命。如汝诗所言："我辈岂是蓬蒿人！"

父李客字

天宝三载二月二十八日

普天下的儿子，不论有多老，其母不论在多老时去世，都是一次致命的打击！李白眼前一黑，昏倒在地……

待他醒来，为亡母做了一件事——骑马去慈恩寺，再次拜访住持，给母亲预定了一场法事，而这是最好的选择——他没有忘记：从西域来的母亲是佛教徒，迁来蜀中，信仰未改，他要超度母亲的亡灵……

待李白办完这件大事，披麻戴孝的他便向皇帝递了辞呈，并未求见，只请高力士转交……此举令龙颜不悦，批奏道："非廊庙器，赐金遣之。"行动上却透着对"族弟"或曰"国师"的爱："赐千金予之，千金乃真的千金：一千金锭。"高公公将皇上原话一字不落地转告李白。

有道是高力士暗藏报复之心，在杨玉环面前挑拨离间，而造成李白出走……这纯系胡说八道，此说严重低估了高的城府与杨的诗商；有道是李林甫的进一步打压、排挤，而造成李白出走……也十分不靠谱，李白在李林甫眼中，根本算不上对手；有道是张垍因嫉妒而进谗言，而造成李白出走，此说更不靠谱，张在皇上面前的信誉度甚至比不上李白；至于翰林院同事因羡慕嫉妒恨而进谗言，或许有，但人微言轻完全不可能奏效，事实上，李白跟他们关系很好，人缘很好的李白堪称天生的公关先生，有诗为证：

翰林读书言怀，呈集贤诸学士
晨趋紫禁中，夕待金门诏。
观书散遗帙，探古穷至妙。
片言苟会心，掩卷忽而笑。
青蝇易相点，《白雪》难同调。
本是疏散人，屡贻褊促诮。
云天属清朗，林壑忆游眺。
或时清风来，闲倚栏下啸。
严光桐庐溪，谢客临海峤。
功成谢人间，从此一投钓。

至于说是皇帝虑其乘醉出入禁中，恐其泄露宫闱秘事，更是草民想皇上天天吃饺子的意淫，请记住：酒仙不是酒鬼，更不是二两猫尿下肚就把不住门儿的末流酒鬼！

李白出走仅仅是出于对父权的反抗！对宿命的挑战！母亡，时候到了！

放风筝的人，将一只风筝放上蓝天，希望风筝有一天会变成一只金凤凰；风筝在空中飘啊飘啊，一直在努力地赢得蜕变，当它意识到由于不可抗拒并且于己无关的因素，它永远变不成金凤凰，永远只是一只纸风筝时，它回过头来，一口咬断了那根长线……

永不返乡，是另一项决定。

82

在长安的最后几日，李白以重孝在身为由，谢绝了所有饯行的宴请，甚至将好不容易见诏回京城准备在国家图书馆担任要职的大诗人王昌龄也拒之门外。

四十四岁生日也不过了。

夜以继日，他在翰林院里伏案疾书，掀起了一个写作的高潮——

《悼亡母》（十二首）：随写随焚，是其作为人子对母亲的私语，是其一生中少有的秘不示人的作品。

> 初出金门寻王侍御不遇，咏壁上鹦鹉
> 落羽辞金殿，孤鸣托绣衣。
> 能言终见弃，还向陇西飞。

《还山留别进门知己》：是给自己的举荐者之一吴筠道士的献诗。

> 古风之二十二
> 秦水别陇首，幽咽多悲声；

胡马顾朔雪，踡跼长嘶鸣。

感物动我心，缅然含归情。

昔视秋蛾飞，今见春蚕生。

袅袅桑结叶，萋萋柳垂荣。

急节谢流水，羁心摇悬旌。

挥涕且复去，恻怆何时平。

离别前夕，从朝廷的通报上得知：日本友人阿倍仲麻吕乘坐的船在东海上遭遇海难，全船无有生还者……悲从中来，又作一首：

哭晁卿衡

日本晁卿辞帝都，征帆一片绕蓬壶。

明月不归沉碧海，白云愁色满苍梧。

李白离开长安的清晨，晨起沿着护城河遛弯儿的老叟看见：有人披麻戴孝像个道士，骑五花马，飘飘欲仙，与一个画中人般的青衫女道士一道，出大明宫，出长乐门，一直朝东去了……

长安东西两市的酒肆中，马上便有了诗仙李白与玉真公主私奔的传闻……

第十九章　李侯怀英雄

83

李白平生第二次离长安，是取道上洛郡，然后东去洛阳。

不长的路，却走了一个多月。你想想：听说大唐公主与大唐诗王驾到，沿途地方官员会做何反应？这一路，是饭桌连着饭桌摆过去的……

在玉真公主后来持续终生的回忆中：这是她一生中最幸福的旅程，包括李白在长安的一年半，共同构成了一段最幸福的时光。他们就是精神恋人、灵魂爱人，李白可以与她在大唐芙蓉园幽会之后，便去西市胡姬妓馆找妓女；而她在李白身上感受到的也从来不是情欲……在上洛、在洛阳，他们偶尔同居一室，但却相敬如宾，秋毫无犯，像姐弟俩——不不，比姐弟关系可是多得多了！

公主陶醉在李白大海般的才华里，见证了诸多杰作的诞生，在洛阳的最后两日，她惊讶地发现他创造了一种全新的诗体：

忆秦娥

箫声咽，秦娥梦断秦楼月。

秦楼月，年年柳色，灞陵伤别。

乐游原上清秋节，咸阳古道音尘绝。

音尘绝，西风残照，汉家陵阙。

后世称之为"百代词宗"，玉真公主不知如何命名，但她知道：这是一种全新的诗体，李白不仅能写出杰作名篇，还能够创造新的形式……这对她在道教上的修行与建树也颇有启发。

她像姐姐一样悉心照料着他的情绪，帮他从丧母之痛中拔出来——再晚丧母的人子都是无助的孩子。她有幸见识了大师最软弱的时刻，这更增强了她对他母爱般的怜惜。在长安城，她最厌恶官员的饭局，对于宴请，一概拒绝，这一路上，却表现出十足的耐心，只要他高兴！

她欣喜地看着他的情绪一天天好起来，进入洛阳后脱掉了一身孝服，十多年前他以佳作命名过的东都用最大的热情拥抱了他，不仅仅是官员的宴请，还有在民间引发的轰动。他的狂热粉丝追了上来，有一个叫任华的家伙，从长安一路追过来，一见李白就双膝跪地把衣服脱了，他的上身前后纹满了李白的诗句……这令大唐公主惊讶不已，这位才华横溢、前途无量的新科进士竟是李白最狂热的粉丝，其举手投足之间时常口出狂言的样子都是在学江湖传说中和其想象中李白的样子……

当任华为她和李白的特殊关系而大吃其醋时,玉真公主暗中笑道:我该走了,把你们的李白还给你们!

她要去的地方,李白知道;她要做的事情,李白也知道。

不辞而别。

84

任华陪李白在洛阳及周边游玩了一个月,他们在一起最快乐的时刻是在酒桌上从当地官员口中得知:日本友人阿倍仲麻吕并没有死!他所乘坐的海船被风暴刮到安南去了;此时此刻,他正从安南奔赴长安……哈!李白情深义厚的悼诗便成了自摆乌龙,在东西两京的官员士子圈一时传为佳话:李白真是星运旺,其人自带故事,其诗也会带出故事。

任华这个时髦酷哥,走得也很酷,一场宿醉之后,人已经没影儿啦,只留下这么一篇诗不诗、赋不赋、文不文的东西:

杂言寄李白

古来文章有能奔逸气,耸高格,清人心神,惊人魂魄,我闻当今有李白。《大猎赋》,《鸿猷》文,嗤长卿,笑子云。班、张所作琐细不入耳,未知卿、云得在嗤笑限否?登庐山,观瀑布,"海风吹不断,江月照还明",余爱此两句。登天台,望渤海,"云垂大鹏飞,山压巨鳌背",斯言亦好在。至于他作,多不拘常律,振摆超腾,既俊且逸。或醉中操纸,或兴来走笔。手下忽然片云飞,眼前划见孤峰出。而我有时白日忽欲睡,睡觉忽然起攘臂。任生知有君,君还知有任生未?中间闻道在长安,及余戾止,君已江东访元丹,邂逅不得见君面。每常把酒,向东望良久。见说往年在翰林,胸中矛戟何森森。新诗传在宫人口,佳句不离明主心。身骑天马多意气,目送飞鸿对豪贵。承恩召入凡几回,待诏归来仍半醉。权臣妒盛名,群犬多吠声。有敕放君却归隐沦处,高歌大笑出关去。且向东山为外臣,诸侯交迓驰朱轮。白璧一双买交者,黄金百镒相知人。平生傲岸,其志不可测。数十年为客,未尝一日低颜色。八咏楼中坦腹眠,五侯门下无心忆。繁花越台上,细柳吴宫侧。绿水青山知有君,白云明月偏相识。养高兼养闲,可望不可攀。庄周万物外,范蠡五湖间。又闻访道沧海上,丁令、王乔时还往。蓬莱经是曾到来,方丈岂惟方一丈。伊余每欲乘兴远相寻,江湖拥隔劳寸心。今朝忽遇东飞翼,寄此一章表胸臆。倘能报我一片言,但访任华有人识。

    红颜知己走了,狂热粉丝走了,徒留李白孑然一身。在东都洛阳的皇家驿站,初夏的一天上午,他从宿醉中醒来,刚刚感受到一丝难得的寂寞,楼下便有人高声喊道:"李白!李白!"

    李白听力好——对声音敏感,一耳朵便听出是河北口音,他一时想不起自己哪个朋友是那一带的人……

    "李白!李白!"——叫喊声提了一些分贝,多了一分急切。

    李白起身穿衣……

    "李白!李白!"——又响起另一个口音的叫喊:是中原这一带的口音,有些生冷……

    李白穿好衣服,走到窗前,朝楼下望去——

    一个男人。

另一个还是男人。

两个看起来与自己年纪相仿的中年男人，站在庭院中间，一个瞅着有几分面熟，另一个则全然陌生……

"上……上来吧！"李白冲二人喊道。

等他开门将二人迎进屋的一瞬，他认出了走在前面的那个："高……高适！这些年，你龟儿子跑球到哪去了嘛？"

"惭愧惭愧！"高适拱手道，"科考不中，诗名不成，家田荒废，四处流浪。不像你李大哥，一朝成名天下知，天下谁人不识君……"

"哪里哪里，进来进来，请坐请坐……"李白招呼二人道，对着其中的陌生人，问高适曰："这位朋友是……"

"杜甫！"高适回答，"你不知道他，你一定知道杜审言前辈，杜甫正是杜审言前辈的嫡孙……"

李白朗声道："我当然知道杜审言，我也知道杜甫！"

高、杜皆惊："是吗？""惭愧！"

李白对面孔黑瘦的杜甫坦言道："去长安之前，我居东鲁任城，前年初登东岳泰山，在山脚下峭壁上读到汝之大作《望岳》，自愧弗如，'造化钟神秀，阴阳割昏晓'，'会当凌绝顶，一览众山小'，好诗！好诗啊！"

李白话音未落，杜甫的眼睛已经湿润了……

任何伟大的友谊、美好的交往，都是从相互之间说的第一句话开始的，李白这个头开得好，但又不是刻意为之，一切源于他的健康、自信、坦诚、真挚……

一见面便深深打动了杜甫！

"二位喝茶吧？"李白着手招待访客。

"喝什么茶呀！"高适毫不客气，"你赶紧带我们去吃些酒饭，我俩都已经快饿瘪了！"

"走走走！"李白说，"楼下就有一家不错的酒肆，皇亲国戚开的。"

"那就走啊！"高适嚷道。

三人出屋下楼。

正午时分，大唐著名诗人李白、非著名诗人高适、无名诗人杜甫一起来到一家豪华的皇家酒肆，一见这个月里的常客李白大叔驾到，店小二觉得自己接待不起，立马将老板喊出来。老板笑脸相迎道："玉真公主临走前吩咐过了，李诗仙在这儿的一切花销都由宫里出。"

李白曰："给我等最僻静的包间，上最好的酒饭，先上饭菜。"

"喏！包在我身上！随我来！"老板带他们上楼。

在上楼途中，高适像是在对身后的杜甫，又像是对一楼用餐的食客们朗声道："啧啧！做诗人当如李太白！"

果然是照着李白吩咐的，店小二先端上来两笼馒头、几样荤菜，正对高适、杜甫这两个北方佬的胃口。不用怎么劝，二人已经狼吞虎咽吃起来，看来真是饿坏了……

李白不吃，只问高适话，经过几轮询问，才知高适先是跑到长安投奔自己的，随后追到洛阳，与杜甫属于巧遇：杜甫跟自己一样，家有丧事，回乡奔丧。有所不同的是：自己是死了娘，杜甫是死了奶奶。这小子面老，瞅着跟自己年纪相仿，实则要小十一岁，今年也才三十有三……

一笼馒头和些许荤菜落肚，高适活过来了，提出要在洛阳与李白再论剑，十七年前金陵街头败在李白剑下令他耿耿于怀到今天……

独自先吃了几杯清酒的李白也很较真："十七年前你斗不过我，今天就能斗过我么？"

高适道："我知你如今是'天下第二剑'，把你斗败了，我不就是'天下第二剑'了吗？"

于是三人约定，明日启程，同游梁宋：在梁园比剑，在孟诸比猎，一路怀古、赋诗……

席间，杜甫话不多，他开始主动说话时，已经到了饮酒的高潮以后，那个时候，雷声大雨点小的高适已经喝趴下了……

"李兄！"——这是杜甫主动跟李白说的第一句话，像是在请教诗的问题，"你觉得你是复古派吗？"

李白想了想，回答道："'大雅久不作，吾衰竟谁陈？'——我觉得我是，准确地说，我是个有自己选择和方向的复古派。"

"受教！受教！"杜甫端起酒来，"借花献佛，小弟以兄长的酒敬兄长一杯！"

两人又喝了一会儿，杜甫又要提问了："李兄！我可以再问一个问题吗？"

"这有什么不可以的？随便问！"

"你觉得当下之诗比初唐之诗，如何？"

"一言以蔽之：青出于蓝而胜于蓝！"

"除去李白呢？"

"这是什么话？"

"李白是个案，是仙儿，不与人论。"

"不好这么说。我是这么看的：我来对付陈子昂、王维、王昌龄、孟浩然、贺知章、王之涣、崔颢、张九龄、张若虚……去对付'王杨卢骆'，还压不住吗？何况，我们还有高适！还有杜甫！"

杜甫激动得一下蹿了起来，双手在空中抓狂道："醍醐灌顶！茅塞顿开！"

85

季节风华正茂，时代风华正茂，王朝风华正茂，国家风华正茂，诗人风华正茂……三大诗人各骑各马，从洛阳一起出发，直奔梁宋，在路上便展开了一场骑术竞赛……

那个时候，华夏民族骨血里仍带有奔马的激情……

杜甫乃中原人，打小爱游历，对这一带很熟，本应该冲在最前头，担任向导，可他骑术不灵，最先被落下……

高、李的头名之争一直持续到终点，李白以一个马头的微弱优势惊险获胜，于是骑术竞赛的最终名次正好与年龄相反：第一名李白四十四岁；第二名高适四十一岁；第三名杜甫三十三岁……

年轻没有优势，血统的混杂与身体素质才是优势……

在梁园，杜甫自动放弃比剑，自愿担任裁判，高、李开始酣战……三个耿直人，把一场游戏玩真了：十七年过去，投师过"天下第一剑"裴旻大师的李白，剑艺已经远在江湖路数的高适之上，好胜的他一剑都不让，给高适剃了一个光头。裁判杜甫也耿直，该是多少就多少。把高适逼急了，趁局间休息忽然偷袭李白一剑，将其左臂刺出血来，被杜甫以严重犯规判负……

李白对高适的偷袭行为持宽宏大量的态度，认为那不过是男儿输急眼了，令杜甫对其又添好感……

在孟诸比猎，三人都参加了，以所捕物猎计，前三名的顺序是：李、高、杜。当日情景，李白有诗速记：

秋猎孟诸夜归，置酒单父东楼观妓

倾晖速短炬，走海无停川。
冀餐圆丘草，欲以还颓年。
此事不可得，微生若浮烟。
骏发跨名驹，雕弓控鸣弦。
鹰豪鲁草白，狐兔多肥鲜。
邀遮相驰逐，遂出城东田。
一扫四野空，喧呼鞍马前。
归来献所获，炮炙宜霜天。
出舞两美人，飘飖若云仙。
留欢不知疲，清晓方来旋。

到底是诗人，对于中原大地，三人早都各有佳作，此行又都写出了新作，只是无人可做他们的裁判……

李白也有不如别人的地方，杜甫也有当冠军的时刻：那便是斗酒。

有一项临时增加的比赛，似乎更具有预言性和现实意义：在梁园，有一个冬青树种成的八卦阵，他们仨走进去，只有高适一人出得来——这是将门之后的天赋……

对他们三人来说，这是一次终生难忘的旅程，在他们后来的诗篇中，成为永远的追忆……

还有便是：被后世文人以老子、孔子相会比喻的李白、杜甫"两曜相会"实为李、杜、高"三星闪耀"，不能以文学史的吨位将高适P掉……

虽然玩得十分尽兴,但是天下没有不散的筵席,三人决定就地解散,各回各家各办各事,明年择期同游东鲁……

由于同行中体会到"将三代""诗三代"家道中落造成的囊中羞涩、捉襟见肘,李白各赠二位五锭金元宝。两位也不推脱,各自收好,以诗回赠为人慷慨的大唐诗王。

高适诗曰:

曾是不得意,适来兼别离。
如何一尊酒,翻作满堂悲。
周子负高价,梁生多逸词。
周旋梁宋间,感激建安时。
白雪正如此,青云无自疑。
李侯怀英雄,肮脏乃天资。
方寸且无间,衣冠当在斯。
俱为千里游,忽念两乡辞。
且见壮心在,莫嗟携手迟。
凉风吹北原,落日满西陂。
露下草初白,天长云屡滋。
我心不可问,君去定何之。
京洛多知己,谁能忆左思。

杜甫诗曰:

二年客东都,所历厌机巧。
野人对膻腥,蔬食常不饱。

岂无青精饭，使我颜色好。

苦乏买药资，山林迹如扫。

李侯金闺彦，脱身事幽讨。

亦有梁、宋游，方期拾瑶草。

86

与高、杜分手后，李白只身打马去了汴州，就从祖陈留采访大使彦允，商请北海高天师授道箓，决心遁入方外。

然后返回东鲁，回到任城。离开近两载，物不是人已非。如其在长安大明宫中得知的那样：裴旻大师功德圆满已经仙逝，其子其徒为争家产斗得不可开交，这一支地方豪强势力瞬间分崩离析。与李白同居过的刘氏见风使舵自降标准，嫁给临县一个商贾，已经离开本地，只留下一座破败不堪的李白酒楼……李白便将它盘下来，还略置房产、田产，准备以此作为今后的营生。

他为重启的李白酒楼公开招聘大厨，招到了一个擅长做鲁菜的姓海的师傅。等到李白酒楼正式开业，他便火速赶往南陵去探望将近两年未见的女儿、儿子——在长安的岁月中，他们是他日夜放不下的牵挂……

血缘是多么神奇的东西！打小缺少父亲陪伴的儿女，对他却毫无陌生感，亲热得要命，令他心怀感激，冲动地要将他们带回东鲁。还是族叔头脑冷静，劝他这次就算了，回去好好经营酒楼，最好再续上一房，给孩子们一个健全温暖的家，再将他们接去不迟。他想了想，也是。于是，便留下百锭金元宝以谢族叔一家人。

于是他便只身回到任城。两年过去，李白已经名扬四海、名震天下，靠他的名气和海师傅着实不赖的手艺，李白酒楼果然生意兴旺，迅速成为任城的一张名片……

该年冬天，他如约北往安陵（属平原郡），乞盖寰为造真箓；由高天师如贵道士授道箓于济南紫极宫，正式成为一名道士。

如前所述，即便在大明宫中，也没有不透风的墙，李白已经知道自己为什么待诏翰林一官未得，也明白只要大唐姓李，他将会永远不会拥有仕途。无法进，只好退……这符合华夏读书人的一般想法，只是退也要退得有说法、有名堂，诚如其诗、其剑、其酒，必须要得到专业认证，拿到职称证书……这便是李白的价值观。

所以，他之所谓"退"，是相当功利的，是一种积极的人生观的体现。看看他在仕途无望后的这一通操作吧：坦然享受诗王之尊，积极为儿女尽父责，为今后的好日子而做生意，为信仰找到一块金字招牌……

此人实在是太正能量了！

第二十章　双眸光照人

87

咏邻女东窗海石榴

鲁女东窗下，海榴世所稀。

珊瑚映绿水，未足比光辉。

清香随风发，落日好鸟归。

愿为东南枝，低举拂罗衣。

无由一攀折，引领望金扉。

话说大唐诗王真能放下身段，竟然献诗给普普通通的邻家女子？是的，他本来就没啥身段，为人随和，写诗亦随和，与生俱来的平民精神……

这位邻家女子就是李白酒楼大厨海师傅的独生女儿海石榴，其母死得早，被父亲拉扯大，跟随父亲走南闯北地长大，女大十八变，出落成一枝花，美丽着人间……除了盘下破败的酒楼，李白还在县城边上购得一院房产，海师傅携其女儿海石榴便住了进来，成为李白唯一的芳邻……

这年李白四十五岁，身体正值壮年，在长安青楼的脂粉堆里翻滚了一年半后，忽然遇到一个清水出芙蓉天然去雕饰的年方十八的妙龄少女，难免不思春，难免不发骚。她的不识字没文化在他看来反倒别有新鲜——让男女相遇显得更加纯粹！

这是所谓"爱情"吗？对不起，这时候的汉语中还没有这个词。

李白是外向的，他这么一发骚，打小保护女儿成本能的海师傅就知道他葫芦里卖的什么药。在他看来：这个老男人尽管比自己都老，但却不失为宝贝女儿的一个好归宿，于是便借着酒劲跟老李把话挑明：不以结婚为目的乱赠诗勾引都属于耍流氓，稀罕俺闺女可以，但必须明媒正娶！令他想不到的是：老李竟满口答应，酒醒了也没有忘记。

至于嫁给一个已经育有一对儿女的老鳏夫是否就委屈了他的宝贝女儿呢？海师傅也问得仔细，海石榴莞尔一笑道："俺的一切由爹做主！"——对于这位单纯的不识字的少女来说，李白是大唐诗坛乃至华夏诗史上的何等人物，她是全然无知的，会写诗在她看来已足够了不起，还舞得一手好剑，还吹得一管好笛，身子骨比小伙子还结实，生活中又十分风趣，关键是：他知道疼爱自己，如父如兄如男人般的疼爱……

于是他们的婚事赶春节便办了——真正的明媒正娶！在任城

县衙登记注册入籍,在李白酒楼设喜宴款待众亲友——此为本朝结婚的两大标志。是后世文人势利眼,将李白前后两段与相门之女的结合列为"婚姻",另两段列为"同居",实际情况却并非如此:刘氏属于"同居"无错,海氏实实在在属于"婚姻",是他明媒正娶的第二任妻子。

结婚成家之后,李白便将一对前妻所生的儿女从南陵接来同住,并在此之前已经将他们的名字登记注册入籍——这是又一个证据。好大一个家(海石榴已怀孕),岂是"同居"二字可以概括?当世或后世有人将李白误认为是东鲁人、山东人,也不无道理,他们的根据是户籍所在地。

大婚团圆之后,李白家迎来的第一位客人便是初见李白后便再也放不下的杜甫,他是李白这一段合法婚姻无法出庭作证的现场目击证人,好在有诗为证:

寄李十二白二十韵

昔年有狂客,号尔谪仙人。
笔落惊风雨,诗成泣鬼神。
声名从此大,汩没一朝伸。
文采承殊渥,流传必绝伦。
龙舟移棹晚,兽锦夺袍新。
白日来深殿,青云满后尘。
乞归优诏许,遇我宿心亲。
未负幽栖志,兼全宠辱身。
剧谈怜野逸,嗜酒见天真。
醉舞梁园夜,行歌泗水春。

才高心不展，道屈善无邻。

处士祢衡俊，诸生原宪贫。

稻粱求未足，薏苡谤何频。

五岭炎蒸地，三危放逐臣。

几年遭鹏鸟，独泣向麒麟。

苏武先还汉，黄公岂事秦。

楚筵辞醴日，梁狱上书辰。

已用当时法，谁将此义陈。

老吟秋月下，病起暮江滨。

莫怪恩波隔，乘槎与问津。

88

杜甫这一住，住得真不短，与李白的妻儿都混熟了，海石榴称之为"我家叔叔"，平阳、伯禽呼其为"杜二叔"……

杜甫不似李白，有那么多欲望与嗜好，他的人生十分简约——眼中只有两样东西：酒与诗。在李白酒楼，好酒管够；在李白家里，每夜论诗——这种日子，对他来说，太过满足，夫复何求？

有的人，相遇得再晚，也会一见如故——李杜之遇，便是最好的注解。

在遇到李白之前，杜甫并不那么自信，久未成名令其倍感压抑，他的生命与诗路需要有人帮他打开……这个时候，当代诗王从天而降，以其对诗的真知灼见令他看清了所处的时代、同行的诗人、自己的位置，眼前一亮，豁然开朗，信心大增！那随时迸发的天才火花，那自由无羁的生命之光，将其点燃，将其照亮……事实是：

杜甫在李白身上采到了够用一生的真气与灵气——这是一个十分低调谨慎的说法。

对李白而言，结交朋友虽多，但还缺少一个杜甫，杜之所好酒与诗正中其下怀：在遇到杜甫之前，似乎还没有人可以喝过他，他俩真的属于后人所诗"酒逢知己千杯少"！开口说话便谈诗且只谈诗的也只有这个人。对杜甫来说，似乎诗之外的话题都属于低级趣味。从青年时代开始，李白便对诗有许多知性的思考与认知（这源于他在蜀中所受的相当系统的教育），但是无人可以尽兴交流，是大唐诗人普遍的诗酒合一的游吟作风，让后世忽略了最大的喷诗机其实是最大的思想者。现在，把诗当家学的杜甫来了，李白有了谈诗的对象、理论研讨的辩友……李白的人生何其丰富何等渊博：论道他找元丹丘，谈情他找玉真公主，学剑他找裴旻，玩乐器他找李隆基，登山他穿谢公屐……论诗的最佳对象只能是杜甫。

此中或有大启示：诗祖在上，千秋作证，大唐诗人中最大吨位的两大诗人之共同点在于自觉、知性、思想、专业。

夏天到来的时候，高适也来了——他来，不像杜甫这么朴实，看李白就是看李白，他是来给李白找事儿的：他听闻现任北海郡太守李邕来到了济南郡，便想让李白引荐，而他知道李白与之相识竟是通过流传多年的传说：在信息匮乏交流不畅的年代，便将传说无端放大了，于是贺知章识李白便成了伯乐相千里马的传说，李邕不识李白便成了有眼不识泰山的传说，而高适是个洞悉人心与人性的人精，当李白流露出一丝不情愿时，高适高见道："正因为他见你心中有愧，所以就会对我和杜二好些。"

李白抬头一望眼前两位朋友殷切的目光，决定带他们走一趟。

果然如高适所料，名大压死人。李邕一见李白便羞愧到了尘埃里，在济南郡府内摆酒设宴款待三大诗人，多次举杯向李白表达歉意，对于陈年往事，李白只字不提，只是与李邕拼酒——话少心明的杜甫看在眼里，李白报怨的方式也就是与对方拼拼酒，顶多夹杂两句讥笑对方喝酒猥琐的腌臜话，这就是当代诗王之人品！更让杜甫感到惊讶的是：当他和高适为了讨好地主现场各做一诗酬李邕，李邕旋即和了一首之后，完全不必的李白竟也做了一首，此人心有多大？几杯清酒落肚，个人恩怨全销，诗之淫乐，舍我其谁！或许是从这一刻起，或许是很多瞬间叠加，杜甫在心底发毒誓，要做李白永生的朋友！

李邕放下所有公务，陪三人在济南郡及周边痛痛快快玩了数天，满口答应准备大力举荐高、杜二人，至于李白嘛，他已经听到一些"大明宫内部消息"，知道没必要了。临走，再给每人奉上一袋润笔费……

办完事，高适心满意足回了宋中家里，他的目的达到了。

杜甫恋恋不舍又随李白回到任城，一直住到秋后才走。其间，连出二首杰作：

赠李白

秋来相顾尚飘蓬，未就丹砂愧葛洪。

痛饮狂歌空度日，飞扬跋扈为谁雄。

与李十二白同寻范十隐居

李侯有佳句，往往似阴铿。

余亦东蒙客，怜君如弟兄。

> 醉眠秋共被，携手日同行。
> 更想幽期处，还寻北郭生。
> 入门高兴发，侍立小童清。
> 落景闻寒杵，屯云对古城。
> 向来吟《橘颂》，谁与讨莼羹？
> 不愿论簪笏，悠悠沧海情。

送别之时，李白亦有诗相赠——

> 鲁郡东石门送杜二甫
> 醉别复几日，登临遍池台。
> 何时石门路，重有金樽开？
> 秋波落泗水，海色明徂徕。
> 飞蓬各自远，且尽手中杯。

89

杜甫是个没眼色的人，但毕竟当过爹，他眼瞅着海石榴的肚子大到快要生了，知道自己必须走了，接下来这个新组之家将陷于快乐的忙碌，他帮不上忙却只能碍事……

"杜二叔"前脚刚一走，后脚孩子便出生了，是个男孩，全家大喜，李白又享受到了创造生命——这写诗也代替不了的狂喜！这一年，女儿平阳十四岁，儿子伯禽十岁，现在他们又有了一个弟弟，虽然同父异母，并非一母所生，但孩子们分不了那么清……

身为父亲，在最初的狂喜之后，所做的第一件事便是：给孩子取名。作为大诗人李白,则对命名这种事情更要煞有其事一些,他给新生儿先取了一个乳名:天然——正是取自自己传遍天下的名句:"清水出芙蓉,天然去雕饰。"——他将自己最喜欢的两个字送给了自己的小儿子,同时借儿子又一次向全世界宣扬了一下自己的诗学、美学、做人境界——天然!

就像父亲当年对自己所做的那样,他认真想了整整一个月,在孩子满月酒宴上才当众发布儿子的大名:李颇黎——他的鬼脑子,世人实难解。当此之时,有一种稀罕物正从波斯流入大唐,属于奢侈品,正在上流社会中流行,亮闪闪可以清晰地照见人影,一直以铜镜照己的华夏人对此爱不释手,称之为"颇黎"(后易字为"玻璃"),李白竟然以此命名自己的小儿子,除了爱,除了稀罕,除了珍视,无他可解,只是叫起来,有点不顺溜,"多叫叫就顺了!"——在李白酒楼办的满月宴上,大家都这么说……

为了这桩大喜事,李白遍请任城官员、名流,将"竹溪五逸"都请回来了,并未通知外地友人。李邕是闻讯自己跑来的,北海郡太守不请自来,给他一个天大的面子,两人彻底化怨为友……在此酒宴上,把酒喝透之后,李白的思维变得越发活跃:他从新生命如期降生,想到旧生命必然死亡,想到眼下自己必须抓紧要做的事:长安一别快两年了,除了读到那首开始流传的诗《回乡偶书》,那个牛逼的绝句"儿童相见不相识,笑问客从何处来",他没有听到贺知章的任何消息,贺监的身体还好吗?

"不行!我……我……得马上去看他!"李白脱口而出。

"看……看……谁?"李邕问道。

"贺监……"

"那你……可……抓紧去,我听人说……他回乡之后……身体一直……不大好……"

翌日,李白给李颇黎请了两个保姆,将家事、生意安顿好之后,骑上他那匹已经老迈的五花马二世便出发了……

90

这个冬天,李白是怀揣着一封信上路的——崔宗之从金陵寄来的信,信中言及在李白离开长安以后的朝中时局:李林甫、杨国忠党同伐异、滥用酷吏、官不聊生,老友们个个前景堪忧,他见势不妙已辞官而去,去往他深爱的金陵定居,望李白随时前往故地重游,重温昔日在江南的逍遥……

李白因此决定此行南下的路线图:先直奔金陵,拉上崔宗之,再赶赴越中,去往四明,与贺知章相会,在贺府过年!长安酒八仙,他们占其三……

从任城到金陵的马上,他思贺老心切,诗便来了——

> 四明有狂客,风流贺季真。
> 长安一相见,呼我"谪仙人"。
> 昔好杯中物,翻为松下尘。
> 金龟换酒处,却忆泪沾巾。

李白就是这样:人再渊博,本事再多,诗字当头,以诗行路。连他的老友也被他同化了。崔宗之在金陵一见他,茶未上,酒未倒,饭未吃,一首旧诗的定稿便递了上来——

赠李十二

凉风八九月，白露空园亭。

耿耿意不畅，梢梢风叶声。

思见雄俊士，共话今古情。

李侯忽来仪，把袂苦不早。

清论既抵掌，玄谈又绝倒。

分明楚、汉事，历历王霸道。

担囊无俗物，访古千里馀。

袖有匕首剑，怀中茂陵书。

双眸光照人，词赋凌《子虚》。

酌酒弦素琴，霜气正凝洁。

平生心中事，今日为君说。

我家有别业，寄在嵩之阳。

明月出高岑，清溪澄素光。

云散窗户静，风吹松桂香。

子若同斯游，千载不相忘。

回首十八年前两人在金陵红楼初见时，这位风流倜傥的相门之子花美男可不是这样，与李白认识得早，他深知自己的诗才在此盛唐绝非一流，所以一向出诗谨慎，该诗的初稿写于李白二访长安的日子，经过他多次反复修改终于定稿，此次在金陵当面呈送李白。该诗在后世学者眼中，有着无可估量的价值，诚如国画之短：短于造像，古诗亦有此短，精神之像好造，为李白造得最好的恐怕是蒸蒸日上的杜甫，物质之像却难画，崔宗之填了空白："思见雄俊士""双眸光照人""袖有匕首剑"……是的，被称为"大唐第一美男子"的崔宗之,以"雄俊士"为李白画了像。

两位大帅哥,依然在壮年,从金陵到四明的路上,依然是路人回头率不低的好风景……离开金陵时,李白未采纳崔宗之去看看金陵子、丹砂、丹凤一家的建议,听说小两口已经生养了两个孩子,金陵子早已脱离红楼回归家庭做了姑妈,一家人衣食无忧其乐融融,他感到莫大安慰:"还是别打搅他们吧!"——对于年少时的老相好,这或许是一位正人君子最正确的做法。

江南冬天,更像秋天。两位好朋友,一路好兴致。只是到了四明,一进贺府,便被兜头浇下一盆冰水——贺知章老先生上个月刚刚仙逝,去年在家摔了一跤,一直卧床不起,终于没有熬过这个秋冬换季,贺老死时毫无痛苦,就像入睡一般……享年八十有六,在全体国民平均年龄二十七岁的大唐帝国算是绝对的高寿!他是华夏人"福禄寿"人生价值观近乎完美的体现!

李白在众目睽睽之下,在贺知章坟前行三拜九叩大礼。在此之前,他只在当朝皇帝李隆基面前、在坊州轩辕黄帝大脚丫化石前、在邓州诸葛亮故居、在任城裴旻师傅面前这么做过。当此艰难时世行路难的他,诗才高如天世人难望见的他,最知道知音、贵人、伯乐的难得与可贵,在贺老坟前,他又有新作,随口吟出,潸然泪下——

狂客归四明,山阴道士迎。
敕赐镜湖水,为君台沼荣。
人亡馀故宅,空有荷花生。
念此杳如梦,凄然伤我情。

也是在贺老坟前，他向贺老长子打听与贺老同为"四明四士"的张若虚的下落，结果被引向了另外一座荒芜的旧坟，后世眼中"孤篇盖全唐"的无名诗人寂寞地睡在那里……贺老家人完全遵照贺老遗嘱：丧事从简，低调了事，不报朝廷。李白不请自来在本乡造成的轰动效应，令其悲痛中的家人颇得安慰，毕竟再大的官来，也不会有这样的面子……

待友如斯，待同行如斯，诗神与诗友必然善待他。这年冬天，李白与崔宗之离开四明之后，继续在越中云游，同登天姥山，崔宗之，或许还有贺知章在天之灵，目睹了这位大唐诗王又一次登上了华夏诗史的顶峰，在天姥山顶当场吟出了丝毫不亚于《将进酒》的大杰作——

梦游天姥吟留别

海客谈瀛洲，烟涛微茫信难求。

越人语天姥，云霞明灭或可睹。

天姥连天向天横，势拔五岳掩赤城。

天台四万八千丈，对此欲倒东南倾。

我欲因之梦吴越，一夜飞度镜湖月。

湖月照我影，送我至剡溪。

谢公宿处今尚在，渌水荡漾清猿啼。

脚著谢公屐，身登青云梯。

半壁见海日，空中闻天鸡。

千岩万转路不定，迷花倚石忽已暝。

熊咆龙吟殷岩泉，慄深林兮惊层巅。

云青青兮欲雨，水澹澹兮生烟。

列缺霹雳，丘峦崩摧。

洞天石扉，訇然中开。

青冥浩荡不见底，日月照耀金银台。

霓为衣兮风为马，云之君兮纷纷而来下。

虎鼓瑟兮鸾回车，仙之人兮列如麻。

忽魂悸以魄动，恍惊起而长嗟。

惟觉时之枕席，失向来之烟霞。

世间行乐亦如此，古来万事东流水。

别君去兮何时还？且放白鹿青崖间，须行即骑访名山。

安能摧眉折腰事权贵，使我不得开心颜。

乱 第五卷

第二十一章　五十安能知天命

91

五年一晃而过，李白五十岁了，满头花白，背已微驼，像个老人了……

这是生命中令其元气大伤的五年！

大病不起，卧床一年……

为官的朋友，革职的革职，流放的流放，处死的处死，最惨的要数李邕，被蒙冤杖毙……

连父亲都死了，死在八十岁上，也算高寿了……所以，这还不是最致命的打击！

最致命的打击来自身边，来自眼前，来自他的小儿子李颇黎——

　　李颇黎两岁时，还不会说话；三岁时，平阳、伯禽问李白："弟弟，怎么不会说话呢？"四岁时，又问了一遍，李白无言以答，他心里明白：李颇黎永远不会开口说话了！他长得那么漂亮，叫人心疼，天生的缺陷便愈加明显、刺目！倒不是天生的聋哑，而是自闭症带来的痴呆……老夫少妻，生出痴呆儿，责任显然不在女方。站在今天现代医学的高度，恐怕不难看出这八成是个"酒精儿"，是"惟有饮者留其名"的其父酒后房事所致。但是在公元八世纪的唐朝东鲁任城县，街坊四邻却将罪责直接推向母亲——一致认定海石榴是妖孽，所以生了个小妖孽，他们认为"国师"李翰林的后代是不可能痴呆的，不是妖孽是什么？

　　最可怕的是：李白也这么认为！便对自己的妻子采取了冷暴力：愈发频繁地外出云游，实则逃避严酷的现实和自己的责任。终于有一天，当他从外地游历归来，发现家中只剩下两个保姆带着平阳、伯禽两个孩子，海师傅带着海石榴、李颇黎走了！他一定是不堪忍受民情对其女儿造成的巨大压力而将他们带走的……海师傅在雇主兼女婿面前表现得极富尊严，除了自己的工资，一锭多余的银子都没有带走……

　　接下来，人性的黑暗时刻出现了：李白非但没有立刻去找他们，反而只是将眼前的两个孩子托付给保姆，返身回到宋州娶了前宰相宗楚客之孙女宗羡仙，还带着宗氏奔赴庐山度蜜月……

　　也就是说，在此之前，李白与宗氏早有接触。

92

武周时代三度出任宰相的宗楚客,后来被初登皇位的李隆基验明正身就地正法,缔造了开元盛世的一代明君对其家族及后嗣则网开一面,令其得以幸存,甚至让其过得相当不错,成为宋州一带亦农亦商的大户人家。宗楚客长子育有一双儿女,对儿子宗璟严加管教,令其学习经商,继承家业;对女儿宗羡仙宠爱有加,任其琴棋书画,活得开心。

这真是命名的力量:此女长大后,果然羡仙,不但羡慕神仙,一心修道,而且爱慕诗仙、酒仙、剑仙……融为一体的李白!无法统计,在李白暴得大名之后,在大唐帝国有多少女子宣称过"非李白不嫁",此女便是其中的一个。她甚至因为爱李白,年纪小小时便已成为传说的主角:如前所述,十八年前,李白初离长安时,曾到梁宋游梁园并作《梁园吟》,还将其题写于梁园遗址的残垣断壁之上;九年前,李白再入长安天下知,时年十八岁的宗羡仙小姐带着贴身丫鬟及一众家仆游梁园,见到这一题诗断壁,欲搬走带回家去,此时李白的遗迹已经很值钱了,梁园遗址管委会坚决不答应,说要买可以,白送没门,双方讨价还价,一直涨到千金才达成交易,于是"千金买壁"的传说不胫而走……

李白很早便听过这个传说,他以为只是传说便没当回事,后从他最好的朋友元丹丘口中得知:现实中确有此女,并且"千金买壁"为真……这令他大为感慨:当朝皇帝李隆基用一千锭金子就将他打发了,而在这民间,一位相门之女花费同样的价钱只是买走自己的半截题壁,所以他对元丹丘到宋州宗府一探究竟的建议便答应了。

果不其然,李白一进宗府的大门便看见了那半截题壁,置于庭院女墙的位置……宗府上下,全体出动,迎接他的大驾光临,令他多少有点受宠若惊!

也许天下想嫁李白的女子多矣,但有幸能够亲见李白者不多,宗羡仙成为现实中唯一的一个。一个正在奔五的李白,已经足以令其陶醉了,再次向其父宣称:"此生非李白不嫁",此时的李白,何许人也?宗羡仙的父亲,生怕大诗人一口回绝,对元丹丘大师都嫌不够尊贵,硬是将元的师傅、此时道教上清派领袖、事实上的"大唐国师"胡紫阳大师请出来,替宗家向李白提亲。李白将自己的婚姻状况如实相告,包括膝下的二子一女,宗羡仙完全不以为意,声称甘居侧室为妾……

此事便暂时搁置了,直到峰回路转……

宗家大肆操办了他们的婚礼,遍请地方官员、名士、宗教界人士,李白走向了他的第三段婚姻,且是在第二段婚姻尚未结束的前提下,好在唐律中并没有"重婚罪"……

做人难,做男人更难,做名男人尤其难,他有扛不住的内心黑暗,他有经不起的种种诱惑……新婚之夜,醉入洞房,揭开新娘的红盖头,仔细端详过宗羡仙的真面目,一个猥琐的念头在这个老男人心头一闪而过:格老子!我李白就是该娶相门之女!

带新婚妻子奔赴庐山度完蜜月之后,他只身回了趟任城(也是向其住了八年的东鲁告别),将平阳、伯禽接来团聚,一开始他还遇到了一点阻力:

"爸爸,我们不想去什么宋州,想去南陵爷爷奶奶家。"年近二十的平阳说。

"那不是你们的亲爷爷亲奶奶,你们的亲爷爷亲奶奶都死在了清廉老家,你们从今往后,应该跟我住在一起。"李白说。

这个时候,他是否想起了他那五岁的痴呆儿颇黎——现在何方?

93

时隔十年,再入相府,仿佛昔日重来。

尽管还是"入赘",做豪门的上门女婿——这种华夏士子深以为耻的行为,李白这个胡汉杂种向来不以为然。

与二十三年前初次入赘相府有所不同的是:他已经不指望这家的政治遗产与当前人脉能够帮到他的仕途——事实上,他已无仕途可走。仅有的一点功利性是:他又重新过上了不事生产便可衣食无忧的闲人生活,这对两个孩子十分重要。

他好面子、慕虚荣,娶相门之女总是比娶厨庖之女让他觉得更容易说出口……

这个岳父还像那个岳父一样热情,只是与他年纪相仿。

这个小舅子比那个大舅子敞亮得多,更好相处,已经跑来跟他商量,在宋州县城,开办一座李白酒楼,甚至可以盘下一个酒作坊,生产太白老春……

这个老婆还像那个老婆,整日琴棋书画,不食人间烟火,她可以熟背李白大部分的诗,并对李诗很有见地,李白像娶了一个自己的研究者……

昔日重来,生活安逸;只是李白,已经老矣。

有一日,他与新婚妻子在厢房对弈——用自己少有的短项:

臭棋篓子，哄妻子开心，忽然看到颇黎镜中已经变成小老头的自己，竟然尖声惊叫起来，就像他当年发现自己头上的第一根白发时。当然，令其大惊失色的还有镜子本身，令其洞见自己的猥琐、丑陋、邪恶、不堪……

他叫来下人搬走了房间中的颇黎镜，令其妻感到莫名其妙，搞得自己早起梳头还要去父母的房间……

这个男人的元气已经大伤，夫妻间正常的房事搞得像酒后乱性，虽说酒是色媒人，但是过于依赖恐将适得其反；他还有一大心理障碍，妻子不服下他亲手熬制的避孕草，他便雄不起……哦，这个男人，已经开始恐惧生殖，并因此而逃避夫妻间日常的房事……

五十岁的李白，打根儿上起开始未老先衰，这是他半生纵酒放浪不羁爱自由的必然结果。

94

李白此生有女人缘，他在这方面福气不小。婚后的生活很快证明宗羡仙是个好妻子，还是一位好继母——时年二十七岁的她一手为时年十九岁的继女平阳安排了一门好亲事：嫁给他弟弟宗璟的一位生意伙伴——宋州城中一位富商的儿子；时年二十七岁的她为时年十五岁的继子伯禽也做了长远的打算，让他跟着宗璟学做生意——学习现实生活中的生存之道。与其父不同，伯禽打小寄养在亲戚家中，缺乏系统的文化教育，已经不可能走科举之路了，尽管家庭出身与个人成分已经不成障碍……

平阳出嫁这天宗府好不热闹，迎亲的队伍从县城的另一头走来,将新娘先接走了,欲将李白、宗羡仙等亲属接去吃喜酒。就在这时,一支骑兵小队风驰电掣般穿过宋州县城,来到宗府门前,为首的校尉直奔李白而来,下马行礼,再命士卒端出一箱金元宝献上……

"谁送这么重的礼?"李白对宗羡仙嘟囔了一句,脑中迅速闪过自己的多位好友——可没有一位在军中居高位呀……

他问校尉道:"尔等是……?"

校尉拱手,向前凑近,压低声音:"李大人,我乃安禄山将军密使,容我等进府说话。"

李白稍做犹豫:"请,请进。"

于是这支骑兵小队便鱼贯而入宗府,引得围观婚礼的人群议论纷纷:还是大诗人李白面子大呀,嫁个女儿,都惊动了官军,送上的还是金元宝!

李白将校尉带入客厅,宗羡仙将其他骑兵士卒领进厨房用餐。

在客厅,李白让下人上完茶后退下,与校尉开始密谈——

"我与安将军素无书信往来,安将军如何得知小女今日出嫁?"

"回禀李大人:安将军并不知道小姐出嫁,我等也并非为此而来……"

"那……带这么重的厚礼是……"

"安将军不见李大人久矣!甚为惦念,给李大人的见面礼而已。"

"这礼……实在是有点重了!"

"此言差矣,安将军与李大人的情谊何值百金!安将军也正有一个不情之请……"

"请讲!"

"过了年就是安将军四十八岁生日，本命年准备好好热闹一下，特请李大人随我等前往幽州大营一起过年过生日，烦请李大人稍做准备，随我等一齐北上。"

来得突然，一时之间，李白心绪复杂，难以决断，只好说："今日小女出嫁，我也新婚不久，家中事情颇多，容我与内人稍做商量，再做决定。你这一路上，车马劳顿，也辛苦了，先吃些酒饭休息一下。"

到了晚上，这一行人，军人本色，谢绝到客房就寝，也不去城中驿站，就在宗府庭院内的空地上搭建军帐……三天过去，李白还未决定上路，他们就不拆军账，在那里候着，也不着急，反正每日三餐，有酒有肉好招待……

行或不行，一个简单的决定，何以三天还没有做出？

由于两个人的态度。

一个是宗羡仙，总而言之她就是反对李白出行，根本原因是新婚之年的不舍之情，却又不明说（华夏人自古如此，女子尤甚），便在外围兜圈子找其他原因：比方说，平阳刚出嫁，家里事情多，不能撂给她一个人；比方说，结婚之后第一个年，不该去外地过，应该与家人在家过；比方说，不要再介入政治，不与政界人物打交道；比方说，安禄山这个贼胖子，名声可不怎么好……

宗羡仙东一榔头西一棒槌地找个理由，李白便陷于与之的争论。有些时候，李白在心里叹息：娶一个有文化的宰相孙女有什么好啊？大男人家出个门，她也要横加阻拦；这要搁上一个妻子海石榴，一定是二话不说默默地为他备好行囊；这要搁同居过一场的刘氏，一定乐颠颠地送他出门，然后喜滋滋地在家数金子……首任妻子许紫烟当年，也不像她这样，显然比她通情达理得多……

另一个障碍是李白自己——如果他一口咬定十分坚决，也不至于拖上三天，是他自己的态度有矛盾：这是自六年前他出宫以来，第一个向他伸出关怀之手的大唐高级官员，对此他心存感激；另一方面，这位帝国之内军权最大的政治人物，野心勃勃，非议颇多，名声确实不怎么好，粘上他，搞不好会脏了自己的羽毛……他的矛盾，主要来自这两方面，但是最终，他却是用外围的一个理由碰巧说服了新婚妻子宗羡仙——

"此前我最北到过雁门关，如果此次能够成行到幽州，就算是有所突破了……再说，我也想在边塞诗上有所建树，否则，真是白跟王昌龄、高适二位做了那么多年的朋友了！"李白说。

此语一出，宗羡仙怦然心动，忽然说："你去吧！夫君，我和伯禽在家等你！"

宗羡仙爱的是诗人李白，只关心他的诗，她是诗神派来保护诗人李白的——后来的故事将更加证明这一点……

第二十二章　燕山雪花大如席

95

"公无渡河！公无渡河……"

凌晨时分，宗府之中，卧室之内，床榻之上，宗羡仙在梦中呼喊——李白的这个老婆真是太像李白的老婆，太有文化太懂诗：她以梦呓喊出的竟是乐府古题，满含着对新婚丈夫离家远行的不舍……被这喊声惊醒并感动的李白，爱怜地轻拍着妻子……然后早早起床，穿上姓谭的校尉送他的一身绵戎装，叫醒军帐中的官兵，悄悄备马，早早出门赶路。为接李白，这一小队骑兵还驾了一辆兵车来，作为李白的专车……遭到不知老之将至的李剑侠的耻笑，遂将兵车弃于后院之中，李白骑上军马与膘骑兵同行。

一出县城,在乡间的土路上,他竟然策马扬鞭冲在最前头,同行官兵笑了:三天相处,数场酒局,他们发现我大唐最牛逼的诗人不是酸文假醋的臭文人一个,完全是一个活灵活现的好玩人,甚至颇有胡人习性,难怪安将军喜欢他,派人跑这么远来接⋯⋯胡汉混血儿李白与胡汉混杂的安家军似乎天生投契!

一路欢声笑语!该行就行,该玩就玩,该歇就歇,该吃就吃,该喝就喝⋯⋯

与骑兵不同的是,李白到底是诗人,第一段行程,心中一直揣着妻子的梦呓"公无渡河"——这等于是将乐府旧题挂在眼前考他,这位蜀国之子、长江之子,这位以伟大诗篇命名过黄河的诗人过了汴州便来到了他的福地——黄河,灵感从天而降,诗便随口而出:

公无渡河

黄河西来决昆仑,咆哮万里触龙门。

波滔天,尧咨嗟。

大禹理百川,儿啼不窥家。

杀湍湮洪水,九州始蚕麻。

其害乃去,茫然风沙。

披发之叟狂而痴,清晨临流欲奚为。

旁人不惜妻止之,公无渡河苦渡之。

虎可搏,河难冯,公果溺死流海湄。

有长鲸白齿若雪山,公乎公乎挂罥于其间,

箜篌所悲竟不还。

黄河岸边，此诗一出，骑兵们竟像打了胜仗一般欢呼起来……

过了黄河，在后来的行程中，在河北道平展展的大地上策马奔腾时，他想为士兵们写首诗，刚好去年有篇初稿，经他反复在心中修改后，赶在到达幽州大营之前，在蓟州歇脚打尖儿时于酒桌之上送给了他们：

战城南

去年战，桑干源；今年战，葱河道。

洗兵条支海上波，放马天山雪中草。

万里长征战，三军尽衰老。

匈奴以杀戮为耕作，古来惟见白骨黄沙田。

秦家筑城备胡处，汉家还有烽火燃。

烽火燃不息，征战无已时。

野战格斗死，败马号鸣向天悲。

乌鸢啄人肠，衔飞上挂枯树枝。

士卒涂草莽，将军空尔为。

乃知兵者是凶器，圣人不得已而用之。

一个和平主义诗人的战歌，他对战争的看法比之六七年前在大明宫翰林院写政论鸿篇《宣唐鸿猷》时，一点儿没变……

96

只知大将军姓安，不知当朝皇帝姓李——这是北上路途中，李白对引他前来的骑兵小队的印象。到达幽州，进入安家军大营之后,他发现这里人皆如此,完全是一个独立小王国。

一刻不停,校尉将他直接领到安禄山帅帐门前,自己先进去禀报,随即安禄山便迎了出来,见李白一身绵戎装便哈哈大笑起来:"这就对了嘛!李诗仙就应该是我的兵!"

安禄山牵起李白的手就朝帐中拉,守帐士卒一眼看见了李白腰间的青龙宝剑,欲解除之,安禄山一挥手:"罢了!李诗仙是我故交。"

入得帐内,李白瞠目结舌:从外面看似普通的兵营帅帐,里面却是奢华有加,金碧辉煌,不亚于大明宫中的一个偏殿。此时的安禄山,又兼了河东节度使,即领平卢、范阳、河东三镇,统兵二十余万,几占唐军总数一半,确系军中最有实权的显赫人物……

"李诗仙,六七年不见,怎么都满头华发啦?"安禄山寒暄道。

"白比安将军虚长三岁,过了年就五十一了,能不老吗?"李白应和道。

"本帅是无发可白,全都掉光啦……"

"六七年不见,安将军并不显老,只是更加富态了……"

"吃得呗!别的不行,胃口太好……来人!吩咐厨房,上一只烤全羊,再配些下酒小菜,还有:把营中所有的好酒各取来些!喝家来了,本帅要与之痛饮!"

两人在华贵的波斯地毯上相对而坐,安禄山把自己凸起的肚子放正:"想当年,在大明宫金銮殿,咱哥俩就能喝到一块去,待会儿酒一上来,咱就只管喝酒,现在先说正事。"

果然如李白行前与路上所料,安大胖子奉上百金遣骑兵来接,绝非过个年过个生日这么简单,便洗耳恭听道:"安将军,请讲!"

安禄山微微一笑道："本帅北居幽州，亦知天下大小事，近来尔等诗人骚客纷纷投笔从戎成风，传说被你接济过的那个叫花子高适，入了哥舒翰的幕府，有个叫岑参的（你听说过吧？）入了高仙芝的幕府，均委以掌书记的要职。我就想：三流诗人配三流将军，二流诗人配二流将军，一流诗人就当配一流将军——李诗仙，你作为大唐诗人中的横纲，当辅佐本将军才是。咱们都年纪不小了，来日无多，应当抓紧时间干些大事才对！"

李白听得后背直冒冷汗，嘴上敷衍道："承蒙大将军高看白，白也很想为将军效力，只是新婚未久，家务缠身，我那新媳妇人又比较厉害，此番前来，她都横加阻拦，倘若从军，长期在外，恐不太现实……"

"啊哈哈哈哈！你这个李诗仙，怎么这么不爷们儿，喜欢入赘败落相门，竟还如此怕老婆，什么时候妇人敢骑到爷们儿头上拉屎拉尿了？也就是被武则天这个婊子搅乱的大唐，你我都有胡人血统，要按胡人的规矩，她们哪里敢！一鞭子给丫抽到马棚里去……"

酒菜一一上齐，"正事"的话题暂时被岔开了，两人开始饮酒、吃肉……

各种好酒混起喝，酒劲便来得迅猛，没过多时，大帐之中，已到酒酣之际，安禄山凑近李白道："李……李诗仙，请教……一个问题……可否？"

"安将军，请讲！"李白的舌头还没有大。

"长安城里……宫里宫外……都在传……说你是……是隐王……李建成的……后……后嗣……所以……李隆基……才不给你官做……"——这真是要命的问题！

李白答曰："白宁可不是。"

安禄山释然道："明……明白了……来……来我这儿吧……入我幕府……跟我一起干大事！"

97

天宝十载（公元751年）到了。

在安禄山军事集团本部所在地——幽州大营中，过年事小，正月二十二安禄山四十八岁生日庆典事大。

在此之前，从首都长安、东都洛阳及各个地方、驻军涌来大批政、军官员，前来恭贺，他们都是安禄山的人，或是安要拉的人，还有听说消息不请自到的人——第三种人出奇得多，甚至超出了安禄山本人的预料，实乃事出有因：苍天有眼，恶人必遭恶报，大过年的，李林甫好端端竟在宰相府中自己家里栽了一跤，一病不起，躺在床上，虽然还有一口气，但神志已经不清……这条消息，犹如一石激起千层浪，朝廷上下，所有人心知肚明：大唐帝国权力最大的文官将不久于人世，宰相之位将空出来，一场权力争夺的大戏已经拉开……这当口，安禄山过寿的消息又传了开来，一些墙头草准备重新规划人生了……

让李白颇觉吃惊的是在这些人物鱼贯而入的尾巴上，竟然跟着大诗人王维。两人在生日庆典上乍一见面，望着李白一身绵戎装，这个素无幽默细胞的佛系诗人竟然笑了起来，笑得跟哭似的，把李白吓了一大跳：你别说，信佛的人还就是显年轻，李白的这位同龄人看起来比李白年轻五岁，容貌还是那么俊朗，身材还是那么丰伟，举止还是那么儒雅，行为还是那么装逼……他向李白行双手合十之礼，李白以拱手礼回之。

王维:"来了?"

李白:"来了。"

王维:"安将军请你来的?"

李白:"安将军请我来的。"

王维:"听说……你又续了一弦?又是相门之女?"

李白:"是的,没错儿。"

王维:"好,先不聊了,待会儿过来给兄敬酒。"

李白:"不敢,白去敬您!"

这便是大唐帝国盛唐时代两代诗王——"开元诗王"与"天宝诗王"见面后的一段尬聊,他俩再不投契,但在今晚这个场合,却是同一种身份的人——诗人!在到会的所有嘉宾中,他们权力最小甚至于无,但他们却是今晚这北国夜空中最亮的两颗明星!

高力士来了,代表安禄山他"干爹""干娘"——当今圣上李隆基和贵妃杨玉环来的,他在宣读皇上贺信时出现了一个意外情况:安禄山率领其十一个儿子的三个代表跪听,但却有一个人竟敢站立不跪,是其次子安庆绪。高力士见状,干脆停止宣读,默默而又威严地与之对视。安禄山发现气氛不对,跪地回头一瞅,顿时火冒三丈,这个胖子身姿依然灵活迅猛,一跃而起,抽出马鞭,照其次子,一通乱抽,怒斥其道:"王八羔子!你想干什么?!"

安庆绪这才勉强跪下,竟然还一脸的不服气……

众皆窃窃私语,议论纷纷……

本来开场并非诗,这意外的一幕出现后,安禄山决定将两位诗人的出场提前,冲淡一下眼下尴尬的气氛……

于是,李白就出场了,朗诵了一首刚刚写成的新作:

北风行

烛龙栖寒门，光耀犹旦开。

日月照之何不及此，惟有北风号怒天上来。

燕山雪花大如席，片片吹落轩辕台。

幽州思妇十二月，停歌罢笑双蛾摧。

倚门望行人，念君长城苦寒良可哀。

别时提剑救边去，遗此虎文金鞞靫。

中有一双白羽箭，蜘蛛结网生尘埃。

箭空在，人今战死不复回。

不忍见此物，焚之已成灰。

黄河捧土尚可塞，北风雨雪恨难裁。

李白用其带有蜀音的官话充满激情地朗诵之后，气氛顿时热烈起来。当此之时，能够在现场听到李白亲诵其诗，已经是贵族、士子追求的一种时尚……

接下来，王维出场，他还是老范儿：先吹了一曲箫，继而用标准的长安官话沉静克制地朗诵了一首自己的旧作——含有名句的名作：

使至塞上

单车欲问边，属国过居延。

征蓬出汉塞，归雁入胡天。

大漠孤烟直，长河落日圆。

萧关逢候骑，都护在燕然。

这天晚上身在现场的人有福了：他们为最脏的事跑来，却听到了最干净的诗，华夏史上、汉语册中最好的诗，亲睹两位诗王的风采——他们很好地诠释了什么是诗王：一位是"诗仙"，一位是"诗佛"，由王昌龄开创，高适、岑参发扬光大已成当前主流的边塞诗，并非他俩的主攻方向，但说写就写，到了就写，且还有如此出色的表现……

生日夜宴的高潮自然是寿星安禄山拿手的胡旋舞，这个如今已有四百斤的大胖子身姿依然灵活，只是所转圈数没有当年多了。他在旋转中招手让李白上台与之共舞，李白便跃上台去，以自己拿手的青海舞与之呼应，引来全场有节奏的击掌……仿佛回到当年大明宫金銮殿上。

等安胖子和李瘦子满头大汗下得台来，高力士老夫聊发少年狂，忽然将一腿抬到餐几上，冲李白高呼道："李白，过来！给老夫去靴！"全场一片爆笑……高公公在宫里在皇上面前一向严肃有加不苟言笑，出到地方上便松弛下来变得好玩，他这是对李白当年在金銮殿上让他脱靴的"报复"。李白本是随和好玩人，立马跑上前去,将高力士的一只靴子拔了。高又抬起另一条腿："再去！"李又接着脱……但是，这是一场不平等的游戏：六年前，高为李脱靴，立马传遍天下，成为李的 logo; 六年后，李为高脱靴，次日大家便忘了……

安禄山见状，想起当时他还给李白磨过墨呢，这个精明的胖子立马心生一计说："李诗仙，安某不像高公公这般心眼小，寻机报复你，我可以再为你磨一次墨，只要你为我写一首诗，就像为我干娘写的那首……"

等他把话说完，发现李白已经醉倒在地不省人事。这个时候，王维正端着一壶酒过来敬诗仙,见此情景心里道:"这个龟儿子贼精贼精的,他知道这首诗不能写,所以佯装醉了……看来,我也坚决不能写。"——是的,他知道自己在长安接了金子被请到此,最低任务是留下一首诗。

98

王维想的一点没错,李白这个龟儿子就是贼精贼精的,不但脑子快,脚底还抹油。

翌日白天的活动是由安禄山亲自陪同全体与会嘉宾参观幽州大营。李白来得早,安禄山已经专门陪他参观过了。他不知道在这么多人面前,安会不会抖搂家底:经过多年苦心经营,安家军已经囤积了大量的兵器、战车、军马、粮草,完全做好了打大仗的准备……一个问题便滋生出来?打谁呢?杨国忠率军拿不下来的高句丽吗?为小小的高句丽这么大费周章,不至于吧?李白不敢往前想,不敢往偏想,但直觉告诉他:安禄山沾不得!沾其不得好下场!不过,他此次来得值,一瞅心里就明白了,但是眼下……

李白向安禄山告假,并提出一项私人请求:希望由引他前来的校尉率的骑兵小队再送他去蓟门居庸关参观一下。安禄山听了很高兴,慨然应允。

李白这位蜀人的鬼脑子在于:可以将金蝉脱壳之计藏于行者的旅行、诗人的采风活动之中!他随骑兵们策马扬鞭地来到蓟门居庸关,尽情领略这座秦朝创设的"天下第一雄关"。在此之前,他到达过雁门关,现在他来到了自己作为行者的北极点,也是其生命的北极点,作为这个时代第一大诗人,其诗胸容纳西东吞吐南北，大唐帝国辽阔的疆域构成了他宽广的诗域……多一寸不多，少一寸则少，所以此次北行，他最大的收获还是这个北极点！不知道是否因为心中藏事之故，李白在这个名胜少有的无诗。

在居庸关及周边玩了一天，然后到蓟门县城用饭，李白执意要请客，以表自己的谢忱，似乎也没啥不对；"诗仙"+"酒仙"请客，上了各种好酒，似乎也没啥不对；骑兵们喝多了，就在酒肆楼上的妓馆歇息了，似乎也没啥不对；只是等到次日晌午，清醒过来，发现李诗仙不见了……似乎就不对了！

昨日在酒桌上，李白频频劝酒，自己并不多喝，夜里将骑兵们安顿好，自己便打马启程了。他必须早走，否则这些专业骑士会追上他……

起先，他一直沿着来路，走在回家之路上，到达河南道东西南北交叉的一个大十字路口，距宋州的家并没有多远的地方，他的第三代五花马选择朝西去了，随之走了一段路，他才恍然大悟——

马知新主思长安！

第二十三章　天子呼来不上船

99

西行途中，李白一直处于赶路的状态，马不停蹄。

这个黄昏，当初春的晚风吹来一团醉人的香气，夕阳落入一片辽阔的城郭……他知道：长安就在眼前！

他是在天黑以后进入这座不夜城的郊区的，来到东郊长乐坡，按照杜甫信中所留地址找到了杜家。此时的杜甫，由于去冬向朝廷献上《大礼赋》，得到皇上赏识，命在集贤院待制，却仅得"参列选序"，等候分配，尚未得到一官半职，住在富人区中低矮的平房里……

"杜二！杜二！"李白拍门大叫道。

门开了,走出一个中等身材的黑瘦汉子,沉默着,忽然大叫道:"李……哥!你咋来啦?!"然后返身冲着屋内大声叫道:"杨夏!娃儿们!都起来!都起来!李白来了!李白来了!"

他这么一喊,连邻居家的灯都亮了……

李白连忙道:"别喊!进屋……"

杜甫喜出望外:"中!中!快请进……"

杜甫将五花马三世拴在院子里,找些草料喂着,然后将李白领进自己的寒舍,杜妻杨夏已经起来了,出门迎客,李白见了有些心酸:她乃司农少卿杨怡之女,比杜甫要小十多岁,今年三十岁不到,却老得像四十多岁的中年妇女;更令其心酸的是其中一间屋子,从地铺上爬起两男两女一地孩子,看见他异常兴奋……

"你是李白?"最大的男孩问。

"是噻,你是宗文?"李白答了又问。

"是,你咋知道俺呢?"

"那你咋知道我呢?"

"谁不知道李白啊?俺爹说,你是写诗的神仙!"

"床前明月光,疑是地上霜。举头望明月,低头思故乡。"小点儿的男孩背诵道。

"你是宗武?"

"是啊,你咋知道俺呢?"

……

一进杜家,李白即被孩子们的热情所包围:你在一个陌生家庭中的地位,全由你在其家长心目中的地位所决定……杜甫招呼杨夏为李白造饭,李白阻止道:"娃儿们,李白伯伯还没吃饭呢,肚子正饥,陪我去吃葫芦头好不好?你们长安好吃的东西多,李白伯伯最爱吃葫芦头了……"

"好啊!"孩子们齐声响应。

"走!"杜甫说,"街对过就有一家,还不错……"

杨夏声称不饿,推脱不去,李杜便领着四个欢天喜地的孩子出门去吃葫芦头……

这一行人来到街对过的葫芦头店——在长安,所有葫芦头店的 logo 都是"药圣"孙思邈头像。一进店,一上桌,李白见状又心酸了:孩子们领到烧饼,并不掰馍,直接入口大嚼起来,劝都劝不住……看来他们是饿坏了!

等孩子们填饱了肚子,杜甫便让老大宗文领他们回去睡觉……李白已经要了一斗清酒,哥儿俩准备喝上一顿……哦,李杜见面,岂能无酒?

待到酒酣之际,杜甫终于忍不住发问道:"哥!俺看信没明白,你新娶的这一房,究竟是妻还是妾?"

李白一声叹息:"唉!别提了,家家都有一本难念的经。"

两人一直喝到后半夜,才晃晃悠悠相扶回到杜家……

杜甫让出自己书房给李白睡,翌日晌午起来发现李白已经骑马出门,在书桌上留下一首显然是新写的诗:

戏赠杜甫

饭颗山头逢杜甫,顶戴笠子日卓午。

借问别来太瘦生,总为从前作诗苦。

杜甫读得哈哈大笑,心想:你李哥也比俺胖不了多少啊!

长乐坡所在地便是饭颗山,李白此诗既写实又写意,他的好玩性幽默感在正襟危坐不苟言笑的华夏人中过于超前,以至于竟有后世学者认为李白此作是瞧不起杜甫——真是岂有此理!你跟你最好的朋友不开玩笑吗?

100

在这个春寒料峭的上午,大明宫正门——长乐门前的广场上一直徘徊着一个手牵战马身穿绵戎装的"老兵",几欲朝守卫的士卒走去,最终还是放弃了,翻身上马,打马离开……

这位"老兵",正是李白。

昨夜与杜甫在葫芦头店里虽然喝了不少,睡得也很晚,可黎明时分便醒了,再也睡不着,起来给杜甫写了一首诗,早早牵马离开杜家,来到大唐东市,以其家乡特色肥肠面做早餐。对于五十一岁的他来说,父母都已不在的故乡已经太遥远了,远得望不见,只剩下这口味上的安逸、舒服与巴适!

吃完早餐,他便打马来到大明宫外,想来看看他很想见的一个人——不,应该说是两个。在安禄山幽州大营,他与高力士的交集不光是在生日庆典上帮他脱了靴子,他们私下里还有交谈——高公公问他:"李诗仙,你咋不回长安看看皇上和贵妃娘娘呢?他们常在一起读你的新作,赞不绝口,还老念叨你——娘娘说,李白一走,大明宫里就没有好玩的人了……"——正是这个因素,五花马三世才会在距家很近的地方选择西行……

他深知:皇上与贵妃对他的情谊,而皇上又是他的君王。李白求见,肯定获准,必然见面;真见了面,他在幽州大营的所见所闻,对皇上说还是不说呢?不说就是"欺君",说了自是"忠君",可是对安禄山来说,他又成了什么人?收了人家的金子,去了人家军营吃吃喝喝、玩玩乐乐,然后,不辞而别不说,还跑到最高统治者这里告人家一状,那李白不就成了典型性小人了嘛!跑,他做得出来;告,他做不出来……

所以,在经过一上午的徘徊复徘徊之后,他还是决定离开,回到杜甫家,与杜甫一起去找高适玩——他们仨曾经立下过誓言:长安见!

此时的高适,已不似往日,正像安禄山所掌握的那样,他已在哥舒翰将军的幕府中担任掌书记之职,诗上也成为"边塞诗"的栋梁,这位"将三代"后程发力的人生开始进入正规……高适一见李白来,马上想到的是通报他的贵人和上司哥舒翰,介绍这一文一武的两位人杰相互认识,他俩肯定都乐意,而自己也颇有面子。哥舒翰一听,立刻决定当晚在将军府为李白接风洗尘。当晚的陪客也统统重量级,除了高适、杜甫,还有一个叫郭子仪的汉族将军,他口口声声说李白当年访问太原时在兵营中救过他一命,李白竟然已经记不得关于这个人的那件事了。

席间,郭子仪频频向李白举杯敬酒;席间,李白喝得高兴,便开始喷诗——

述德兼陈情上哥舒大夫

天为国家孕英才,森森矛戟拥灵台。
浩荡深谋喷江海,纵横逸气走风雷。
丈夫立身有如此,一呼三军皆披靡。
卫青谩作大将军,白起真成一竖子。

今天，我们站在历史的高度上俯瞰此诗，发现它是一则笑话：由于吹捧过度而沦为笑话——但问题是，作者为何会用力吹捧过度？在这个酒局上，当哥舒、郭两位将军非议安禄山的贪婪霸道狼子野心时，当高、杜两位诗人也跟着对其实施口头讨伐时，李白选择了沉默，绝不帮腔，但是他真心希望国有良将，能够在安万一生变之时挽大唐于既倒。只不过，他这个三流道士相术不精，看人不准，他还是习惯于相信胡须发达胡人血统的唐将，忽略了眉清目秀一身文气的汉族将军——才更像卫青、白起……

101

在大唐帝国，进士及第并不可以直接为官，还须无限期地等待……一般人都会将这段时间用于在长安跑官，丹阳进士殷璠将别人跑官的时间用来编了一本书，这叫大聪明——花了两年，将此书编好后，他将书稿进献给当朝皇帝李隆基，希望皇帝亲任主编并批准印行。皇帝读之大悦，但却不愿掠他人之美，只是亲笔御批交由皇家开办的长安书肆印行并公开出售此书，并且赐了编者殷璠一个长安周边的县尉。

殷璠一举数得，志得意满。

该书名曰《河岳英灵集》，系大唐帝国开国以来第一部当朝诗人选集，填补了一大空白，抢占了唐史第一。

敢想敢干踏实肯干者干成了！该书甫一上市，顿成洛阳纸贵……杜甫闻听此讯，告诉了李白，两人便一起来到位于城中心的长安书肆，果然目睹了人们排成长龙购买此书的壮观景象，到这一年，大唐已经开国一百三十三年，才有了第一本当朝诗人选集，对于人类文明史上最爱诗的一国一朝国民来说,对于已经创造出华夏诗歌最高峰的盛唐诗人来说,来得有些晚,真是太需要了!

李白进入书肆不久,便被排队的群众认出来了,"李白来了!""李白来了!"——这条消息,口口相传,迅速传遍全店,惊动了老板,跑出来将李白、杜甫迎到后屋贵宾厅落座。老板一见李白,竟马上奉上一大袋银子,是六年前大明宫翰林院印行的李白诗、赋、文集《大猎赋》的版税。这六年来,该书长销不衰,成为望子成龙的家长们的最爱,他们不管李白最终当没当上官,只希望自己的孩子先成为李白式的神童。吃着茶,聊着天,老板的灵感来了:既然李白光临长安,还要再待些日子,那就干脆为正在大卖的《河岳英灵集》再添一把火——为它做一场首发式朗诵会,将编者殷璠以及李白等现在长安的入选诗人都请来,亲诵自己的入选诗。经过一番策划,他们将时间定在三月三,所以将之命名为"三月三诗会"。

真是书出对了,围绕此书办的诗会也对了——谁会错过借此书露脸的机会呢?谁会错过盛唐时代最后一场高端诗会呢?入选十四首的头条诗人常建来了,入选十三首的二条诗人李白来了,入选十五首的三条诗人王维来了,入选十三首排在第九位的诗人高适来了,入选七首排在第十位的诗人岑参来了,入选七首排在第十一位的诗人崔颢来了……现在长安的入选诗人几乎都来了,总共二十四位入选诗人中,值得一提的尚有:已经不在人世的孟浩然,入选最多(十六首)现正外放的王昌龄。

杜甫没有入选——这构不成问题,这个时段,杜之主要杰作尚未写出,在大唐诗坛的影响力更是谈不上……

贺知章的落选才是焦点问题,甚至变成了一大信号,编者殷璠在序中所言："如名不副实，才不合道，纵权压梁窦，终无取焉。"——有人私下议论，首当其冲便是张九龄，其次便是贺知章……

一个有目共睹的真相是：不管选了李白几首诗将李白排在第几位，他是这个时代唯一的诗歌巨星。三月三这天午后，他和杜甫来到长安书肆门口，便看见一个赤裸上身的年轻人，跪在地上，扯一横幅：跪迎李白！

李白心说：又是一个任华！上前一问，名叫魏万，又一个李白的狂热粉丝。他为找李白，已经在神州大地上跑了三千里路了！

李白要脱自己的绵戎装给他披上，他这才穿上自己的衣裳，三人一起进入书肆……诗会尚未开始，风头已被李白抢去！

一个黄衫儿打马而来——是宫里的太监来送皇帝的题字：河岳英灵集！

太监展字，众皆下跪。

跪在地上的李白对跪在地上的杜甫说："好字！但比其曾祖父还差一点……"

"三月三诗会"开始。书肆老板亲自主持。诗会分为上下两个半场：上半场是《河岳英灵集》研讨会；下半场是以入选诗人为主的吟诵会。

跑来送字的年轻太监并没有急着走，他照皇帝的谕旨要将与会者的发言记录在案，拿回去供御览，他在这个下午的劳动成果如下：

  王维：书名起得好！皇上的字更好！在我大唐子民心中，诗人乃河岳英灵，与锦绣江山同在。孟浩然兄只选了九首，选得少了点，孟乃大诗人也，历史将证明这一点……本书之编选，虽未尽善尽美，但开创之功、历史地位无可取代。祝贺殷县尉！

常建：承蒙殷县尉偏爱，将鄙人列于头条，令吾受宠若惊、诚惶诚恐、如坐针毡，李白、王维在座，吾岂敢列于他俩之上？我唐开国至今，文脉强劲，开元、天宝各出一个诗王，是天下读书人的共识。

殷璠：事实确乎如此，可我这么做正是想破一破这个共识。实际情况是，常建兄是我滞留长安这两年间唯一能够接触到的诗人，他对我编此书鼓励有加，所以就将他的诗多选了点，并置于头条。

杜甫：如此皇皇大著，岂可如此随意？你一方面大刀阔斧，颇见胆识魄力，敢置张九龄、贺知章等位列卿相的诗人于不选，另一方面却是如此随意，给认识者送头条……在我看来，这个头条，李白不占，他人应不敢占。恕我直言，若通篇以诗质严格取舍，一本大唐诗选，李诗当占一半，其余人等合占另一半……

殷璠：天下谁不知李诗好？我未将李诗仙列于头条，是考虑到他酒名太盛，写女人（好多是妓女）太多，不适合给童子们做榜样。众所周知，自孔子编订《诗》始，所有经典的诗文选集，都是成功的教材，《河岳英灵集》自然也有这样的考虑。

杜甫：此言差矣！大唐诗人哪个不爱酒？天下男儿哪个不爱女人？就算是为童子，童子也会长大！本书还有一大硬伤，既是全唐诗选，为何初唐诗人无一人入选？"王杨卢骆"不该入选吗？陈子昂不该入选吗？

李白：甚为同意！即便"王杨卢骆"可以不选，陈子昂却不能不选；即便张九龄可以不选，贺知章也不能不选；还有张若虚，《春江花月夜》，孤篇压全唐。杜甫也不该落选，《望岳》诸位读过吗？我预感：杜甫将成为我唐下一位诗王级的大诗人，不信咱们拭目以待！

高适：愚以为，头条诗人确实应放李白，这是无需讨论的事情。王维当次之，这也是无需讨论的事情。王昌龄兄此次入选最多，愚以为做得很对，他对"边塞诗"有开创之功，他左迁龙标无法前来，我代他向殷县尉表示感谢！我本人也要向殷县尉表示感谢！我高适写诗甚早，出道却晚，属于后起诗人，能被殷县尉注意到，颇觉幸运！实在荣幸！

岑参：此时此刻，我的感受，与高适兄颇为相似，作为后起诗人，能够入选，甚是荣幸！我是沾了"边塞诗"的光。不瞒各位，此时此刻，我最大的幸福，还不是在于自己的入选，而是平生第一次见到了李白——毋庸置疑，他就是我大唐活着的诗神，他所达到的高度可以令我大唐之诗位列华夏之巅！我们这些人，百年以后，在青史上，都会沾到他的光！

崔颢：还是觉得很幸运。像我这个佳作不多，被同行讥为"一首诗诗人"的人，竟也入选了十一首之多，着实感到很幸运。感谢昔日李诗仙帮衬，《黄鹤楼》才浪得这么大的虚名。应该承认，身居长安的诗人要比身在外地的诗人沾光，张若虚兄如果不是在四明而是在长安，不至于这么籍籍无名。还有一大遗漏——王之涣。

魏万：今天真是太激动、太幸福了！吾乃王屋山中耕读的书生，追随李白诗中的足迹跑了三千里路，今天终于在长安追上了李白的脚步，见到了李白真身！此时此刻，环顾四周，大唐何其幸也！在这片辉煌的苍穹之上，李白就是太阳，王维就是月亮，诸位就是群星……青史之上，没有任何一朝可与我朝相比，哪怕是诗祖屈子及楚辞！

上半场研讨会开得十分热烈，甚至激烈；下半场的吟诵会则像是和平盛世结束前盛唐诗人最后的留影——

王维还是带来了他那标志性的箫，吹响了盛世最后的箫声，吟诵的是《少年行》……定格。

高适、岑参都是一身戎装，"边塞诗"人该有的样子，分别吟诵了《送韦参军》和《春梦》……定格。

李白也是一身戎装，不过他更像一个时尚人儿，吟诵了《将进酒》，二次返场吟诵了《蜀道难》，三次返场吟诵了《梦游天姥吟留别》，全场嗨翻天……定格。

在此次"三月三诗会"之后，在长安少年中带起了一波"戎装热"，显然来自以上三位诗人（主要是巨星李白），不过，"戎装热"可不是啥好信号……

在《河岳英灵集》入选诗人吟诵完毕之后，第一个出场的是杜甫，他吟诵了自己刚刚完成的新作——

饮中八仙歌

知章骑马似乘船，眼花落井水底眠。

汝阳三斗始朝天，道逢麹车口流涎，恨不移封向酒泉。

左相日兴费万钱，饮如长鲸吸百川，衔杯乐圣称避贤。

宗之潇洒美少年，举觞白眼望青天，皎如玉树临风前。

苏晋长斋绣佛前，醉中往往爱逃禅。

> 李白一斗诗百篇，长安市上酒家眠，
> 天子呼来不上船，自称臣是酒中仙。
> 张旭三杯草圣传，脱帽露顶王公前，挥毫落纸如云烟。
> 焦遂五斗方卓然，高谈雄辩惊四筵。

本诗是杜甫见过李白之后能力大长的集中体现，另外七仙，他都没见过，仅凭李白的描述便写得如此生动、传神，引来观众一片喝彩……其中这句"天子呼来不上船"太刺耳了！但在开国以来尚未有过一桩文字狱的大唐，一点风险都没有……只是此诗，没有引起在场同行的足够重视——在他们看来，本诗写得太李白了，是杜甫这几年在李白身上采气的成果！

最后出场的是特邀嘉宾——死而复生的日本诗人阿倍仲麻吕，他先与六年前回国时写诗送过他的王维，途中遇海难传说丧命时写诗哭过他的李白热烈拥抱、相拥而泣，然后吟诵了这样一首赠李白的诗：

> ### 望　乡
>
> 卅年长安住，归不到蓬壶。
> 一片望乡情，尽付水天处。
> 魂兮归来了，感君痛哭吾。
> 我更为君哭，不得长安住。

至此，"三月三诗会"圆满结束，《河岳英灵集》大卖脱销。

这天晚上，长安书肆老板在大唐西市胡人烤肉铺宴请与会嘉宾。席间，魏万向李白禀明来意：他已搜集李诗两千余首，想编成一本李白诗全集。李白慨然应允道：在其宋州家中，其妻宗羡仙也搜集了一千多首，可以交给他。于是，在场者便听成了李白已经成诗三千余首，啧啧称奇，钦佩不已，这个数字，遥遥领先于华夏诗歌史……书肆老板当即决定由长安书肆来印行此书。一听魏万没有地方住，而李白还住在杜甫家，便请他俩同来书肆住……

或许是大家冥冥之中有感觉：这是最后的盛会！最后的大聚！这天晚上，无人早退，诗人们全都喝醉了，连一向端着的"诗佛"王维也性情起来，觉得今天意犹未尽，邀请在座各位下个月去他辋川别墅，小住几日，吟诗作画……

今夜月正圆。

102

此会过后，高适、岑参各回各的部队，杜甫、魏万陪李白继续游长安及周边，时不时还有阿倍仲麻吕加入进来……

他们游览了骊山，共忆李白当年侍驾的风光……

他们游览了慈恩寺，一起登上大雁塔，"青莲居士"依然大受佛教界人士的礼遇……

他们在小雁塔下品茶，三人一起撞响了一口周朝的老钟……

他们在大唐芙蓉园的南湖之上泛舟。在两位知音面前，李白坦承：这是他与玉真公主当年谈恋爱的地方，他俩的关系并非全是精神恋情，还是有些浅表的肌肤之亲……

他们在大唐东市品尝神州各地风味，他们在大唐西市享受世界各地佳肴……

他们看斗鸡、斗狗，观大相扑、马球赛，自然也要下点注小赌一把……

他们观妓，听她们唱李白的诗……

他们赴宴，请李白喝酒是都城官员们的荣幸……

阿倍仲麻吕，这位长安老市民，带他们仨去了很多外地人根本不知道的犄角旮旯，让他们真正领略到这座世界第一城的奥秘和内在的魅力……

一个月后，他们来到太白山——是李白三进长安的最后一个景点，他与杜甫，都是重登，于太白山巅，李白当场喷诗——

太白何苍苍

太白何苍苍，星辰上森列。

去天三百里，邈尔与世绝。

中有绿发翁，披云卧松雪。

不笑亦不语，冥栖在岩穴。

我来逢真人，长跪问宝诀。

粲然启玉齿，授以炼药说。

铭骨传其语，竦身已电灭。

仰望不可及，苍然五情热。

吾将营丹砂，永世与人别。

杜甫自叹弗如，坦承暂时无诗。

魏万成了见证者，尽管他与别的唐人一样，远不识杜甫之伟大。

他的眼睛，只是死死地盯着李白……在太白山巅，春风把李白对杜甫的临别寄语吹拂过来——

"下山回到长安,我们就走了。王维辋川别墅我就不去了,他并没有给我发请柬。你自己去吧,不要错过认识更多人的机会,你不是还在等候分配嘛!这个阶段没收入,全仗家里接济,你得学会花钱,你在长乐坡租房子干吗?贵得要死!干脆住到城外去,可以租到便宜房,把钱省下来让孩子们吃得饱点吃得好点……不好吗?至于诗的事儿嘛,不着急,你已经说了诗是你们杜家的事儿了,那就更不要急,早晚世人会认识到你的价值……"

"早晚"是多早是多晚?李白这个三流道士,看不出杜甫的一脸苦相吗?眼下他错过的只是首部唐诗选,此后他将一路错过,直到这个朝代的最后一部诗选,方才首次被选入,那将是一百五十年后的事……

当时,听着李白的话,杜甫热泪盈眶,旁观者魏万,也是热泪盈眶。

103

李白三进长安的后期,有着明显的盘桓流连之意,若有所期——他在等什么呢?李白到达长安,长安城里无人不知无人不晓,自然也包括大明宫主人……他在等待皇帝的召唤!不过,这个皇帝已经不可能再召唤他了,那个负责笔录的年轻太监回去向皇帝汇报:杜甫写李白"天子呼来不上船",时年六十六岁的皇帝听成了李白夫子自道的诗句……

三进长安的李白收了不少钱,临走之际,他为魏万买了一匹二手马,余钱全给杜甫补贴家用,连一点盘缠都不留。偶像要给粉丝表演一下:大唐诗王在大唐的国土上,出门行路何言钱!

总觉得还会来，一而再，再而三地来，总觉得还会见，没完没了地见，李白便不让杜甫送——送到友人东去相送的标准地点灞陵，就从杜甫刚刚搬去的新居所在地凤栖塬分手：杜甫打马去蓝田——王维的辋川别墅，李白与魏万一路向东……

从长安到洛阳，从西都到东都，粉丝魏万见识了偶像李白的待遇：身无分文，吃住不愁，一路吃过去，一路通行无阻……地方官员一听李白来了，如迎封疆大吏……

到了东都洛阳，他的朋友就更多了，每日欢宴不断……

他们一起去了王屋山中魏万的家，目睹这位贫寒子弟终日苦读的艰难环境，李白说出了这样一句话："魏万，汝尔后必著大名于天下，无忘老夫与明月奴。"

在王屋山，他拜访了已故"国师"司马承祯的故居——上阳台，留下一帧墨宝：

　　山高水长，物象千万，非有老笔，清壮何穷？
　　十八日上阳台书，太白。

此一墨宝，日后成为李白唯一传世的书法作品，见证着他在这方面不低的造诣……

在王屋山，他还寻访了自己的精神恋人李持盈——即玉真公主。她在六年前随李白离开长安前，归还所有家产，自销公主封号，来此灵都观出家，创立莲道教……只是不巧，她云游讲学去了……

然后，他们又来到了嵩山颖阳山居，与元丹丘相聚一月，李白对自己最好的老友邀他们全家来此定居未置可否，说是回去与妻商量一番再定……

最后，他们一起来到宋州宗府李白家，稍做休整，开始着手编选李白诗文全集，将魏万搜集的两千多首诗和宗羡仙搜集的一千多首诗一合并，再剔除掉一些流传于坊间的伪作，只有两千五百余首……于是，李白的执念来了：非要满三千首才肯出，他说："三千首，分三十卷，每卷一百首。"

当此之时，纵观华夏诗史，这是一个雄心勃勃的规划，前不见古人，后不见来者……

于是此事便暂缓了。

此后四年中，李白不断写出新作，甚至又写出了《宣州谢朓楼饯别校书叔云》这样第一流的大杰作；

> 弃我去者，昨日之日不可留；
> 乱我心者，今日之日多烦忧。
> 长风万里送秋雁，对此可以酣高楼。
> 蓬莱文章建安骨，中间小谢又清发。
> 俱怀逸兴壮思飞，欲上青天览明月。
> 抽刀断水水更流，举杯销愁愁更愁。
> 人生在世不称意，明朝散发弄扁舟。

他还不断给各地朋友写信，回收旧作；其间他还与魏万一起多次出游，如下两诗便是明证：

金陵酬翰林谪仙子
魏万

君抱碧海珠，我怀蓝田玉。各称希代宝，万里遥相烛。

长卿慕蔺久，子猷意已深。平生风云人，暗合江海心。
去秋忽乘兴，命驾来东土。谪仙游梁园，爱子在邹、鲁。
二处一不见，拂衣向江东。五两挂淮月，扁舟随海风。
南游吴、越遍，高揖二千石。雪上天台山，春逢翰林伯。
宣父敬项橐，林宗重黄生。一长复一少，相看如弟兄。
惕然意不尽，更逐西南去。同舟入秦淮，建业龙盘处。
楚歌对吴酒，借问承恩初。宫买《长门赋》，天迎驷马车。
才高世难容，道废可推命。安石重携妓，子房空谢病。
金陵百万户，六代帝王都。虎石踞西江，钟山临北湖。
湖山信为美，王屋人相待。应为歧路多，不知岁寒在。
君游早晚还，勿久风尘间。此别未远别，秋期到仙山。

送王屋山人魏万还王屋

李白

王屋山人魏万，云自嵩、宋沿吴相访，数千里不遇。乘兴游台、越，经永嘉，观谢公石门。后于广陵相见，美其爱文好古，浪迹方外，因述其行而赠是诗。

仙人东方生，浩荡弄云海。沛然乘天游，独往失所在。
魏侯继大名，本家聊、摄城。卷舒入元化，迹与古贤并。
十三弄文史，挥笔如振绮。辩折田巴生，心齐鲁连子。
西涉清洛源，颇惊人世喧。采秀卧王屋，因窥洞天门。
揭来游嵩峰，羽客何双双。朝携月光子，暮宿玉女窗。
鬼谷上窈窕，龙潭下奔滠。东浮汴河水，访我三千里。
逸兴满吴云，飘飖浙江汜。挥手杭、越间，樟亭望潮还。
涛卷海门石，云横天际山。白马走素车，雷奔骇心颜。

遥闻会稽美，一弄耶溪水。万壑与千岩，峥嵘镜湖里。
秀色不可名，清辉满江城。人游月边去，舟在空中行。
此中久延伫，入剡寻王、许。笑读曹娥碑，沉吟黄绢语。
天台连四明，日入向国清。五峰转月色，百里行松声。
灵溪咨沿越，华顶殊超忽。石梁横青天，侧足履半月。
眷然思永嘉，不惮海路赊。挂席历海峤，回瞻赤城霞。
赤城渐微没，孤屿前峣兀。水续万古流，亭空千霜月。
缙云川谷难，石门最可观。瀑布挂北斗，莫穷此水端。
喷壁洒素雪，空濛生昼寒。却思恶溪去，宁惧恶溪恶。
咆哮七十滩，水石相喷薄。路创李北海，岩开谢康乐。
松风和猿声，搜索连洞壑。径出梅花桥，双溪纳归潮。
落帆金华岸，赤松若可招。沈约八咏楼，城西孤岧峣。
岧峣四荒外，旷望群川会。云卷天地开，波连浙西大。
乱流新安口，北指严光濑。钓台碧云中，邈与苍岭对。
稍稍来吴都，徘徊上姑苏。烟绵横九疑，漭荡见五湖。
目极心更远，悲歌但长吁。回桡楚江滨，挥策扬子津。
身著日本裘，昂藏出风尘。五月造我语，知非佁儗人。
相逢乐无限，水石日在眼。徒干五诸侯，不致百金产。
吾友扬子云，弦歌播清芬。虽为江宁宰，好与山公群。
乘兴但一行，且知我爱君。君来几何时，仙台应有期。
东窗绿玉树，定长三五枝。至今天坛人，当笑尔归迟。
我苦惜远别，茫然使心悲。黄河若不断，白首长相思。

可以这样说，在此四年间，围绕这部大全集的增补、搜集、编选，李白的主要心思在诗上，是其一生中对于"做诗人"这件事最专注最投入的一个时期，以业余爱好、士子修养、性情流露为特点的中国古典诗歌，也曾出现过点点滴滴现代专业的迹象。当然，这只会发生在大诗人身上……

　　该年十一月，李林甫终于死了，杨国忠继承相位，国体愈加不稳，政局愈加动荡……

第二十四章　天子遥分龙虎旗

104

"狼来了"喊多了，狼便真的来了！

天宝十四载（公元755年），安禄山蓄意为乱，二月请以番将代汉将，四月又请以东都洛阳之兵益蓟门。上皆从之。十一月，安禄山以讨杨国忠为名，发所部镇兵及同罗、奚、契丹等凡十五万众，号二十万，反于范阳，引兵而南，攻陷河北道诸郡。十二月，以荣王李琬为元帅，高仙芝为副元帅，统诸军东征，败绩。安禄山攻陷东都洛阳及河南道诸郡，杀高仙芝。以哥舒翰为副元帅，守潼关。以郭子仪为朔方节度使。安贼犯振武，郭子仪使李光弼、仆固怀恩击破之。平原太守颜真卿、常山太守颜杲卿起兵讨贼，河北道诸郡应之……

这年冬天，李白听到战事骤起的消息时，正带着宗氏门人武谔重游金陵，他在第一时间做出如下安排：派武谔去接在鲁中跑生意的小舅子宗璟、儿子李伯禽，自己亲自冒险回到宋州家中去接妻子宗羡仙……近几年中，在他故去亲人的名单上又添加了女儿和岳父，女儿李平阳与其姑姑李月圆同命，出嫁不久便早早走了，死于难产，母子均未保全；岳父年龄虽然还没有李白大，在这个朝代也不算是短寿……至于他的另一位妻子海石榴和小儿子李颇黎，他一直持以回避的态度……

这年冬天，天下大乱，李白回到家中，接了妻子，旋即南奔……宗羡仙，李白末任妻子，李诗研究先驱，李白首部全集《李翰林集》（魏万主编）编选者之一，在这部皇皇大著脱稿之际，曾对其夫君、大诗人李白说："你作为诗人的一生已经圆满完成了，再往后，多一首，好一首，都是赚……不过，恕妾直言，你近年朝议的诗写得太多了，你是李唐宗室杀死的人的后裔——我们都是！你管他们家的事作甚？你是不是受那个干了吧唧苦兮兮的杜二的影响？我发现你俩认识之后在相互影响：他想写得像你，你想写得像他……他想像你不奇怪，你李白是谁呀！你想像他就怪了，你就那么看重这个苦命人吗？""妇人之见！"——当时，李白也只是在心里，这么嘟囔了一句，然后便与魏万开喝庆功酒……此刻在南奔途中，与塞满道路的流民一起奔逃，他想起妻子的这番话，面对眼前的景象，不知道她是否已经改变了想法，有些政治你想躲就能躲得了吗？战争就是最大的政治！于是，他的诗便来了，何谓大唐诗王？何谓华夏诗魂？逃难途中，诗作不断——

奔亡道中五首

（其一）

苏武天山上，田横海岛边。

万重关塞断，何日是归年？

（其二）

亭伯去安在？李陵降未归。

愁容变海色，短服改胡衣。

（其三）

谈笑三军却，交游七贵疏。

仍留一只箭，未射鲁连书。

（其四）

函谷如玉关，几时可生还？

洛阳为易水，嵩岳是燕山。

俗变羌、胡、语，人多沙塞颜。

申包惟恸哭，七日鬓毛斑。

（其五）

淼淼望湖水，青青芦叶齐。

归心落何处，日没大江西。

歇马傍春草，欲行远道迷。

谁忍子规鸟，连声向我啼。

天宝十五载（公元756年）。

正月，安禄山在大唐帝国东都洛阳登基，自称大燕皇帝。

五月，郭子仪、李光弼大破史思明，收复河北道十余郡，安禄山遂有后顾之忧。

六月九日，哥舒翰与贼将崔乾祐战于灵宝，大败。贼闯入潼关，哥舒翰被擒，降贼。

六月二十日，上奔蜀。十四日行至马嵬驿，兵变，杀杨国忠。上被迫缢杀杨贵妃。上奔蜀时，给事中王维，扈从不及，为贼抓获，送往洛阳，强任伪官，屡次自杀寻死未遂。

六月十七日，长安沦陷。张均、张垍兄弟降贼，安禄山以垍为相。杜甫在长安失陷后，携家逃至鄜州避乱，旋又北往延州，中途落贼手，被送至长安。

七月十二日，太子李亨即位于灵武，改元至德，尊李隆基为太上皇。

七月十五日，李隆基至汉中郡，从房琯议，以李亨为天下兵马元帅，以永王李璘、盛王李琦、丰王李琪分领节度使，并遣永王李璘赴江陵。时李亨已即位于灵武，因道路阻绝，表疏未达。

七月二十八日，李隆基至益州，从官及六军至者，一千三百人而已。

八月，永王李璘领四道节度使，镇江陵。封疆数千里，江淮租赋又山积于江陵，遂欲据金陵，保有江表，如东晋故事。李亨闻之，令李璘还蜀，李璘不从。李亨从高适谋，以高适为淮南节度使,使与江东节度使韦陟等共图李璘。

十一月,以崔涣为江南宣慰使(李隆基幸蜀途中拜相)。

十二月二十五日,永王李璘引兵东巡,沿江而下……

这一年,五十六岁的李白携妻南逃的行迹,可以"望风而逃"来形容。

春在当涂县宰、族叔、书法家、篆刻家李阳冰家,李白听闻老友、大诗人王昌龄在前一年为酷吏闾丘晓所杀,大哭,泣吟旧作《闻王昌龄左迁龙标遥有此寄》:

> 杨花落尽子规啼,闻道龙标过五溪。
> 我寄愁心与明月,随风直到夜郎西。

又从李阳冰口中,听闻圣上将亲征安禄山,转悲为喜,作新诗……

旋闻东都洛阳失陷,安贼自称伪帝,中原横溃,生灵涂炭,乃自当涂返宣城,将避地剡中……

旋至溧阳,与故人、从东都洛阳幸运逃出的大书法家张旭巧遇,这两个相互并不怎么喜欢的日后"大唐三绝"之二绝,为共同的处境与命运,共同的忧国忧民,为昔日长安城的"饮中八仙",坐在了一起,饮于酒楼,感时伤事,酒过三巡,李白当场喷诗,终于提及张旭——

> 猛虎行
> 朝作猛虎行,暮作猛虎吟。
> 肠断非关陇头水,泪下不为雍门琴。

旌旗缤纷两河道，战鼓惊山欲倾倒。
　　秦人半作燕地囚，胡马翻衔洛阳草。
　　一输一失关下兵，朝降夕叛幽、蓟城。
　　巨鳌未斩海水动，鱼龙奔走安得宁。
　　　　颇似楚汉时，翻覆无定止。
　　　　朝过博浪沙，暮入淮阴市。
　　张良未遇韩信贫，刘、项存亡在两臣。
　　暂到下邳受兵略，来投漂母作主人。
　　贤哲栖栖古如此，今时亦弃青云士。
　　有策不敢犯龙鳞，窜身南国避胡尘。
　　宝书玉剑挂高阁，金鞍骏马散故人。
　　昨日方为宣城客，掣铃交通二千石。
　　有时六博快壮心，绕床三匝呼一掷。
　　楚人每道张旭奇，心藏风云世莫知。
　　三吴邦伯皆顾盼，四海雄侠两相随。
　　萧、曹曾作沛中吏，攀龙附凤当有时。
　　溧阳酒楼三月春，杨花茫茫愁杀人。
　　胡雏绿眼吹玉笛，吴歌《白纻》飞梁尘。
　　丈夫相见且为乐，槌牛挝鼓会众宾。
　　我从此去钓东海，得鱼笑寄情相亲。

　　张旭当即以其独创草书书之，是其首次书写李白诗……
　　夏，至越中。闻郭子仪、李光弼河北大捷，又返金陵，住崔宗之家。为挣润笔费，作《为吴王谢责赴行在迟滞表》：

臣某言：伏蒙圣恩，追赴行在，臣诚惶诚恐，顿首顿首。臣闻胡马矫首，嘶北风以踢顾；越禽归飞，恋南枝而刷羽。所以流波思其旧铺，落叶坠于本根。在物尚然，矧于臣子。

臣位叨盘石，辜负明时；才阙总戎，谬当强寇。驽拙有素，天实知之。伏惟陛下重纽乾纲，再清国步，憖臣不逮，赐臣生全。归见白日，死无遗恨。

然臣年过耳顺，风瘵日加。锋镝残骸，劣有馀喘。虽决力上道，而心与愿违。贵贪尺寸之程，转增犬马之恋。非有他故，以疾淹留。

今大举天兵，扫除戎羯。所在邮驿，征发交驰。臣逐便水行，难于陆进，瞻望丹阙，心魂若飞。惭坠履之还收，喜遗簪之再御。不胜涕恋屏营之至。谨奏表以闻。

虽是代人所作之文，但从字里行间可以看出，李白已经欣然接受了李亨即位的事实……或许在他看来，老迈昏聩的李隆基已经无力扭转战局，是该换他儿子试试了！他对其连爱妃杨玉环的性命都保不住感到深深的失望……

秋，闻贼破潼关，遂沿江向西，入庐山，隐于屏风叠。

在长江上乘坐挤满难民的船只，他已经习惯了所乘是别人家的船的改变。李客死后，李氏航运失去了主心骨，早已淡出这条航线……如今兵荒马乱来了，长江之上，全是难民，让李白觉得早早退出并非坏事，他们这一家已经把长江吃得够够的了，现在需要做的是：龟缩蜀中不出来……

这一年岁末，当大儿子李伯禽和小舅子宗璟一起来到庐山之后，李白是准备率全家以龟缩之策来避这不知会打到猴年马月的

"安史之乱"的，但是永王李璘遣人送达的一连三封辟书，却将他的心绪搅乱了……

106

史有刘备三顾茅庐敦请诸葛亮出山，现有韦子春三上庐山敦请李白下山。

韦子春系李林甫酷政受害者，从一京官被贬岭南任端溪县尉，后遇永王李璘赏识，加入其幕府，成为其心腹，担任其秘书。敦请天下闻名的大诗人李白出山，是其对知遇之主的一大献策，颇获永王之心。大战、大乱带来了大争，其兄李亨虽已即大位，但也不是一点机会没有；即便为了保住现有的地盘与利益，也需要人才不是？至于李白到底是不是一些人传说的"大才"，他也不知道，只知道李白的名头对于天下的士子与黎民，有着不可小觑的号召力。

韦子春初上庐山送辟书时，是空手而去的，李白也毫无思想准备，受宠若惊的表情是很明显的，虽然与其妻宗羡仙商量之后婉拒谢绝了，但韦子春已经决定再跑一趟。

韦子春再上庐山送辟书时，给李白送上了一百金锭——这是传说中安禄山请李白的聘礼，李白这个妻管严，与其妻宗羡仙商量之后，口称："中原横溃，尘忝幕府，终无能为。"然后，拒收聘礼，但惋惜之情溢于言表，韦子春决定再跑一趟。

韦子春三上庐山送辟书时，依然带着那一百金锭，另外还带了一身戎装——这是传说中李白三进长安的行头。这一次，老李白终于不再去问他那个凡事有态度的死老婆,当即表示:"严期迫切,难以固辞,扶力一行,前观进退,随时准备,荐贤自免,功成身退。"韦子春大喜过望。

当晚,在庐山深处屏风叠漏风的茅屋中,两人饮着家酿米酒,饮至夜深人静……韦子春的苦心与辛苦,总算得到了回报,李白当场赠诗:

赠韦秘书子春

谷口郑子真,躬耕在岩石。
高名动京师,天下皆籍籍。
斯人竟不起,云卧从所适。
苟无济代心,独善亦何益。
惟君家世者,偃息逢休明。
谈天信浩荡,说剑纷纵横。
谢公不徒然,起来为苍生。
秘书何寂寂,无乃羁豪英。
且复归碧山,安能恋金阙。
旧宅樵渔地,蓬蒿已应没。
却顾女几峰,胡颜见云月。
徒为风尘苦,一官已白须。
气同万里合,访我来琼都。
披云睹青天,扪虱话良图。
留侯将绮里,出处未云殊。
终与安社稷,功成去五湖。

翌日一早，两人便下山了。下山途中，好大喜功的李白又有些得意扬扬，随口吟诵出新诗——

别内赴征三首
（其一）

王命三征去未还，明朝离别出吴关。
白玉高楼看不见，相思须上望夫山。

（其二）

出门妻子强牵衣，问我西行几日归。
归时倘佩黄金印，莫学苏秦不下机。

（其三）

翡翠为楼金作梯，谁人独宿倚门啼？
夜坐寒灯连晓月，行行泪尽楚关西。

对于一个五十有六尚能活蹦乱跳的热血男儿来说，用一百金锭安顿好妻儿，自己出征讨贼精忠报国，应该是个不错的选择，也是在一个"重文尚武"的王朝中，"一代国诗"应有的表现……至于说他看不破眼前的政治乱局、权力迷雾，那是另外一回事儿，正人君子，识不破妖魔鬼怪的阴谋诡计，责任不在正人君子……

107

李白随韦子春下得山来，赶了一段陆路，在江州上了永王李璘停泊在长江之上专门等他的"贼船"——是的,大家很快便会做如是说。

李白登船时已经跨了年——至德二载(公元757年)到了,永王水军,各只战船,张灯结彩,有酒有肉,都在欢庆……李白心里直打鼓:即使过大年,这也有点过了吧?毕竟是在战时啊?一见永王李璘面,他方才明白:"安禄山被杀啦!竟被其次子安庆绪所杀!这个天杀的王八羔子在洛阳继承了所谓'大燕皇帝'的帝位……"

李白顿时想起五年前在安禄山幽州大营见过的那个听皇帝贺信时拒不下跪目露凶光的小子——果然是个狠人!连老子都杀!鞑子就是鞑子!他刚想提及这一幕,话到嘴边,又咽了下去……那一年,所有跑去给安禄山过生日的人,对这一段恐怕都绝口不提了吧,于是改口道:"布衣李白见过永王!承蒙三请,惶恐之至!"

"李诗仙客气!"李璘拉着李白的手,拉至自己身边落座,然后面对一桌将校、谋士道:"诸位!这个年过得好不热闹!刚得安禄山身死之喜讯,又遇李诗仙入帐之幸事,我部上下,士气大振,在座各位,举起杯来,敬李诗仙!"

"敬李诗仙!"众皆举杯。

李白端起酒杯,一饮而尽。

酒过三巡,气氛热烈,眉清目秀、风华正茂的李璘深情地忆起往昔:"这是本王与李诗仙第三次谋面。第一次见面时,我只有十一岁,在武功紫极宫,那时候我还听不懂李诗仙的诗,只记得你唱的《敕勒歌》,一个仙人在歌唱,真是太有风采了!第二次见面,是在大明宫金銮殿,那年我二十二岁,已是李诗仙的诗迷——我三哥李亨,哦,应该称圣上,是王维的诗迷,我的兄弟姐妹可以大致分为王维派和李白派，我是坚定不移的李白派——那天晚上，我印象最深的是李诗仙让高公公脱靴，让安禄山磨墨，太好玩了！这才是我大唐诗王该有的样子！相比之下，王维太高冷，不好玩……"

"假的！"韦子春说，"安贼任其伪官，他不是也接受了？"

"不过我听说，"李璘替王维辩护道，"还是自杀寻死过几回。"

……

当晚，众皆醉了，李璘拉李白同舱而卧，嘴里冒出醉话——或许是酒后吐真言："……都是李家兄弟！"

凌晨时分，李白自梦中惊醒，想起昨夜永王所托之事——正是他加入永王幕府的第一个使命，便起床、点灯、磨墨、运思，诗随旭日东升战旗高挂于浩瀚的长江之上——

　　　　永王东巡歌十一首
　　永王正月东出师，天子遥分龙虎旗。
　　楼船一举风波静，江汉翻为雁鹜池。

　　三川北虏乱如麻，四海南奔似永嘉。
　　但用东山谢安石，为君谈笑静胡沙。

　　雷鼓嘈嘈喧武昌，云旗猎猎过寻阳。
　　秋毫不犯三吴悦，春日遥看五色光。

　　龙盘虎踞帝王州，帝子金陵访古丘。
　　春风试暖昭阳殿，明月还过鳷鹊楼。

二帝巡游俱未回，五陵松柏使人哀。
诸侯不救河南地，更喜贤王远道来。

丹阳北固是吴关，画出楼台云水间。
千岩烽火连沧海，两岸旌旗绕碧山。

王出三江按五湖，楼船跨海次扬都。
战舰森森罗虎士，征帆一一引龙驹。

长风挂席势难回，海动山倾古月摧。
君看帝子浮江日，何似龙骧出峡来。

祖龙浮海不成桥，汉武寻阳空射蛟。
我王楼舰轻秦、汉，却似文皇欲渡辽。

帝宠贤王入楚关，扫清江汉始应还。
初从云梦开朱邸，更取金陵作小山。

试借君王玉马鞭，指挥戎虏坐琼筵。
南风一扫胡尘静，西入长安到日边。

108

对于此次出征，李白在别内诗中称"西行"，在永王命制中又说"东巡"——他没有意识到其中的矛盾吗？贼军在西，东去何干？由此可见，永王之心，他还是了然的。进入永王幕府后，他对永王"东巡"的目的更加清楚了——那便是一路沿江东下，最终抢占金陵！永王对金陵的看重，与李白二进长安时所著《宣唐鸿猷》中迁都的提案不谋而合，他自然是十分支持的。对于永王欲将其任命为幕府掌书记的提议，他婉言谢绝，一则是他二出长安之后，思想境界提高了，将"建功"看得比"为官"更重，二则他对这个内部小官看不上，他要的是永王成大事之后的相位！至于永王究竟能成多大的事，他也没有做虚妄之想，一统江山夺取王位是不现实的，顶多就是占据江南富庶之地，成为三国时代东吴那样一个存在，他呢，来做一个投到孙权旗下的诸葛亮，苦心经营，鞠躬尽瘁，建功立业，功成身退，隐居山林，羽化登仙……这便是最后一次契机突然出现后，他对自己余生做出的全盘设计。

三日狂欢过后，永王水军起锚东进，次寻阳，旋进至当涂，遇阻，杀其守将，并降其余。江淮大震。淮南节度使高适与来瑱、韦陟发兵讨之……

首先是永王李璘低估了皇命的威严：令其还蜀而不从，坚持一路东进……他作为李隆基的十六子，以为李亨还是将他养大的他的亲爱的三哥，小弟任性撒娇一下，在大战的乱局中，不听将令，趁机多捞一点实地，算不了什么，毕竟大家本是手足，共同的敌人是贼军……但是，主帅的情绪传递到基层官兵就变成了挡我道者死，于是便出了人命。新皇李亨龙颜大怒，想到对十六弟的狼子野心，淮南节度使高适曾有进言，便直接向高下了一道密诏……

话说高适这个淮南节度使来得殊为不易：前半生在家做农夫，出门做流浪汉，诗上也未出大名，算是荒废了，投入哥舒翰幕府并担任掌书记是其仕途的起点——人生的转折点，安禄山攻打潼关时，他本应辅佐哥舒翰来着，却被临时调回长安守护王驾西行入蜀避难，这让他避免了与哥舒翰一起失利、降贼。到达成都后被提拔为谏议大夫，随后又被任命为淮南节度使……在此职位上，他得机窥破永王李璘的"异心"，上奏新皇李亨并深得其信任。现在，密诏已到，高适人生中最重大的一次政治契机来了（军事上只能算是一场小仗）！他必须将之死死抓在手里！他当然注意到了自己的故人、好友，对自己有过接济之恩，且自己也十分敬重的大诗人李白进入了李璘幕府，当时他倒吸一口凉气："这个龟儿子，真他妈的糊涂啊！"当他读到密探带回的《永王东巡歌十一首》时，心中叹道："李太白啊李太白，你老命休矣！"此仗打响之前，有位手下问他："高大人，遇到李白如何处置？""拒绝投降，格杀勿论。"高适冷冷回答。

二月初九，合围之战在丹阳打响。

犹如五年前在安禄山大营，李白这个龟儿子不但脑子快，脚下还抹油，当他眼见韦子春被李璘手下的将校砍杀身死，便知周围的人已经叛变，便放弃抵抗，赶紧逃离……一路逃至舒州，避于太湖县之司空山，窝囊的战士，本色的诗人——即使在逃命途中，他还有心作诗：

避地司空原言怀

南风昔不竞，豪圣思经伦。
刘琨与祖逖，起舞鸡鸣晨。
虽有匡济心，终为乐祸人。

我则异于是，潜光皖水滨。

　　卜筑司空原，北将天柱邻。

　　雪霁万里月，云开九江春。

　　俟乎太阶平，然后托微身。

　　倾家事金鼎，年貌可长新。

　　所愿得此道，终然保清真。

　　弄景奔日驭，攀星戏河津。

　　一随王乔去，长年玉天宾。

　　呜呼哀哉！李白此生，万事皆坏，唯有写诗，美不胜收！天不成全此人，他自我成就！

　　写完此诗，官兵已至。李白未做抵抗，只是说："我是李白，不要杀我。"

　　算他命大，首先找到他的并非高适所部，而是当地驻军，将其押送至百里之外的寻阳监狱关押。

　　此时李璘，正率残部，向南溃逃……

第二十五章　仲尼亡兮谁为出涕

109

入狱不久，李白便得悉永王李璘率残部逃至岭南被江西采访使皇甫侁擒杀的消息。他当场大哭。

负责审理他的是江南宣慰使崔涣及御史中丞宋若思——并不是他心心念念盼望出现的合围之战主将、淮南节度使高适——他此时尚不知：这是他命中的福气。前二者以笔砚伺候，令其写交代材料，对其趁机所写的其他东西也愿意传递。与此同时，对他非但不用刑逼供，还好酒好饭伺候着。

正因为有这二人罩着，李白方才得以展开一场挽救自己性命的写作竞赛——这绝非危言耸听，此案首犯未经审判即被射杀，其余从犯似乎更不该活。或许是求生之本能，或许是性格之主动，或许是爱写之本色，总而言之，李白忙了起来，人在狱中囚室，竟比平时用于写作的实际时间更多……

他首先求助的对象是自己的老婆：

在寻阳非所寄内

闻难知恸哭，行啼入府中。
多君同蔡琰，流泪请曹公。
知登吴章岭，昔与死无分。
崎岖行石道，外折入青云。
相见若悲叹，哀声那可闻。

他在此诗中，将老婆比作蔡文姬，那么曹操又是谁呢？高适吗？

他其次求助的是本案的两位审理者。

他为前者写诗多首：《狱中上崔相涣》《系寻阳上崔相涣三首》《上崔相百忧章》，替后者著文一篇：

为宋中丞自荐表

臣某闻，天地闭而贤人隐，云雷屯而君子用。

臣伏见前翰林供奉李白，年五十有七。天宝初，五府交辟，不求闻达，亦由子真谷口，名动京师。上皇闻而悦之，召入禁掖。既润色于鸿业，或间草于王言，雍容揄扬，特见褒赏。为贱臣诈诡，遂放归山。闲居制作，言盈数万。属逆胡暴乱，避地庐山，遇永王东巡胁行，中道奔走，却至彭泽。具已陈首。前后经宣慰大使崔涣及臣推覆清雪，寻经奏闻。

臣闻古之诸侯进贤受上赏，蔽贤受明戮。若三适称美，必九锡先荣，垂之典谟，永以为训。臣所荐李白，实审无辜，怀经济之才，抗巢、由之节。文可以变风俗，学可以究天人，一命不沾，四海称屈。

伏惟陛下大明广运，至道无偏，收其希世之英，以为清朝之宝。昔四皓遭高皇而不起，翼惠帝而方来。君臣离合，亦各有数，岂使此人名扬宇宙，而枯槁当年。传曰：举逸人而天下归心。伏惟陛下，回太阳之高晖，流覆盆之下照，特请拜一京官，献可替否，以光朝列，则四海豪俊，引领知归。不胜偻偻之至，敢陈荐以闻。

呜呼哀哉！求人救命之文，亦可成千古华章。李太白者，被诗所耽误的大文章家！

他第三个求助的对象便是这场合围歼灭战的策划者、发动者和胜利者，自己的故交、诗友，自己昔年曾有恩于彼的高适：

送张秀才谒高中丞　并序

余时系寻阳狱中，正读《留侯传》。秀才张孟熊，蕴灭胡之策，将之广陵谒高中丞。余夸子房之风，感激于斯人，因作是诗送之。

秦帝沦玉镜，留侯降氛氲。

感激黄石老，经过仓海君。

壮士挥金槌，报仇六国闻。

智勇冠终古，萧、陈难与群。

两龙争斗时，天地动风云。

> 酒酣舞长剑，仓卒解汉纷。
> 宇宙初倒悬，鸿沟势将分。
> 英谋信奇绝，夫子扬清芬。
> 胡月入紫微，三光乱天文。
> 高公镇淮海，谈笑却妖氛。
> 采尔幕中画，戡难光殊勋。
> 我无燕霜感，玉石俱烧焚。
> 但洒一行泪，临歧竟何云。

既是故交旧友，为何不直接求助？而是托人捎去？这是颇耐人寻味的，从诗中可见，面对高适，李白似有羞愧难当之感，又有不卑不亢之态……

求救自保心切，此时最见人品，李白虽将其行径狡辩为"迫胁上楼船"，但却对永王李璘无一字非难，绝不做落井下石之事，哪怕对方已死——这是他自设的一条鲜明的红线……

他做的所有事，都基本见效了：其妻宗羡仙，其妻弟宗璟用尽宗氏相门人脉，散尽家财以救之；两位审理者自然也拿了好处，对他愈加呵护；只有高适，无动于衷……

两位审理者，曾暗示李白道：欲取汝命者，汝之故友也。李白心下黯然，从此再不提一个高字。

这一年，一代诗王的生命线能否得以延续下去，取决于全国的战事进展：四月，新皇李亨以郭子仪为天下兵马副元帅，将兵赴凤翔。闰八月，新皇李亨以广平郡王俶为天下兵马元帅，郭子仪副之。九月，元帅广平王俶、副元帅郭子仪将朔方等军及回纥、西域之众十五万，发凤翔，取长安，激战于长安西，贼大溃，东遁。

收复西都长安。旋进军洛阳,安庆绪败走河北,收复东都洛阳。十月,新皇李亨返长安。十一月,广平王俶、郭子仪自东都来,上劳之,谓子仪曰:"吾之国家,由卿再造。"十二月,太上皇李隆基返长安。两都降贼官以六等定罪,张均、张垍流放岭南——本应赐死,新皇李亨以昔在东宫时张说父子有德于己,从宽。经过审理,为大诗人王维洗脱罪名。郭子仪上奏李亨:"臣欲救一人。"李亨先准后问:"谁?"子仪坦荡荡:"李白!"上曰:"其有罪,但罪不至死,长流夜郎。"

110

由于头年八月,崔涣被罢相,出为余杭太守,所以,是宋若思一人完成了李白案的最终审理。被判长流夜郎后,宋便将李接到他的府上休养,并将其妻儿接来与之团聚,一起过了年。年后,便要踏上他的遥遥流放之路……

乾元元年(公元758年),李白五十八岁,如果说他的五十七岁是用来坐牢的,那么他的十八岁就是用来流放的……

在寻阳永华寺门前启程时,妻儿、群官、百姓相送。对于共患难的妻,虽然该说的话都已说尽——其中最重要的交代便是:"三年不归,请汝改嫁",而妻以"三年不归,妾赴夜郎"答之——还是有诗,如泪泉涌:

双燕离

双燕复双燕,双飞令人羡。

玉楼珠阁不独栖,金窗绣户长相见。

柏梁失火去，因入吴王宫。
吴宫又焚荡，雏尽巢亦空。
憔悴一身在，孀雌忆故雄。
双飞难再得，伤我寸心中。

对于儿子，他也做了交代："伯禽，你已经二十一了，遇到中意的女子，早些成个家吧，兵荒马乱之年，不要要求太高。"

对于前来相送的群官，他也有诗相赠：

流夜郎，永华寺寄浔阳群官
朝别凌烟楼，暝投永华寺。
贤豪满行舟，宾散予独醉。
愿结九江流，添成万行泪。
写意寄庐岳，何当来此地。
天命有所悬，安得苦愁思。

然后，便在恩人宋若思精心挑选的两个衙役的押送下，启程了……

漫漫流放路，三人各骑一匹马，以水路为主，陆路为辅，整整一年后，方才行至夔州白帝城，约行一千五百里……

何以走得如此之慢？答案在这一年之内李白创作的诗目中：

《流夜郎，至西塞驿寄裴隐》
《与史郎中钦听黄鹤楼上吹笛》
《张相公出镇荆州，寻除太子詹事，余时流夜郎，行至江夏，

与张相公去千里，公因太府丞王昔使车寄罗衣二事，及五月五日赠余诗，余答以此诗》

《题江夏修静寺》

《流夜郎至江夏，陪长史叔及薛明府，宴兴德寺南阁》

《泛沔州城南郎官湖并序》

《寄王汉阳》

《醉题王汉阳厅》

《送郗昂谪巴中》

《赠别郑判官》

《留别龚处士》

《流夜郎题葵叶》

《放后遇恩不沾》

《上三峡》

《古风·我行巫山渚》

《南留夜郎寄内》

《忆秋浦桃花旧游，时窜夜郎》

……

呜呼！这哪里像是流放之路？一路宴请、留住、游玩、题赠、赋诗、吹笛、抚琴、歌舞、观妓……这是人类文明史上最另类的一条诗人流放之路，只会发生在古老东方的大唐帝国，令史上某些将诗人动辄送往边疆苦寒之地冰窖里冻死而成的所谓"诗国"、所谓"黄金时代"、所谓"白银时代"为之汗颜！人类文明史上，真正"诗国"者，唯此一国一朝也，余者皆是意淫、附会、传说、强指！

大唐帝国的基层官员，似乎不懂什么叫政治正确，或者说他们更懂得大政治：这是战时，贼军当前，除了投贼，皆是非罪，李白投李璘，那是人家李唐皇室的家事，是从兄从弟之间相互选择的结果……另一方面，他们又很强调道德至上，这一路上，全都在痛骂高适、盛赞郭子仪，感叹"同行是冤家，文武互相惜"……

　　至于百姓，更是不懂这些个劳什子，所到之处，李白酒楼照样开着，两个衙役可以官方文件证明：此流囚即李白，于是一路白吃白喝白住……

　　至于亲戚，为救其命奔走最多散尽家财的妻弟宗璟一路紧追慢敢，终于在乌江赶上了他，只是为了见料想中的"最后一面"；李家的亲兄弟也来了，胞兄李紫操劳过度已经病故，胞弟李蓝闻讯赶来，奉上这个殷实之家给予李白的最后一笔资助……

　　或许是连老天爷都有点看不下去了：流放之路，搞得太有喜感了，太不严肃了！从这年冬天，在秦岭以北，连续半年未降一滴雨，战事未息，又遇大旱，黎民百姓，苦不堪言，新皇遂命：减轻赋税，大赦天下。李白这等莫须有的轻罪，自然在大赦的范畴之内……

　　他们仨是在夔州白帝城县衙得知皇命的，当晚一通狂饮，翌日便踏上返程……

　　沐着三月的春风，面对东升的旭日，李白屹立于船首，狂喜而又平静，随口又添名篇：

早发白帝城

朝辞白帝彩云间，千里江陵一日还。

两岸猿声啼不住，轻舟已过万重山。

这一天，正好是其五十九岁生日……

111

对于一个年近花甲的人来说，一年囹圄之囚，一年流放之苦，对于身体的伤害无疑是巨大的，当时没有显现出来，是有一口硬气憋着，当这口气一出，身体一下子便垮了，最外在的表征是满头华发已经彻底全白，容颜憔悴，背驼得更加厉害，整个身形也像是缩水了，比先前瘦小许多……

许多见识过其青壮年时代风华绝代的故人见之，都无不为之叹息，更有甚者，当场落泪……

从大赦之春日算起，在此后两年半的时间，李白一直在长江中下游地区漫游，其间只回过一趟家，新添的内容便是养病——他被中医诊断为"肺心病"的慢性病发作得越来越频繁，发作起来咳嗽不断，往往需要很长时间才能养好……众所周知，饮酒是其平生最大嗜好，也是其健康的最大威胁。他这一年牢坐得，他这一年流放得，反而比往日喝得更多，形成了严重的酒精依赖症，饭可以不吃，酒却不能不喝——贪酒忘饭，本来就是他从年轻时养成的习惯，因此他这一生在体型上从未达到过本朝以"丰伟"为上的审美（传说李白是胖子者可以休矣）。他的手抖得越来越厉害，甚至到了提笔写字都困难的程度……

头一年夏天，病倒在江夏时，他约莫感觉到自己要死了，忽然想起平生最大的遗憾当数魏万主编之《李翰林集》尚未刊行于世，由于"安史之乱"而受到影响，也不知魏万人在何处（他所在的王屋山应该是个好的避难处），便授权一个叫倩公的文人重编其全

集。即使在身体的低潮期,他对自己作品的自信也从未降低,写新作道:

江上吟

木兰之枻沙棠舟,玉箫金管坐两头。
美酒樽中置千斛,载妓随波任去留。
仙人有待乘黄鹤,海客无心随白鸥。
屈平辞赋悬日月,楚王台榭空山丘。
兴酣落笔摇五岳,诗成笑傲凌沧洲。
功名富贵若长在,汉水亦应西北流。

敢以屈子自比,不知是自信在先,还是他证在先。也是在江夏,在江夏太守韦良宰处,他惊喜地读到了好几首杜甫写他的新作,其中一首便是暗指李白已达屈原的高度:

天末怀李白

凉风起天末,君子意如何?
鸿雁几时到,江湖秋水多。
文章憎命达,魑魅喜人过。
应共冤魂语,投诗吊汨罗。

回想起他们十五年前在洛阳初见时,杜甫曾怀疑盛唐诗人的成就是否超过初唐诗人,李白便感到莫大的欣慰,他早就感到此人藏有巨大的潜能,他也读到了"安史之乱"爆发以来杜甫的其他诗,譬如"三吏三别",譬如"朱门酒肉臭,路有冻死骨",便对在场者宣告："杜甫的时代来了！"

"你说什么？"在场者不理解——这个朝代的人暂时还无法理解……

同年秋天在零陵，他与华夏文明史上另一位伟大人物——怀素相遇了。此时怀素只是一个年仅二十二岁的无名僧人，李白一见其字便喜欢得无以复加，李白一见其字便知道自己为什么不甚喜欢大名鼎鼎的当朝"草圣"张旭了，并非是出于他喜欢王维而不喜欢李白的诗，就是觉得他还缺一点儿什么。所缺到底是什么呢？他在这位青年僧侣的字中找到了，便是他一贯崇尚的自然。他觉得怀素的字最像他的诗，他俩的作品最能代表所谓"盛唐气象"。至于从未谋面的颜真卿，他对其人佩服之至，但不认为其字是书……

后世有诗人毛泽东者，将李白称作"艺术家"，能够听懂此话者，普天之下，无有几人。所谓诗者，文字艺术，与其他姊妹艺术相通，李白在多个艺术领域见识过人、造诣非凡，这也造就了他无人能及的文字艺术！

那是乱世之中多么美好的秋夜，在大唐南方温馨的气氛中，五十九岁的一代诗王为二十二岁的青年书家写下此诗——他发现了他，并将他推给世人：

草书歌行

少年上人号怀素，草书天下称独步。

墨池飞出北溟鱼，笔锋杀尽中山兔。

八月九月天气凉，酒徒词客满高堂。

笺麻素绢排数厢，宣州石砚墨色光。

吾师醉后倚绳床，须臾扫尽数千张。
飘风骤雨惊飒飒，落花飞雪何茫茫。
起来向壁不停手，一行数字大如斗。
怳怳如闻神鬼惊，时时只见龙蛇走。
左盘右蹙如惊电，状同楚汉相攻战。
湖南七郡凡几家，家家屏障书题遍。
王逸少，张伯英，古来几许浪得名。
张颠老死不足数，我师此义不师古。
古来万事贵天生，何必要公孙大娘浑脱舞。

112

上元二年（公元761年）。

"安史之乱"还在持续、反复。挑起战端的贼首都不在了，战争还在继续，安庆绪杀了他爹安禄山，史朝义杀了他爹史思明，战事还未停下来，可见冰冻三尺非一日之寒，大唐之殇重矣！

因此，李白将其家安在庐山深处未动，但是大赦之后，他也就回过一趟家。这年夏天，他再度归来——两次归来，皆有喜事，头一次回来时，儿子李伯禽，终于有了中意的对象——是与他家同在庐山避难的一户官宦人家的女儿，李白和宗羡仙为他们举办了一个简朴而别致的婚礼。这趟归来，儿媳妇生孩子了，生了一对孪生姐妹，忽然有了两个孙女，绝不亚于一个孙子。六十一岁当上爷爷的李白喜不自禁，沉醉于天伦之乐中，动用他高超的语言智慧给她们取名为："李惟妙""李惟肖"。

好事还没完。

仲夏的一天，天空出现一道彩虹，魏万从彩虹上出溜下来，出现在他的茅屋门前，一见面便从行囊中取出一个木制的书匣，内装十卷《李翰林集》，卷首有魏颢序——魏万已经改了名字：

> 自盘古划天地，天地之气艮于西南。剑门上断，横江下绝，岷、峨之曲，别为锦川。蜀之人无闻则已，闻则杰出。是生相如、君平、王褒、扬雄，降有陈子昂、李白，皆五百年矣。白本陇西，乃放形，因家于绵。身既生蜀，则江山英秀。伏羲造书契后，文章滥觞者《六经》。《六经》糟粕《离骚》，《离骚》糠秕建安七子。七子至白，中有兰芳。情理宛约，词句妍丽，白与古人争长。三字九言，鬼出神入，瞪若乎后耳。白久居峨眉，与丹丘因持盈法师达。白亦因之入翰林，名动京师。《大鹏赋》时家藏一本，故宾客贺公奇白风骨，呼为谪仙子。由是朝廷作歌数百篇。上皇豫游召白，白时为贵门邀饮，比至半醉，令制《出师诏》，不草而成，许中书舍人。以张垍逸逐，游海、岱间，年五十余尚无禄位。禄位拘常人，横海鲲，负天鹏，岂池笼荣之？颢始名万，次名炎。万之日不远命驾江东访白，游天台，还广陵见之。眸子炯然，哆如饿虎，或时束带，风流蕴藉。曾受道箓于齐，有青绮冠帔一副。少任侠，手刃数人。与友自荆徂扬，亡权窆回棹方暑，亡友糜溃，白收其骨，江路而舟。又长揖韩荆州，荆州延饮，白误拜，韩让之，白曰：酒以成礼。荆州大悦。白始娶于许，生一女二男，曰明月奴。女既嫁而卒。又合于刘，刘诀。次合于鲁一妇人，生子曰颇黎。终娶于宋。间携昭阳、金陵之妓，迹类谢康乐，世号为李东山，骏马美姿，所适二千石郊迎，饮数斗醉，则奴丹砂抚《青海波》满堂不乐，白宰酒

则乐。颢平生自负，人或为狂，白相见泯合，有赠之作，谓余尔后必著大名于天下，无忘老夫与明月奴。因尽出其文，命颢为集。颢今登第，岂符言耶！解携明年，四海大盗，宗室有潭者，白陷焉。谪居夜郎，罪不至此，屡经昭洗，朝廷忍白久为长沙汨罗之俦，路远不存，否极则泰，白宜自宽。吾观白之文义，有济代命，然千钧之弩，魏王大瓠，用之有时。议者奈何以白有叔夜之短，倘黄祖过祢，晋帝罪阮，古无其贤。所谓仲尼不假盖于子夏。经乱离，白章句荡尽，上元末，颢于绛偶然得之。沉吟累年，一字不下。今日怀旧，援笔成序，首以赠颢作，颢酬白诗，不忘故人也。次以《大鹏赋》，古乐府诸篇积薪而录，文有差互者两举之。白未绝笔，吾其再刊。付男平津子掌。其他事迹，存于后序。

李白面对眼前书，眼中放光，爱不释手，自顾自读起序来……注意——被印刷品的泛滥宠麻木的后世诗人、作家请注意：这是华夏诗人中第一个多产者，并有幸在其生前见到自己全集问世者，皇皇三千首诗，浩浩十卷本书，其成就是有形的、物质的。李白能不激动吗？

"夫君！怎么回事儿？快请魏万兄弟屋里坐呀！"宗羡仙怪罪道。

进屋泡上茶，听魏万讲述他这些年来的经历："安史之乱"爆发后，他干脆躲在王屋山中不出来，安心读书，不问世事，自求苟活；新皇登基，两京收复，恢复科考，他更名报考，一举中的，进士及第，现在长安等官，想学丹阳进士殷璠当年向先皇进献《河岳英灵集》那样，将《李翰林集》进献给当今圣上，但考虑到李璘案余波未止，怕节外生枝，便将书稿直接交付有约在先的长安书肆老板，终于完成此项大业……

作为这项浩繁工程的参与者，李白、魏万、宗羡仙接下来在庐山深处度过了一段平静、享受、惬意、幸福的日子，最终这段日子被魏万下山回长安，李白又萌生新的人生规划打破了！

郭子仪生死关头出手相救，李白在诗中未提过一字，这显然不符合李侠士有恩必报的个性。其实写了多首诗，但听从了高人（估计是宋若思）指点：暂不公开，不要给恩人添麻烦！同时也放弃了大赦之后去投军郭子仪部的想法。现在，他从魏颢口中得知：在"安史之乱"中，与郭子仪将军一样，为朝廷为国家立下赫赫战功的李光弼将军已出镇临海，欲与史朝义所率贼军主力来一场大决战。李白听罢，热血沸腾，打算前去投军，请缨入幕，立功报国，一雪"会稽之耻"……

为此，夫妻俩发生了激烈的争吵、剧烈的冲突，两人三观上的矛盾全面爆发——

"写什么'我本楚狂人，凤歌笑孔丘'，你不觉得自己很虚伪吗？你这辈子，受孔丘毒害最深，装什么道士啊！有这十卷诗摆在这里，传之后世，你李白就有'千秋万岁名'了！李璘案对你不会有一丝一毫的影响，恕妾直言，你就是投了安禄山，也不会有任何影响……"

"胡说八道！妇人之见……"

……

最终，谁也说不服谁，那便各行其是：李白准备下山投军，宗羡仙打算出家修道。作为妻子，她对丈夫提出了最后一项请求："看在妾救你一场的份上，劳你大驾，亲自出马将我送到李腾空大师门下，我自己跑去怕她不收……"

宗羡仙想得没错，李白的面子确实管用，已经修炼成大师和圣女的李林甫之女李腾空一见偶像李白便深情地忆起往昔和青春："家父在世时，家里每天很热闹，好多大人物我都是在自己家里见到的，那时候读了李翰林的诗，我很想能见到李白，但你却没有来过家里一次……后来有一次，我和姐妹们去大唐西市玩，人群忽然一骚动，说李白来了，我隐约看到一眼，跟大唐少女的梦中情人崔宗之在一起的就是您吧？翩翩风采有过之而无不及啊！"

李腾空在其道观内宴请李白夫妻俩，席间，为李白破例上了酒肉，对李白来说，习惯成自然，有酒必有诗：

送内寻庐山女道士李腾空二首
（其一）

君寻腾空子，应到碧山家。
水舂云母碓，风扫石楠花。
若恋幽居好，相邀弄紫霞。

（其二）

多君相门女，学道爱神仙。
素手掬青霭，罗衣曳紫烟。
一往屏风叠，乘鸾着玉鞭。

安顿好妻子，李白返身回家对孩子们也做了安顿，让儿子李伯禽携其妻儿下山前往当涂，投奔族叔李阳冰。山中虽安全，但生活毕竟是太艰苦……

在庐山脚下，给足儿子一家上路的盘缠和安家费，李白用余钱买了一匹马——他已经记不清这是五花马几世啦。然后走陆路到江州，再转水路，沿长江而下，先到他此生钟爱的金陵。曾几何时，他想随永王水军打通这一线，而遭遇了平生最大的失败，耻莫大焉！这一次，他为一雪前耻而来……

一个人，爱一座城，是因为这城中有人，古有谢朓，今有崔宗之，便是李白钟爱之金陵。帅哥老了，还是帅哥，大唐两大帅哥见了面，依旧是江南之秋的好风景。真正的风流才子都是有情之人，崔宗之一见李白便告知金陵子死了。女为悦己者容，男儿亦当如是哉。两个老帅哥各换一身干净的素装，跑到红颜知己的坟头上去磕了几个头。遥想当年，羽扇纶巾，雄姿英发，携金陵第一歌妓金陵子去为他一生的偶像谢朓扫墓，如今枕边人已成坟中人，李白直叹岁月易逝光阴无情……他也一并见了年岁已经不小的丹砂、丹凤和他们的孩子，与丹凤自然会说起他的首任妻子许紫烟，以及那段美好的安陆岁月……

诗王到访金陵城，每日酒宴连天，每夜不醉不归，待到半个月后，离开去往临海李光弼大营，五花马N世未走出几步，李诗仙便在马上一口血喷出，一声大叫栽于马下。崔宗之赶紧将他拉回去抢救，抢救过来又静养了两个月，然后差人将其送往当涂儿子家。此时，连马都上不去的李白已经不逞强了，此次出行，只是成全了一首诗，正如其一生，所有的行动都空忙一场，都不过是为了成全诗：

闻李太尉大举秦兵百万出征东南懦夫请缨冀申一割之用半道病还留别金陵崔侍御十九韵

秦出天下兵，蹴踏燕赵倾。黄河饮马竭，赤羽连天明。
太尉杖旄钺，云旗绕彭城。三军受号令，千里肃雷霆。
函谷绝飞鸟，武关拥连营。意在斩巨鳌，何论鲙长鲸。
恨无左车略，多愧鲁连生。拂剑照严霜，雕戈鬘胡缨。
愿雪会稽耻，将期报恩荣。半道谢病还，无因东南征。
亚夫未见顾，剧孟阻先行。天夺壮士心，长吁别吴京。
金陵遇太守，倒屣相逢迎。群公咸祖饯，四座罗朝英。
初发临沧观，醉栖征虏亭。旧国见秋月，长江流寒声。
帝车信回转，河汉复纵横。孤凤向西海，飞鸿辞北溟。
因之出寥廓，挥手谢公卿。

要让一位老人承认自己已成他人的负担是不容易的，如今李白终于有所承认，妻子宗羡仙（是其难得的诤友）的好些话虽然刺耳但都是对的，到此他不再瞎折腾了。不折腾不等于有觉悟，最不可思议的是：他冬天才到当涂儿子的新家，一到便出游历阳，写诗嘲笑历阳县宰不喝酒：

嘲王历阳不肯饮酒

地白风色寒，雪花大如手。
笑杀陶渊明，不饮杯中酒。
浪抚一张琴，虚栽五株柳。
空负头上巾，吾于尔何有？

嘲笑完别人，自己就喝倒了，旧病复发，被人送回……

在当涂，在儿子家，他卧病在床，从李阳冰口中，听到了王维的死讯。两代诗王，同情者也，一辈子都没做成朋友，李白口中念叨着："劝君更尽一杯酒，西出阳关无故人。"——就算是对这位杰出同行的祭奠了！不论他俩关系如何，生前同著名于天下，死后共名垂青史。李白跟李阳冰嘀咕：以"诗佛"的心性与性情，若不是赶上"安史之乱"落得一个"卖身投贼"之罪的折腾，原本可以更加高寿……华夏诗史箫声绝！

在当涂，在儿子家，他卧病在床，迎来了新的一年——宝应元年（公元762年）到了，也迎来了自己的大限……

故人的死讯和消息相继传来，从上至下，太上皇李隆基、皇上李亨相继死去，太子李豫即位，改元宝应。高力士闻讯，吐血而死。在他身上建功的故人高适被任命为成都尹镇蜀，岑参被任命为嘉州刺史，杜甫投到成都严武门下，又写出杰作《茅屋为秋风所破歌》……

据传，他最好的朋友元丹丘在嵩山羽化登仙——他坚信这一点，也希望能步其后尘，但是他那被妻子宗羡仙屡加嘲笑的道行恐怕做不到；玉真公主也死了，据传是在得知王维死讯后坐化的……得知此讯时，行者李白已经开启了他平生最后一次出游，在宣城，他随口吟出这样一首旧作，作为对玉真公主的祭奠：

独坐敬亭山

众鸟高飞尽，孤云独去闲。

相看两不厌，只有敬亭山。

为什么是这一首,留下了千古之谜。

在宣城,面对大好春光,他为一生都未归去的故乡写下了泣血之作:

宣城见杜鹃花

蜀国曾闻子规鸟,宣城还见杜鹃花。

一叫一回肠一断,三春三月忆三巴。

此后,他又去了南陵,去看望了对他有养儿育女之恩的族叔(已故)的后代。宿五松山田家,目睹安史之乱中,江淮农民的困苦生活,食不下咽。安史之乱打到这个阶段,全国人口已经骤减过半,那么多人死去了,但于他所在的社会阶层,并不能直接感受到。他只是凭着大诗人的敏感,觉得这人吃人血淋淋的现实才是重中之重!这便是宗羡仙无法理解李白的地方,这便是李白、杜甫的相通之处,这便是大唐最灵动的诗人何以会看重大唐最笨重的诗人的根源!绝非只是因为私人之谊……

他在秋天回到当涂,重阳之日,还扶病登高……

此后便一病不起……

身体自知,李白深知自己必须要做最后的交代了,便将魏颢(万)主编《李翰林集》的一匣成书,外加安史之乱以来积攒的新稿,全部托付李阳冰,希望他在其死后编出一匣最全的李太白全集,为了让李白过目,李阳冰先将书名拟定,将序先写出来,都得到了李白的首肯:

《草堂集》序

李阳冰

　　李白，字太白，陇西成纪人。凉武昭王暠九世孙。蝉联珪组，世为显著。中叶非罪，谪居条支，易姓与名。然自穷蝉至舜，五世为庶，累世不大曜，亦可叹焉。神龙之始，逃归于蜀，复指李树而生伯阳。惊姜之夕，长庚入梦，故生而名白，以太白字之。世称太白之精，得之矣。

　　不读非圣之书，耻为郑、卫之作，故其言多似天仙之辞。凡所著称，言多讽兴。自三代以来，《风》《骚》之后，驰驱屈、宋，鞭挞扬、马，千载独步，唯公一人。故王公趋风，列岳结轨，群贤翕习，如鸟归凤。卢黄门云：陈拾遗横制颓波，天下质文翕然一变。至今朝诗体，尚有梁、陈宫掖之风。至公大变，扫地并尽；今古文集遏而不行，唯公文章，横被六合，可谓力敌造化欤！

　　天宝中，皇祖下诏，征就金马，降辇步迎，如见绮、皓。以七宝床赐食，御手调羹以饭之，谓曰："卿是布衣，名为朕知，非素蓄道义，何以及此。"置于金銮殿，出入翰林中，问以国政，潜草诏诰，人无知者。丑正同列，害能成谤；格言不入，帝用疏之。公乃浪迹纵酒，以自昏秽。咏歌之际，屡称东山。又与贺知章、崔宗之等自为八仙之游，谓公谪仙人，朝列赋谪仙之歌凡数百首，多言公之不得意。天子知其不可留，乃赐金归之。遂就从祖陈留采访大使彦允，请北海高天师授道箓于齐州紫极宫，将东归蓬莱，仍羽人，驾丹丘耳。

　　阳冰试弦歌于当涂，心非所好，公遐不弃我，乘扁舟而相欢。临当挂冠，公又疾亟，草稿万卷，手集未修。枕上授简，俾予为序。论《关雎》之义,始愧卜商;明《春秋》之辞,终惭杜预。自中原有事,公避地八年,当时著述,十丧其九,今所存者,皆得之他人焉。时宝应元年十一月乙酉也。

李阳冰利用当涂县宰职权之便,安排李伯禽在县衙粮仓管事——这是战乱之年最不容易饿死的职位,这让李白对儿子一家今后的生计感到放心,他对儿子的交代是:"等我死后,将我葬于采石矶,如此我便可以天天望见长江了,日后如有条件,再迁往青山——谢朓的地盘。另外还有一事:你有个弟弟,叫李颇黎,小名叫天然,被其母海石榴带走了,我猜是在其母的老家东鲁的海边某地。等战乱过去天下太平了,你去找一下他们,他没你聪明,连正常人都不如,但毕竟是你的亲弟弟,也是为父胸中的一根刺……"

李惟妙、李惟肖——两个可爱的小孙女已经快两岁了,已经学会了叫爷爷。他尽量多的与她们说话,还与她们做了最后的诀别……

在最后的日子里,他还留下了一个饱遭后世争议的文本,有多位大名鼎鼎的同行后辈(譬如宋代苏轼)坚决不认为这是李白所作:

悲歌行

悲来乎,悲来乎!主人有酒且莫斟,听我一曲悲来吟。
悲来不吟还不笑,天下无人知我心。
君有数斗酒,我有三尺琴,
琴鸣酒乐两相得,一杯不啻千钧金。

悲来乎，悲来乎！天虽长，地虽久，金玉满堂应不守。

富贵百年能几何？死生一度人皆有。

孤猿坐啼坟上月，且须一尽杯中酒。

悲来乎，悲来乎！凤鸟不至河无图，微子去之箕子奴。

汉帝不忆李将军，楚王放却屈大夫。

悲来乎，悲来乎！秦家李斯早追悔，虚名拨向身之外。

范子何曾爱五湖，功成名遂身自退。

剑是一夫用，书能知姓名。

惠施不肯干万乘，卜式未必穷一经。

还须黑头取方伯，莫谩白首为儒生。

在最后的日子里，命运还在跟李白开玩笑：新皇李豫下诏，为其十六叔李璘平反昭雪，恢复永王名号，以左拾遗召大诗人李白进京。诏书送达之日，李白已经无法下床接旨，拼尽全部气力吐出了两个字："锤——子！"

幸好来自长安的小太监听不懂他终生未改的蜀音。

最后的时刻到来了，十一月的一个凌晨，李白忽然精神大振，闹着要喝酒。李伯禽以为奇迹出现，父亲起死回生。李阳冰却知道这是回光返照，赶紧倒酒，取来笔墨，李白大口饮酒，与往日不同的是，大半从嘴角流出，然后，一字一顿道：

临终歌

大鹏飞兮振八裔，中天摧兮力不济。

馀风激兮万世，游扶桑兮挂左袂。

后人得之传此，仲尼亡兮谁为出涕？

然后，一口长气徐徐吐出，只有出的气再无进的气……

李白死不瞑目，双目圆睁，盯着屋顶，李阳冰指示李伯禽：将其亡父的眼皮合上……

114

李白死讯迅速传遍全国，传出去的并非这真实的一幕：士子文人或人民群众的集体创作迅速加入进来——有说他溺死于家里酒缸中的；有说他泛舟长江之上，酒后在水中捞月溺水而亡的；有说他羽化登仙为神仙少年骑鲸奔月而去的……古往今来，没有任何一人的死，能够激起人们如此蓬勃的创作欲，人们爱他，在这个不好玩的民族中最好玩的一个人，在这个不自由的帝国中最自由的一个人，人们在他身上寄托了太多他们没有但却心向往之的东西！却不知，诗人之死，并不像他们以为的那般诗意而更具真正的诗意：在回光返照中完成最后的遗作，喷完诗，就去死。诗尽人亡，撒手而去！

或早或晚，关于他转世的传说也盛传于人们的口口相传中：在晚唐，大诗人白居易的孙子白龟年在山中遇到了他，老李赠予小白一册新诗集；在北宋，有人在酒肆中见其一人独饮，旁若无人……将此传闻记录成文的是大文学家苏轼……这真是叫人会心一笑的事！

在李白死后五十五年，宣歙池等州观察使范传正，帮他完成了迁坟的心愿并为新墓碑题写序文，在序文中提及其孪生孙女李惟妙、李惟肖的下落：

唐左拾遗翰林学士李公新墓碑　并序

　　骐骥筋力成，意在万里外，历块一蹶，毙於空谷；惟馀骏骨，价重千金。大鹏羽翼张，势欲摩穹昊，天风不来，海波不起，塌翅别岛，空留大名。人亦有之，故左拾遗翰林学士李公之谓矣。

　　公名白，字太白，其先陇西成纪人。绝嗣之家，难求谱牒。公之孙女搜于箱箧中，得公之亡子伯禽手疏十数行，纸坏字缺，不能详备，约而计之，凉武昭王九代孙也。隋末多难，一房被窜于碎叶，流离散落，隐易姓名，故自国朝已来，漏於属籍。神龙初，潜还广汉，因侨为郡人。父客，以逋其邑，遂以客为名。高卧云林，不求禄仕。

　　公之生也，先府君指天枝以复姓，先夫人梦长庚而告祥，名之与字，咸所取象。受五行之刚气，叔夜心高；挺三蜀之雄才，相如文逸。璨奇宏廓，拔俗无类。少以侠自任，而门多长者车。常欲一鸣惊人，一飞冲天，彼渐陆迁乔，皆不能也。由是慷慨自负，不拘常调，器度弘大，声闻于天。

　　天宝初，召见于金銮殿，玄宗明皇帝降辇步迎，如见园、绮。论当世务，草答蕃书，辩如悬河，笔不停缀。玄宗嘉之，以宝床方丈赐食於前，御手和羹，德音褒美，褐衣恩遇，前无比俦。遂直翰林，专掌密命，将处司言之任，多陪侍从之游。他日，泛白莲池，公不在宴，皇欢既洽，召公作序。时公已被酒于翰苑中，仍命高将军扶以登舟，优宠如是。既而上疏请还旧山，玄宗甚爱其才，或虑乘醉出入省中，不能不言温室树，恐掇后患，惜而遂之。

　　公以为千钧之弩，一发不中，则当摧撞折牙，而永息机用，安能效碌碌者苏而复上哉！脱屣轩冕，释羁辔锁，因肆情性，大放于宇宙间。饮酒非嗜其酣乐,取其昏以自富;作诗非事于文律,取其吟以自适;好神仙非慕其轻举,将以不可求之事求之,欲耗壮心、遣馀年也。

在长安时,秘书监贺知章号公为谪仙人,吟公《乌栖曲》云:"此诗可以哭鬼神矣!"时人又以公及贺监、汝阳王、崔宗之、裴周南等八人为酒中八仙,朝列赋谪仙歌百馀首。俄属戎马生郊,远身海上,往来于斗牛之分,优游没身。偶乘扁舟,一日千里,或遇胜境,终年不移。长江远山,一泉一石,无往而不自得也。晚岁,渡牛渚矶,至姑熟,悦谢家青山,有终焉之志。盘桓利居,竟卒于此。其生也,圣朝之高士;其死也,当涂之旅人。代宗之初,搜罗俊逸,拜公左拾遗。制下于彤庭,礼降于玄壤,生不及禄,没而称官,呜呼命与!

传正共生唐代,甲子相悬,常于先大夫文字中见与公有浔阳夜宴诗,则知与公有通家之旧。

早于人间得公遗篇逸句,吟咏在口。无何,叨蒙恩奖,廉问宣、池。按图得公之坟墓,在当涂属,因令禁樵采,备洒扫。访公之子孙,欲申慰荐。凡三四年,乃获孙女二人,一为陈云之室,一乃刘劝之妻,皆编户甿也。因召至郡庭,相见与语。衣服村落,形容朴野,而进退闲雅,应对详谛,且祖德如在,儒风宛然。问其所以,则曰:"父伯禽,以贞元八年不禄而卒。有兄一人,出游一十二年,不知所在。父存无官,父殁为民,有兄不相保,为天下之穷人。无桑以自蚕,非不知机杼;无田以自力,非不知稼穑。况妇人不任,布裙粝食,何所仰给,俪于农夫,救死而已。久不敢闻于县官,惧辱祖考,乡闾逼迫,忍耻来告。"言讫泪下,余亦对之泫然。因云:"先祖志在青山,遗言宅兆，顷属多故，殡于龙山东麓，地近而非本意。坟高三尺，日益摧圮，力且不及，知如之何。"闻之悯然，将遂其请，因当涂令诸葛纵会计在州，得谕其事。纵亦好事者，学为歌诗，乐闻其语，便道还县，躬相地形，卜新宅于青山之阳。以元和十二年正月二十三日，迁神于此，遂公之志也。西去旧坟六里，南抵驿路三百步，北倚谢公山，即青山也，天宝十二载敕改名焉。因告二女，将改适于士族，皆曰："夫妻之道，命也，亦分也。在孤穷既失身于下俚，仗威力乃求援于他门，生纵偷安，死何面目见大父于地下？欲败其类，所不忍闻。"余亦嘉之，不夺其志，复其税、免徭役而已。

今士大夫之葬，必志于墓，有勋庸道德之家，兼树碑于道。余才术贫虚，不能两致，今作新墓铭，兼刊二石，一寘于泉扃，一表于道路。亦岘首、汉川之义也。庶芳声之不泯焉。

文集二十卷，或得之于时之文士，或得之于公之宗族，编辑断简，以行于代。铭曰：

嵩岳降神，是生辅臣；蓬莱谴真，斯为逸人。晋有七贤，唐称八仙，应彼星象，唯公一焉。晦以麴蘖，畅于文篇，万象奔走乎笔端，万虑泯灭乎罇前。卧必酒瓮，行惟酒船，吟风咏月，席地幕天，但贵乎适其所适，不知夫所以然而然。至今尚疑其醉在千日，宁审乎寿终百年。谢家山兮公之墓，异代诗流同此路。旧坟卑庳风雨侵，新宅爽垲松柏林。故乡万里且无嗣，二女从民永于此。猗欤琢石为二碑，一藏幽隧一临歧。岸深谷高变化时，一存一毁名不亏。

第一个前来祭拜李白的后世大诗人是白居易——难怪李白转世

后会遇到他的孙子——在范传正迁坟之前便来了,留下了这首诗:

李白墓
白居易
采石江边李白坟,绕田无限草连云。
可怜荒垄穷泉骨,曾有惊天动地文。
但是诗人多薄命,就中沦落不过君。

白乐天带了一个头,诗人络绎不绝地来了,如果有一个监视器,此处将留下盛唐已降历朝历代著名诗人的影集;如果有一册留诗簿,你会看到盛唐已降历朝历代著名诗人的大名与祭诗……

公元 2018 年秋,在青山脚下李白墓前,一列诗人打着《新世纪诗典》诗人江南行"的横幅,以一人一句的独特方式祭拜李白:

"我们从李白来的地方,来到了他去的地方,我们走完了他的一生。"

"喝你没喝完的酒,写你没写尽的诗。"

"黄河之水天上来,奔流到海不复回,人生如斯,艺术亦然,唯有李白和诗歌永恒。"

"记得在长安,听见你塑像的心跳。"

"没有李白也要写诗,有了李白更要写诗。"

"于心之旅天地，为诗而生人间。"

"明月不老，李白万年！"

"你为了腾空 / 才把那些黄钟大吕 / 扔出内心
你为了宁静 / 才把那些俯仰动作 / 扔出体外"

"天地李白气，千秋尚飘逸。"

"从小到大 / 我觉得"白"字 / 比"黑"要好 / 很大因素 / 是因为你"

"感谢您醉后在我老家的松树下留宿一晚，让我老家的这个无名小县，从此有了一个好听的县名——宿松。"

"官方的李白
民间的李白
1.70 米的李白
1.61 米和 1.58 米的李白
仰天大笑出门去那是投官的李白
凤歌笑孔丘是万首高峰上一览众山小的李白"

"不愧人间《新诗典》，李白诗魂今犹在。"

"从故乡江油到当涂墓地，没当上六品以上的大官，却成了长生不老的诗仙,你说你是不是赚大啦?"

"我说

你喝醉了

捉月亮去了

没有一个病人相信

他们觉得

你应该像屈原一样

被坏人逼得跳江

自杀"

"我们写下一首首浪漫的诗歌是为了将李白的风格流传千古。"

"狂放出宫廷

笔使山河飞

金樽引月出

你爱醉,醉卧成诗国天际线

一卧雄千古"

"无论苦难或幸福

人类不能没有酒

无论苦难或幸福

人类不能没有诗"

"大鹏之梦,落在了当涂。青山脚下,一棵参天的香樟。"

"你的寂寞是白色的,叫月光
把月光打碎的,只有酒"

"醉卧长安、魂潜江南。"

"对于无宗教信仰的我来说,追随李白一生的足迹,就是朝圣。"

"诗酒趁年华
是我每次在诗会上大醉时
最想跟你分享的话"

"皇上看了李白的诗 / 撩哑咧 / 李白说 / 碎碎个丝"

"我比李白幸运
我的诗上了《新世纪诗典》"

"出来喝一杯,李白老爷子,你的邻居西娃到当涂看你来了。"

"李白,让中国诗人不朽。"

"我梦见大闹天宫的齐天大圣
写了一首诗
是你的《将进酒》

这就是你对后世的影响"

"李白，一个我从小就知道的人
那时，我用童声背诵你的诗
用童声背诵的我那时并不知道
长大后我会用结满茧子的手
去触摸你使用过的汉字"

"李白的酒樽上
竟然看到我的名字"

"在课堂上，我给学生讲得最多的诗人，就是你。不仅讲你的浪漫，你的成就，也讲你的俗，爱功名。但一定有什么是不一样的，没法讲出来，只有你知，我知。"
……

本书笔者正在其列之中，后来我等一行绕墓而拜，打开当代最好的国酒茅台，请诗仙畅饮。酒香蹿向天空，与九月桂花香相融，起了化学反应，叫人无比沉醉。后来，笔者脱离队伍，来到墓后功德碑前，发现满碑四字名居多，原来都是日本人。墓园导游说，抗战期间，日本飞机轰炸时炸毁了李白墓园；战后，日本方面得知此事后，便面向民间集资复建了这座墓园……

这个时候，有位干瘦矮小的老者，背着行囊来到功德碑前，似在寻找谁的名字，笔者判断他是日本人，便随口吟诵道：

> 日本晁卿辞帝都，征帆一片绕蓬壶。
> 明月不归沉碧海，白云愁色满苍梧。

他听罢，会心一笑，接着吟诵道：

> 卅年长安住，归不到蓬壶。
> 一片望乡情，尽付水天处。
> 魂兮归来了，感君痛哭吾。
> 我更为君哭，不得长安住。

就像两个特务，对上了暗号……

"您是日本人？"笔者问。

他点点头。

"中文不错啊！"笔者说。

"马马虎虎。"他说。

笔者问："您在日本，是否听到过李白后来转世于日本的传说？"

他很认真地回答："不是转世，而是没死，晁衡——就是阿倍仲麻吕，把他送去日本治病，就像在马嵬坡解救杨贵妃那样。后来，他的病治好了，就留在了日本，和杨贵妃在一起……我这次来，就是想看一看，这里是不是一座空墓……"

2021.5.8–2021.11.21 一、二稿
2021.11.24–2021.12.24 三稿于长安少陵塬兰屋